徐兆寿 著

问道知源

上海人民出版社

目 录

曲阜：探访文学青年孔子

十年一拜

在那大墓前，许多人都围着看，都在用手机或相机拍照。我只是静静地看着它。我还没有看清它的样子。我得仔细辨认。在它的背后，是苍茫之静，苍茫之远。在我这边，是世俗之虚热与实冷。它使我想起在我们北方，无论多么伟大的坟茔之上，都是荒草几根，乱石兀立。它显示了亘古的蛮荒是生命的底色。

但这座坟茔躺在清风之中，毫无贵气，也毫无腐气。两千多年来，始终如一。我没有感到那是一座坟墓。我觉得面前坐着一位可亲的老人。

我站了好几分钟，周围的人像流水一样，但竟没有一个人上前参拜。原来墓前写着一番话，要前来参拜者以鲜花敬献。没有香炉，所以也不用上香。我猜，很多人都会不知所措。到哪里去弄那一束花呢？在来之前谁知道会有那样的要求呢？我突然想起梁漱溟曾嘲笑一位西方人的故事来。那位西方人嘲笑中国人的上坟方式，竟然要献果实、食物，还有阴间流行的钞票，便问他，你们的祖先能吃能用能拿到那些东西吗？梁漱溟反问道，你们的先人能闻到鲜花的味道吗？

其实，世间对待先人的方式各有不同，但目的都是一样，为何总觉得自己是对的，别人是错的？现在，鲜花竟成了拜见这位先者的最重要的方式。那一刻，我突然间觉得这方式多么令人生畏。并非用鲜花祭拜就是文明，而是这方式不是我们中国人普遍的行为。

鲜花，把所有人与那位先者隔离开了。

只有我，对，人群中，唯有我在犹豫之后决然跪在了那大墓面前，显得那样突兀，那样不文明。我从两千公里之外特意赶来，就是为参拜这位老人。如何是好？我看见的确也有跪拜的地方，只是没有香炉而已。然而，当我跪拜的时候，竟是另外一番体验：我突然觉得自己的拜姿是那样潦草，惨不忍睹，完全不是一位知识分子的文明行为。我的姿势是那样野蛮。鲁迅嘲笑阿Q没有把圈画圆，我也在内心中嘲笑自己没有中国士大夫的那种优美的姿态。

我不知道鲁迅活着还会这样嘲笑我吗？如果是，我也将嘲笑他。那是一定的。在我青年的时候，在我需要强有力的自我时，我是多么喜欢鲁迅和尼采啊，在那些暗夜里，我写下那么多疯狂的诗句。那时候，我愿意是刑天，愿意是荆轲，愿意是聂政，愿意是普罗米修斯，愿意是加缪笔下的西西弗斯。我愿意随时刺开自己的胸膛，愿意把头颅高高举起，献给神坛，虽然那神坛是虚无的、黑暗的。然而现在，在我内心深处生长着无边荒凉的野草之时，在我追逐诸神逃亡的神迹之时，在我再也不愿意让虚无的长夜成为我灵魂的背景之时，我愿意反身向古，踏过鲁迅和尼采的虚无呐喊，去寻找古老的声音、德行和道。

我甚至愿意去寻找野蛮的人性。在那野土之上，更能生长出灿烂的鲜花。

我更愿意去寻找那文明的第一个脚印，那是多么伟大的痕迹。艰难而坚定。

文明有时候是要向后看的，因为向前是预设的文明，向后才能看到人性的善与恶。就像墓里躺着的这位先哲一样，他生前一直想恢复周代的文明，却没有人理会他。他那些笨拙而繁琐的礼仪不但他自己实践起来艰难，而且令整个世界都反感。然而他就那样做了，一意孤行，逆流而上。然而我竟崇拜这样的逆行。

百年来对礼仪的解构已经使我们忘了崇拜的姿态和基本的礼仪。我们浑身上下都透着冒犯者李逵式的火药味，我们的内心多的是进化论式的野蛮规则。这个曾经的礼仪之邦的知识分子竟然都变成了草莽英雄，都成了反抗古中国文明的梁山好汉。在文学之上，我们为什么从来不去崇拜大道，而迷恋于那些花言巧语和男盗女娼？是的，那也是文学，《金瓶梅》也是文学的一种，但今天为什么这些东西会大行其道，甚嚣尘上？

世界被颠倒得太久了。《诗经》一样朴素的诗歌，《史记》一般正大的小说，已然绝迹很久了。《韶》乐只是传说了，青年们喜欢的是神魂颠倒的情歌、摇滚。道在哪里？

我在羞愧中草草拜了三拜。在功德箱中塞进了被汗浸湿的一百元。塞了好久才塞进去。那一刻，我也感到莫名羞愧。只有我在那里塞着钱，好像我是一位图谋不轨之徒，在光天化日之下贿赂着某个神灵似的。

我感到那样的唐突、不适和脸红。

然而为这一拜，我整整准备了十年。也许不止十年，在前一世甚至更前一世，肯定有某种因缘相连。或者，我就是曾经批评他最激烈的那一位。

记得第一次给学生讲"中国文化史"，便遭遇了尴尬。一个自称是我学生的女孩子要求加我 QQ，我高兴地加了。谁知她一上来就直言不喜欢我给她们上课，说我只是一个作家，不懂中国传统文化。我愣了。有这样直接批评老师的吗？我还没讲呢，就遭遇如此的轻视。我发誓一定要讲好。

我原以为大学时学过《论语》《礼记》《中庸》等，甚至很多篇章都会背诵，对孔子算是有了解了，但给学生一讲，才发现文学的那点事放在整个文化中是多么渺小的存在。如果把《论语》《诗经》等都当成文学来理解，就把孔子看小了。

于是，我一头栽进了中国的古代文化中。兴趣最大的自然是研究孔子与老子。我每天都会写一篇感想，日积月累，写了一本书。新浪网也常常会把我的博文推到博客频道的首页，甚至常常是头条。很多人都与我探讨孔子、老子和中国文化的未来，我每天都有很多想法。

孔子的时代是人类摆脱神话而由人自己来创立人类伦理的时代。比他早九年出生的释迦牟尼在印度创立了佛教，教人如何应对生老病死等诸多烦恼，同时，创立了众生平等的思想。众生平等的思想起源于佛教，并非基督教。基督教的创立要比其晚五百多年。而比释迦牟尼可能要大整整二十岁或四十岁甚至更大的老子写下《道德经》五千言，对天地之变化和人心之短长进行了粗犷的概述，创立了隐居的哲学。孔子则一直致力于中国人的伦理创制。孔子、老子和释迦牟尼这些东方的先哲比苏格拉底等西方的哲人们早一个世纪。或者说，亚洲在那时始终是文明的先导者。不论是两河流域的美索不达米亚平原，还是恒河流域以及黄河流域，东方人都过早地在平原上建立人间天堂，不是简单地通过神，而是思考通过人自身的觉悟来管理自己。在这一方面，孔子做得最好。除他之外，再无人能及。玄奘到印度去留学，印度人见他诚挚，便有心留他，说中国如何如何不好。玄奘讲了中国如何如何好，最后说，中国人的智慧可与神鬼相比。说的主要就是孔子的智慧。

但在那个礼崩乐坏的年代，很多人对孔子都抱有偏见，对他所提倡的礼进行过诸般嘲笑。他五十六岁被迫流浪异邦，直到快七十岁时才回到故乡，此番流转并非我们小时候想象中的快乐地周游列国。

我一直在想，到底是什么让他怀有坚定的信念而不动摇？碰上道家弟子的嘲讽，他长叹一声，答曰："鸟兽不可与同群。天下有道，丘不与易也。"若天下有道，我还如此辛苦干什么呢？数千年来，正是这样敢于担当的逆流而上的精神激励着后世的知识分子。孔子在前往宋国的路上，和弟子们在大树下演习礼仪。宋国司马桓魋想要杀他，拔起了那株大树。他便离开那个地方，并说："上天把德行降生在我身上。桓魋能把我怎么样？"

很多人认为子不曰乱力怪神，就是不相信天地间有鬼神。其实，孔子认为祭拜天地是大礼，然后才是祭拜先人。先秦时期祭祀天帝是国家之大礼。那时，不光是中原王朝在祭祀天帝，北方草原上的匈奴也一样。在汉武帝时代之前五百年，巫术在中国还很普遍，国家大事都要通过卜卦来决断。人们对神秘力量的崇拜还是一件普遍的事。故而尽管孔子不说这些不能去证明的事，但不代表他心中没有这些存在。若是不存在信仰，其礼教何存焉？

孔子说三代之礼，"吾从周"礼。周礼有五礼。首先是吉礼，而吉礼的首要就是对天神、地祇、人鬼的祭祀典礼。从其祭祀的内容看，有祀天神昊天上帝、祀日月星辰、祀司中、司命、雨师；有祭地祇，祭社稷、五帝、五岳，祭山林川泽，祭四方诸小神；还要祭人鬼，有祭先王、先祖。可见，那时还是一个泛神教的时代。这些祭祀为大。如果孔子重视周礼，而对这样的祭祀不尊崇，何以能说是恢复周礼呢？《礼记》上记载，孔子对这些祭祀非常重视，所到之处，必须祭拜山川河流。

没有了这样的祭祀，又如何进行其他礼制呢？孔子小时候"常陈俎豆，设礼容"，也许他最初的想法是祭祀已经死去的父亲和先人们。但按照现代心理学来讲，他早年丧父，就一定会找一个更为广大的父亲，这就是天，也是形而上的父亲，并且由此而获得一种坚定的信仰。这是他能够在很多时候超然存在的重要原因。他是一个直面永恒的人，一个活在道之中的人，并非活在世俗中的人。故而这世道不能了解他。"五四"时期的人学开始后对孔子的诸般责骂，很多人是站在世俗者的角度，并没有理解孔子的那种超凡品格。

中国人不理解孔子，外国人就更不理解他了。黑格尔读了《论语》后，讥笑道：不过一作家而已。言外之意，与哲学还有很大的距离呢。倒是他之后的另一个存在主义哲学家雅斯贝尔斯想试着去理解孔子。他虽然也不能理解中国智慧的玄妙——那种用文字永远无法直接抵达的智慧，但他还是找到了孔子与世界同一时期的那些哲人们的不同，将孔子定义为人类人性道德范式的创立者。他在《大哲学家》一书里把人类有史以来的大哲学家梳理了一遍，共有十五位之多，孔子是唯一从人性本身出发去确立人伦道德的哲学家，而老子则成为形而上学思想范式的创立者。从雅斯贝尔斯始，孔子被西方的哲学家重新认识并尊重。

然而，我并未感到光荣。相反，我的心里无限悲壮。他们不了解孔子是他们的狭隘和自以为是而致，那是他们的悲哀。他们了解孔子，并尊重这位先哲，是他们真正迈向世界的开始。因此，我的案头常常摆放着雅斯贝尔斯的这本《大哲学家》。我认为，这是西方哲学家们第一次意识到除欧洲之外，亚洲的文明尤其是在轴心时期是占绝对优势的。这是他们对世界的第一次尊重。在此之前，他们始终以为，世界就是欧洲那么小，与古代中国人一样。

2005 年的那个秋天，我就是从雅斯贝尔斯开始讲解孔子、老子及后来进入中国的佛教的。我对他的尊重远胜于黑格尔等一群西方哲学家。在儒家被误解、打倒和根绝百年后，当我这个初涉儒学的所谓作家在向学生们介绍孔子时，我的内心是悲怆的，甚至是流血的。我不仅拼命地阅读孔子是如何被后来的历代学者慢慢地推向神坛，又是如何替两千年的文明背负沉重罪孽而被打入地狱，我还带着四个学生对儒学在国外的传播，尤其是新儒学百年的命运进行了半年的研究。当我看到 些学者如李泽厚、刘再复、高尔泰等希望更多学者能够继绝兴灭、传承中华文化时，我就慢慢地喜欢研究这些中国最高深的学问了。此学问似乎与职称、学位、学术有巨大的鸿沟。此学问是既为己，又为别人的。

一学期结束后，我很想与那位女生进行一些交流，但我想仅仅这一点皮毛的讲授就能让她改变对我的看法吗？我想不可能。于是，我选择在一堂课上表扬她。然后我对所有学生说，我希望你们每一个人都不是简单地赞成或反对我，而是有自己真正的思想，即使我们是敌人也无所谓，我甚至希望你们每一个人从今天起成为我的敌人。当我们走出这间教室后，就是路人，互不相识，直到有一天，你们都与我一样经历了痛苦的思想历程，达成了某种默契，我们才可能成为朋友。那一天，我们会在千里之外握手言和。

我不记得我是如何悲壮地回到家里的，从此后那个学生再未与我联系过，但我很想知道她在四十岁之后会有怎样的思想转变。

之后每学期上中国文化史，我都要重新读一遍《史记·孔子世家》，然后才是《论语》等其他作品。如果不去读《史记·孔子世家》而讲《论语》，就一定不能真正理解那位老人。但每一次读到最后一段时，便与太史公有了共同的渴望："余读孔氏书，想见其为人。"但太史公去了，且在那里看到了孔子的后人仍然在演练周礼，他流连忘返，不愿归乡。而我，直到这年的夏天，才匆忙间拜见了圣人。

文学的"大说"时代

在去曲阜的前一周，我到一所学校里讲孔子，题目是《文学青年孔子》。有人在微信上说，你这是要解构孔子？我回复道，非也，我是还原孔子，重新理解孔子。孔子在世时也与我们一样，是一个人，是一个充满了理想也浑身缺点的人。在我看来，孔子和我们今天的众多文学青年一样，都是被某种梦想所惑，以为那些梦想才是人类真正需要的梦想，然后不断地想让人认可它，并试图改造这个社会，但最终脱离了现实，活在梦想中。我们都是被梦想伤害了的人，但又不承认那伤害。因一意孤行，在现实生活中，我们都是失意之人。永远走在路上，梦想永远也在前方。这就是我所说的文学青年的特点。

我认识很多被文学伤害的人，他们一刻都未曾停止过梦想，从未放弃过写作，但生活中他们都是失败者，但我始终觉得他们才是真正的文学者。那些在文学生活中获益多多，志得意满的人们，实际上是离文学越来越远。他们以为掌握了文学的话语权，并享受这权力带来的种种益处之时，实际上文学正在离开他们。文学永远属于那些对其抱有强烈热望的人们，属于真正的文学青年。

这样说来，孔子便是中国历史上第一位真正的文学青年。

事实上，当我们这样来知人论世的时候，就能真正地理解孔子，亲近孔子，并以此而使自己也得到某种升华。我以为，这种方式比通篇对他的赞美要更利于让人们接受。《史记·孔子世家》就是这样的风格，所以每当我读这万言字时，就感觉孔子是我的另外一个自己，一个未曾谋面但神交已久的知己。

孔子在世的时候，文学才真正诞生。我这样说的时候，那些古典文学的教授们肯定要破口大骂了。他们会说，那《诗经》算什么呢？

是的，《诗经》中的《国风》是文学。但它没有作者，也就说明那不是一个文学的自觉时代。文学，一定是个体觉醒之后的事情。而在中国，文学的觉醒期就是诸子百家时期。老子的《道德经》，庄子的散文，屈子的《离骚》，一定是有我的觉醒，有我的意气、思想、灵魂在鼓荡的。它与《尚书》那样的国家体的"八股文"是不一样的。文学是个人的事业。

但是，这样说的时候，是不是就意味着文学是小的，是表达个体存在的一种语言艺术？我不这样认为。文学在历史中不是静态的，就好比我说它在诸子百家时期才真正诞生一样。那么，它在每一个时期就都会有自己的存在形态和方式、地位和意义。

今天我们总是说，我们不要把文学说大了，文学一定是很小的，是以小见大的。那也只能说是今天的一孔之见。文学在觉醒之时并非那样。它是大说之说。老子说的是世界之初，天地之大道理。孔子讲的是大历史，是要让帝王、贵族以及百姓们都听的关于人的道理。而那个嬉笑怒骂的庄子看起来极不正经，但他讲的是天地间的大自由，大自在。他上嘴唇顶着天，下嘴唇捱着地，无边无际地与你聊天。你就着了他的魔，喜欢上他来。墨子不也一样，讲的是国家与国家不要战争，人与人之间要兼爱。

哪一个谈的不是个人理解的大道理？哪一个不是觉醒后的圣人？哪一个不想指点天下？行无为之教的老子谈的恰恰是最大的道。世界从他开始，然后过渡到孔子，最后被庄子讥讽。文人相轻的事从庄子开始。

那个时候，文言是文学的主流，就像今天小说是文学的主流一样，诗歌居于其次。诸子们要通过文言来讲述自己对世界的理解。摆脱了天子的约束，也摆脱了诸神的监督，他们哗啦一下子都冲到了前面，把世界吵醒了。尤其是孔子，他不是一个人在说，他是领着一个庞大的团队在到处游说。老子和庄子都觉得有些烦了，说孔子扰乱了人心。他们甚至也说出了狠话：绝圣弃智，天下治矣。

如果那时有微博或微信，他们肯定天天在吵架。但孔子的粉丝很多，肯定会把老庄骂死。老庄总是单兵作战，喜欢独来独往，当然他们也不屑于与那些粉丝骂战。假如老子出场，定是像王家卫与粉丝们见面，话不多，但句句是旷世名言。然而老子肯定是不会出场的，至少时机一直未成熟。他将在他隐世之时送世界几句话，而这几句话就够文青们玩味一世了。

也就是说，文学才刚刚觉醒，所以大家要拼命说话，拥有话语权。文言也与这种方式相适应。诗歌在那时居于其后。至于小说，在那时是不入流的。小说家之流，乃街头巷尾闲言碎语耳。但后世的荒谬在于，学者、作家们每每要找其源头，便找到诸子时代的小说家，以其为正宗，于是，大谈小说的本源在于闲言碎语，甚至于像张爱玲、王安忆所以为的流言记述。事实上，在诸子时期，小说乃小道耳。

孔子、老子、庄子之大说到哪里去了？"五四"以来学者们引进了西学，西学中有一个非常重要的学术门类，名曰哲学。于是，人们自然地按西学之划分把广义的文学分为哲学、历史、文学。把有思想或形而上一类的大文学归为哲学，而将孔子之《春秋》、太史公之《史记》一类的文学归为历史，文学剩下什么呢？确实是闲言碎语，不入流者也。

然而，自"五四"至1980年代末的每次思想运动，文学家始终站在潮头，即使是哲学家也愿意谈文学，而将自己归于美学一类。为什么呢？因为作家们不愿意做闲言碎语之闲文章，而是想大说自己对时代的看法，想改变世界，改变人生，使人生在大时代中有永恒之光芒。五四时期的"新文学""人的文学"不就是这样建立起来的吗？但是，悖论也恰恰在于这些新文学运动的旗手们总是强调文学要独立于政治。后来的文学家们进一步说，文学不要"文以载道"之传统，文学甚至要与国家意志分离，作家是独立的知识分子，应当站在国家意识形态的远处批判一切。

要干什么呢？不又回到诸子百家时代了吗？不还是想大说自我吗？

文言之后，诗赋居于主流，所以，赋自然就承担起了大说者的角色。屈子之《离骚》、汉之赋即便产生，但文言始终并行不悖地存在。司马迁之《史记》仍然继承诸子尤其是孔子《春秋》大义，以笔为旗，以梦为马，树立自己的天下观、文人观。唐诗绚烂，然李白承庄子、杜甫继孔子，脉脉相承，何以断哉？即便如此，韩愈仍觉得文学在退步，反身向古，古文运动始焉。明清小说之时，说唱艺术成为主流，于是有《三国演义》《水浒传》《西游记》等。文言被革新后再次以新的方式出现，这就是小说。《三国演义》《水浒传》不都是儒家的大说吗？《西游记》难道不是佛家的大说？独独出了《金瓶梅》和《红楼梦》，别有风景。说的都是小事，今天的作家、学者们便都说，你看小说就是要往小里说，但他们为什么不说《红楼梦》之大？那种存在于人心的虚无之大，那些亘古以来就有的蛮荒之情，还有对儒家的深刻打击、对道家和佛家的由衷赞美。假如没有了这些广大的存在，《红楼梦》何以成梦？贾宝玉魂归何处？

今之才子们，看到了那些小技，便心有所动，玩弄词藻，以为那便是传说中的小说之主流。悲哀啊！他们哪里能看到自孔子、老子、庄子以来就息息不断的大说，那就是对道的关照。假如说，孔子喜欢正面强攻人性、道德、世界的话，那么，庄子便是曲笔入道，从人性与世界的另一面说起。一个说有，一个说无。但他们讲的都是道，只不过在普通人看起来是对立的存在，而老子在《道德经》中早就有总结，它们是道的两面，"同为之玄"，皆为道耳。

电影产生的时候，它与诸子时代的小说家一样，乃娱乐耳。所以，人们便以为电影的本质就是娱乐。可是，当电影慢慢地成为生活中的主流而小说渐渐式微之后，人们便要找大说的承担者，所以纷纷诟病电影。从这一意义上说，电影也将承担大说者的角色，否则电影便让位于别的艺术。

　　说透了，就是一句话，谁担当大说者，谁就是主流。自孔老以来，从来如是。那些世故的文学终究是要被扔进历史马桶里的东西。尤其是在每一个更新换代之际，文学的大说被表现得澎湃有力而激动人心。而那些大说几乎都由一群文学青年完成。一部《新青年》就道明了真相。

孔子的理想

文学青年一定是有伟大的理想的。有的甚至是空想。但在我看来，即使空想，也比毫无理想的存在要强百倍。

我曾经遇到过一个学生。那时我还在学校宣传部，做校报的主编，同时负责学校刊物的审批。他是历史系大一的学生，他来找我给他批准一个学生们自办的报纸。他坐在我对面，毫不掩饰地说，他要办一份报纸，将来的发行量一定会超过《读者》杂志，他要把中国的文化介绍到国外去。我知道在我面前的是一位不知天高地厚的文学青年，他不知道在他前面有多少山水阻挡，但是我没有打击他，我说，我支持你。当然，我还对他说，在你这个年龄，就需要一些冒险，哪怕失败也是值得的，如果连梦想都没有，都不敢去闯荡，人生就没有多少意义了。他兴冲冲地走了。我知道，他肯定连第一期也出不了。果然，他再未出现在我办公室。但我常常以此来鼓励我的学生，我希望他们身怀理想，闯遍天下，直到他们真正知道该怎样做。

孔子在守孝期间，鲁国的大贵族季氏要招待士人。他听说后很高兴，以为自己是士人，便去了。士在孔子时代到底是什么人，今天还有不少争论，但大家似乎都认同的一点是：他们仍然是贵族，只不过是最低的阶层。即使如此，这些人必然还有如下品质：他们是读书人，是怀有理想的知识分子。所以孔子才会说，士不可不弘毅。这些人还没有固定的令他们荣耀的官位，但是人人都知道，社会需要他们卫道。他们应当是那时真正的"自由知识分子"。后世便有了"士为知己者死""士可杀，不可辱"的精神。大概是由于儒家对士的提倡，后世的知识分子做官后称自己是士大夫。

孔子一生并未谦虚过。他毫不隐讳自己的理想和对自我的认同。所以，他总是遭遇道家和隐士的诟病。他听到后，只好叹息。孔子在楚国叶县的时候，叶公向子路打听孔子的为人，子路没作回答。孔子听说后对子路说："仲由，你为什么不回答说'他的为人，学习大道从不厌倦，教诲学生从不厌烦，他总是发奋努力，常常废寝忘食，乐于大道而忘了忧愁，不知衰老将要到来'。"可见，他从不隐藏对自我的认可。

孔子七十三岁时，得了大病，子贡来见他。他对子贡说："赐，你来得为什么这样迟啊？泰山在崩溃啊！栋梁在折断啊！哲人在死亡啊！"说完他潸然泪下。七天后辞世。他压抑的理想和愤懑无法排遣，只好对自己最亲密的弟子说。也许有人认为，这是孔子毫不谦虚的表现，但是，在我看来，这恰恰是孔子为人可爱的一面。世间无人认可，只好自我确认。

耶稣在他活着的时候，他总是对别人说，他是来拯救世人的，但人们不相信。最后，他把自己钉在了十字架上。他说，他与上帝重新约定，用他的血来换取世人的罪。很多人还是不相信，至少在当世没有几人相信。数百年之后，罗马才认可他的宗教。

每当我想到这些的时候，心中总是充满了伤感。我曾在 2007 年的耶诞节写过一首诗，纪念过耶稣。但是，我曾试着给孔子写几首诗，一首都未曾写出来过。孔子不是神。他在唐以后慢慢成为了"神"，但在现代以来没有了他的位置。虽然现在孔子学院在国外办了很多，但孔子之教并非我们的主流文化，至少还未融入主流文化中。

所以在我心中，孔子是一个怀着巨大失意的人。因为他的理想在当时是最大的，甚至超越了所有的君王。君王们可能对自己的权力感兴趣，对他所提倡的仁政与礼乐并不感兴趣。他在国外流浪了十四年之久，每一天都在盼望成功，可是那一天并未到来。

这使我想起一件往事。1997 年的春天，我带着我的一个学生去北京游学，拜访了当时在京的很多著名作家、学者。我表达着对当时文学的不满，也表达着作家理想失落后的失望。但是，我所见的那些久负盛名的作家对我的谈吐并不感兴趣，甚至引起了某些学者的不满。我带着我们自办的一份刊物《我们》，上面写着我们的文学理想。是的，我们想在西北发起一场文学改良运动，但没有人相信。我们怀着失望返回。在火车上，我对我的学生说："中国的文学，得靠我们了。"

我记得自己说那句话时充满了悲壮的情绪，甚至马上就想赴死。所以，回来后我就写下一首《预订一座坟墓》的诗。然而，不久，我竟然也放弃了写作。放弃的原因是因为我看到太多的批判，孤独而无援。没有人相信我们说的是真的，我们内部渐渐分裂，外部的批评又越来越多，最后，我发现我的长诗《那古老大海的浪花啊》没有一家刊物愿意发表时，我就开始怀疑自己。台湾的洛夫先生写信说，现在可能没有人愿意读我那么长的诗了。

是的，我意识到我的荒谬。我知道写下的那些东西不合时宜，我也知道我只有无尽的狂想，但那些狂想也应当结束了。我放弃了。

可是，我的放弃使曾经追随过我的那些学生们感到不适。他们纷纷批评我，骂我。甚至有一个学生来问我要他的灵魂。

在一个秋天的黄昏里，一个曾经追随过我的学生突然敲开了我的家门。这是一个天赋异禀的学生。他之前每次来找我，总是在我面前大段大段地背诵尼采、萨特、维特根斯坦、克尔凯郭尔等人的著作，使我目瞪口呆。他对天体现象也极感兴趣，能给我一直讲他对天体的认识与想象。他还对人体解剖学极为熟悉，给我讲人体是由哪些骨骼、经络构成，讲气功是如何练成的。有一段时间，我对新物理学有了一些兴趣，于是，几天之后，他在我面前滔滔不绝地讲着量子力学、黑洞学说、霍金的新物理学概念等等。

后来，我就不敢与他谈话了。我发现，只要我谈起一个话题后，都能引发他的强烈关注，于是，他会在极短的时间内阅读大量这方面的书籍，然后有些生吞活剥地理解。他说他经常不睡觉在阅读，每天只睡三四个小时。他明显地瘦了下来。办公室有人告诉我，这个学生看上去有些问题，叫我注意。我便慢慢地故意疏远他，但这似乎给他带来更大的痛苦。有一天，他问我为什么不愿意再见他。我吞吞吐吐找了些理由。我看见他眼睛里满是失望，甚至绝望。我更不敢见他了。有两个月，我未曾见他，也不曾再想起他。

但两个月之后，他突然敲开了我的门。他看上去极度消瘦，眼窝深陷，眼睛大了很多。他一进门便对我说，徐老师，请问你是不是把我的灵魂控制了？我受不了了，请你把我的灵魂还给我。

我大为惊讶，让他坐下来。我告诉他，关于灵魂的问题，是谁也无法证明它存不存在，就像上帝一样，但我肯定没有控制他的灵魂。他告诉我，这两个月内，他一直能看到两个人在控制他的一切行为，一个人是我，指导他做什么，想什么；另一个人是一个医学院解剖学教授，具体不知道是谁，但一直在告诉他关于人体的一切，在控制他的身体。我一听就全明白了。一年多来，他学了太多的知识，但对他造成了极大的困惑和伤害。我便与他探讨关于灵魂的一切，他不相信。

我绝望之极。我说，我真的没有也不可能控制你的灵魂。眼看太阳就要落山了，可我真的拿不出他的灵魂来。我看见他也在犹豫中。就在那时候，我的两个朋友来敲门，其中一个他还认识。我便乘势说我们一起出去吃饭，然后，将他送走。后来，他被医院确认得了幻想症。医生给他药，他也不吃。他家里人来后，我才进一步知道，他家里有这样的病史，但是，家里人再怎么劝也没用，于是，我便又一次出场。我说，反正这药也没什么，这样吧，我和你一起吃，看有没有用。他见我吃了下去，也便开始吃。再后来，他不但吃了药，还跟着家里人回家去了。等我再见他的时候，他已经基本好了。他也确认自己得了病，并委婉地向我表示道歉。可是，我觉得我应当向他道歉。我一直在想，是不是我的什么谈话导致他如此。

从那以后的很多年，我都不愿意再举办讲座一类的东西，我更不愿意谈文学的理想，还有哲学，尤其是宗教。我再也不愿意那样虚妄地生活。2001 年 11 月 14 日，我写下一首诗。诗中说，诗人徐兆寿死了，那个狂妄的文学青年死了，活着的是父亲徐兆寿、丈夫徐兆寿、编辑徐兆寿。然而，每当我在深夜读着《史记·孔子世家》时，我便看到那个大个子男人，在旷野上徘徊，但无人理解。然而，他仍然超越了我们所有的人。他遭遇的不幸并没有改变他的追求之路。他仍然一意孤行，矢志不渝。

我想，那就是他成为圣人的缘故吧。

也因此，我在数年后又一次拿起笔，做起了文学青年的梦。

孔子的文学实践

在烈日炎炎下，我们从孔庙再到孔府，然后驱车来到孔林。当我坐着电瓶车穿过那无数的坟茔时，我被震撼了。我去过秦陵，也去过十三陵。虽然我未去过埃及金字塔，但通过各种方式目睹过它的庄严、宏大，然而，它们都没有让我如此震撼。

世界上帝王从来都有浩大的陵墓，这是权力、专制的象征。他们死了也要显现自己的伟大。可是，孔林的伟大不在这里。孔子的墓也就那样一处，大概不到一亩地而已。但是，在孔林躺着的是十多万孔子的子孙。那些大大小小的坟茔上长满了青草。它们似乎在告诉世人，瞧，帝王终有时，且死后都不得安闲，总是有盗墓者打扰，然而圣人享有世人对其永恒的敬仰，有数不尽的子孙，且因为薄葬几乎无人去盗。我问讲解员小吕，"文革"时"批林批孔"这里有什么损失，夫子墓是否被挖？小吕说，是的，只有"文革"时遭遇不测，但是人们在挖孔子墓时，发现坟墓里到处都是盘根错节的大树根，根本无法挖开，便放弃了。那些延伸到地底下的根脉多像孔子的象征啊。世上有多少人都想把孔子打倒，但都像蚍蜉撼大树，无济于事。

这三千亩浩瀚的坟茔，比世界上任何一个帝王的事业都要壮观、伟大、无与伦比。我带着难以言表的感叹出了孔林，然后又坐车回曲阜。忽然，我看见前面曲阜的城墙，便问小吕，当年孔子就是从这里回到鲁国的吗？小吕笑着说，这个我不知道，应当是吧。其实，也许孔子是从其他门进去的，但我问的肯定不是哪个门的问题，而是，孔子一定是回到这座据说比孔林都小的鲁国国都了。

那年，孔子已近七十岁了。司马迁在《史记》里写得很明白。五十六岁那年，孔子第一次执政，就显示了不凡的才华，结果招致齐国的担忧和季氏的嫉妒。齐国给季氏送来美女和财富，离间孔子。孔子恃才，一直等着鲁定公给他的祭肉，但没有等到，便失意地离开了鲁国。十四年之后，返回鲁国。史书上说，孔子六十八岁返回鲁国，但这样来算不满十四年。说七十岁也不合适，因为六十九岁那年他还出席鲁昭公夫人孟子的葬礼。所以，应当是六十九岁可能更准确一些。我记得周润发演的电影《孔子》里，当孔子远远地看到鲁国的城门时，他泪流满面，跪在地上亲吻故乡的尘土。那一刻，我的眼睛也湿润了。

他是如此失败。但是，在剩下的三年多时间里，他并没有因此而悲伤、颓唐，而是做了很多大事。他的学生感叹道："大哉孔子！博学而无所成名。"的确，孔子没有像老子、庄子那样为我们留下成系统的著作。他的言语都是弟子们记录而成。他说自己述而不作。此说虽然有些牵强，但总还是能说得过去的。

我一直在想，为什么后世那么多人著作等身，却还是觉得无法与孔子相比？比如董仲舒，他真正地实现了孔子的理想，做了帝王师，行了仁政，罢黜百家，独尊儒术，并有《春秋繁露》《天人三策》《士不遇赋》等著作，但我们总觉得他比起孔子，还是缺乏得很多。再比如朱熹，官至巡抚，著述甚丰，一生显达，是理学的代表人物，但比起孔子来，仍然觉得他太小了。再不要说那些历代的文人大学士及诗人、作家了，他们更是难以望孔项背。

到底是什么原因使孔子显得如此伟大？

我的理解是实践，且是失败而执着的实践。不是他思想的高远、深邃、广阔和伟大，也不是他学富五车，而是他对道的实践。

老子也无法与其相比。因为老子只留下言论就转身隐去，背对世间了。如果说老子的实践在于隐世，那么，他也在真正地实践，只是这实践对于世俗世界来说，多少有些冷漠。但是孔子的古道热肠和行踪历历在目，且令人疼痛。

庄子更是无与伦比。庄子有那样浪漫、奇幻、深邃的散文，这世上至今无人能及，但是他没有孔子那样的牺牲精神。庄子太私我了，而孔子就显得广大无边，无私得多。

难道在中国古代历史上还有比孔子更伟人的人吗？我找不出第二个。

他三十岁开始办教育，大概是世界历史上第一个办私人教育的人。那时候，除了国家办学外，还没有人那样做。但是，孔子做了。他为什么要做？难道是他像今天的人要办教育产业吗？他是想在那个知识和学说被贵族及国家垄断的时代里，让更多的人接受教育。他是敢吃螃蟹的人。他有教无类，不拒绝任何人，庶人他也愿意教育。他哪里知道，在他办教育的那一天起，他就被上天选中了。他要替上天来传达仁爱的思想。帝王想拥有的是广阔的疆域，而伟大的哲学家、宗教领袖想拥有的是精神、灵魂。帝王一直想永恒，长生不老，使自己的基业万世相传，往往速朽了。那些哲学家、宗教领袖自然是要传万世之法，但他们多么渴望现世的认可与幸福，往往失败了，然而上天也有公道，使这些伟大的传道者享受万世之拥戴，成为人间的神祇。他们各行其道，各有天命。

在教育中，孔子获得真理，也获得上天的鼓励。他总是说上天如何如何。上天是他一切力量的来源。他相信如此这一切都是上天的安排，到了五十岁的时候，他就完全相信这是天命。他在办教育之外，尝试着去实现自己的理想。后人都认为他喜欢做官。是的，做官是他实现理想的最好的途径。那些批判他的所谓志士们，试问在那样的时代里，他要让自己的理想变成现实，要让君王们相信仁政是天下最好的政治，除了成为官，还有其他的渠道吗？

如今，在后殖民主义学者萨义德的理论启示下，中国乃至全世界有无数的知识分子以为不参与政治就是真正的知识分子，更进一步，要站在远处永远批判政府、既得功名者以及一切主流意识形态的人，才算是真正的知识分子。也许这是今天知识分子的一种选择，然而，我还是以为，这是一种与伟大的实践相脱节的空论。

在一切的言说中，唯有对言说的实践才是真正伟大的行为。龙树为什么只能是一位菩萨？因为他没有释迦牟尼那样伟大的实践。释迦牟尼敢于放弃荣华富贵，甘于做人类最卑微的乞讨（化缘）行为，他在世间进行了四十多年的教化活动。苏格拉底的智慧一定比柏拉图的要大吗？不见得。他们的教育活动有多大的差别吗？是有一些，但不见得有多少高低的不同。但是，苏格拉底最伟大的实践在于，他愿意舍弃生命而实践自己的言说。相反，柏拉图和亚里士多德就无法与其相比。耶稣的实践也是愿意付出自己的生命。

是的，孔子与他们一样，愿意把自己的生命乃至一切宝贵的东西都舍出去，从而实现自己的理想。这就是他们伟大的实践。相比来讲，孔子、苏格拉底、释迦牟尼都没有自己的著作，他们的话都是由弟子记述而成。然而后世写作者比比皆是，即使写得了天下真理，却不去实践，哪一个又能与他们相比呢？

我读《论语》里的每一句话，都是与孔子广阔的胸怀、不幸的人生遭际尤其是他不为人知的郁闷心理联系在一起，我觉得那些言语每一句都充满着惊人的力量。犹如我读海子的诗，就一定要与其为诗歌献上年轻的生命这件事联系在一起。同理，在我读王国维的《人间词话》一样，我总是想到那个为古中国文化而殉道的细节。他们都是把生命的鲜血、呼吸浇灌在每一个汉字中间的人，所以，他们写的文字那样鲜红，那样沉重，令人伤感。而孔子所说过的每一句话，我都觉得他是可以亲身实践的，相反，我觉得他如果做不到的话，就一定不会轻言。佛教里称之为妄言。

我们今天的小说家、诗人大多在闭门造车，天天想着鲁奖、茅奖和诺奖，罕有人去为自己的言说而实践。我们的那些学者，也天天坐在枯纸堆里考证古人的言词，心里想着职称、津贴，少有人去阐发造福世人的真理，更不会以生命去实践这真理。呜呼！正是这些坐在书斋里的闲人们在批判那些伟大的实践者。

我总看见，浮士德博士在放弃自杀后走向广阔的生活，去实践自己的理想。尽管他是被魔鬼诱惑着追名逐利，也曾做过不少恶事，但是，他最终找到了人生的真理。

我们呢？

我们总是埋怨生活在了一个可悲的时代，其实是因为我们自己可悲。孔子六十九岁回国，鲁国再没有用他。他得以又一次回到教育中。他把剩下的生命全部用于教育和编撰教材。

有一次，我与几个大学老师说起我去拜访孔子，看见子贡守墓处，我说当我听到子贡为老师守墓六年时，我震撼之极，这真是旷世仅有，今世绝无。我们也带学生，试想想，有学生会为我们那样吗？一位老师说，当然不可能了，放在今天，六年时间能干多少事，能为国家做多少贡献？

又是功利性的判断。我说，我不这样认为。《左传》中有一句话，让我看了非常震惊。它的大意是，在古人看来，立德第一，功名第二，立言第三。当我看到那句话时，我整个的人生观发生了巨变。五四时期，我们对传统道德口诛笔伐，传统道德信念在国人心中变得淡漠，这也是今天中国社会最大的问题。当我们遇到两难的问题时，我们总是以功利和贡献的大小来决定一件事的性质。同样，我们这些知识分子总以为人世间最大的贡献是立言，以为孔子、老子、释迦牟尼、耶稣等最大的贡献也在于立言。所以我们对北宋张载的那句话赞赏有加："为天地立心，为生民立命，为往圣继绝学，为万世开太平。"我们把立言当成我们的天命，而把实践当成别人的事。我们今天知识分子的想法绝对是，立言第一，功名第二，立德第三。或者说，功名第一，立言第二，立德第三。这就是我们与孔子的区别。

孔子的伟大创作：《易经·系辞》和《春秋》

　　如果有人问我，你现在最不愿去的地方有哪些，我会毫不犹豫地告诉他，医院。那是面对死亡的地方。我有好多年没有去体检。很多人都说，体检会提前预防疾病。但我以为，体检的最大问题也在这里。我们对生命总是不够尊重，我说的是生命的意义。体检还会带来一个很大的问题，即让人时时对死亡产生恐惧。我有一个朋友，本来很健康，如果不去体检，他也许能躲过死亡，但是他去体检后发现自己得了肝病，几天内就消瘦成皮包骨头，很快就死了。现在很多人都批评医生医德丧尽，为了挣钱，一个小病都被说成大病。我在想，生命的意义不在于活着，而在于如何活着，甚至说是如何死亡。假如生命的大限来临，检验有什么意义呢？这使我常常想到《易经》。深懂《易经》的人，对生命有另一种看法，就知道生命的节制与中庸之道，知道阴阳调节的道理，且往往对生死是有预知的人。古人说，懂得《易经》的人是可以与鬼神打交道的人。此说在今天当然很多人不信，因为大家都接受了科学世界观，但还有很多人会信。世界是多样的，体验也完全不同，我们应当相互尊重各自的信仰。

但现在医院的信仰在科学，在实验室，所以最大的问题还不在上述所讲的问题，而是把生命当机器，把人当工业流水线上的产品，当药品检验的实验品。一个小感冒，但你一进医院，医院首先让你进行尿检、血检，然后根据这些开一大堆药。那么，大一些的病呢，首先是进行各项检查，然后再确定得了什么病。若是头痛，就开一大堆治头痛的药，若是脚痛，就开一大堆治脚的药，是靠机器和药品说明书治病。大部分可能治好了，但很多疑难杂症却往往遭遇困难。

有很多老中医告诉我，中医看病主要在于阴阳平衡，但是，有一个中医也告诉我，中医还在于治心，叫人调节心理，面对生命，所以中医是一种古老的面对生命和死亡的哲学，若真是生命的大限来临，也不必恐惧。在他的影响下，有一段时间，我曾经痴迷于中医哲学。

还有一件事使我对现代医院产生巨大的疑问，而对古老的中国医术产生悲鸣。我母亲去年 8 月 31 日来兰州，第二天不慎从楼梯上摔了下来，左腿在膝盖上面整体摔断了。赶紧到医院去，就说要手术，便托人找了兰州最好的医生。但我母亲不想做手术。她说百日之后还得把手术时放在腿里的六根钢钉取掉，还得做手术。她对这一点非常在乎。另外，她所见的在老家做过这样手术的人大多后来都站不起来了。我一时不知怎么办。本来是想请母亲来帮我们做做饭，顺便也是把她接到兰州过冬天，老家乡下的冬天太冷了，谁知发生这样的事。我非常后悔，但已经来不及了。正好在手术的前一天夜里，我们要给刚刚获得鲁迅文学奖的叶舟祝贺，这是杨显惠老师提出来的，他是在前一周联系我的，问我周五有没有事，我说周五已经有安排了，他便问我下周二有没有时间，我说有。这件事就这样确定了，谁知周六母亲来周日晚上就出了事。周三早上要做手术。我便不想去了。但我爱人说，你去一下吧，早点来医院就行了。我呆在医院确实也没什么事，便去了。

使我惊奇的是，那天晚上似乎带着某种玄机。除了给叶舟祝贺之外，仿佛就是专门给我设的一个关于手术的辩论会。我一说起我母亲的事，大家便都有话要说，原来在座的十二个人中有十个人家里都面对过这样的病，一半的人主张做手术，另一半主张不做手术。正好我旁边一位朋友说，我给你介绍一位民间捏骨的人，你先去看看，若是能捏上，就不用做手术了。他帮我联系，一时还联系不上。那时我有一位朋友在那个民间奇人的县里做县委书记，便让那位朋友联系。十分钟后就联系上了。说好第二天一早就去。第二天早上六点多，我就到医院把母亲"偷"出来了，我想在八点前就可以决定是否要手术。一个小时后，我们到了皋兰县乡下那位民间奇人的家时，出来一位老太太，说已经七十二岁了。她未让我母亲下车，捏了捏我母亲的腿，然后轻松地说，不要紧，捏上就好了。然后，她用力地捏了几下，再用绷带绑好，说，好了，缓着就行了。我疑惑地说，真的没事。她又看了看我们带去的片子说，没事，一周后我们再联系。我们的惊异程度可想而知。我们再未去医院。半年后，母亲扔掉了一个拐杖。九个月后，母亲扔掉了另一个拐杖。一年后的今天，她说，除了觉得那条腿有时很乏之外，基本上好了。

我后来把那位老太太接到兰州来过几次，她治好了很多人多年未愈的骨科方面的疾病。只那么轻轻一下，就好了。她说她是七岁开始跟着母亲学医，十三岁开始行医，至今已经六十年了，所以对人体骨骼了如指掌。谁有什么病，她一看就知道了，都不用去问。常常是她说出别人的病，把别人吓一跳。我说为什么这样的手艺没发扬光大呢，她说，她们家是世代单传，传女不传男。但到她这一代，她就把医术传给了儿子和女儿，算是已经开放多了。我在想，为何不传给更多的人呢？这大概是中国人传统的守旧思维吧。

中国人的这种医术与西方的医术似乎有相同之处，都是外科方面的手术，但是，此手术非彼手术。它于波浪不惊中平复了病人巨大的哀痛，于无形中平复了一场巨大的"干戈之战"。它最重要的在于追求自然、恢复自然的医学理念。中医讲究不动刀剑，不见鲜血，不开伤口。它在恢复人体的原初状态后让人体骨骼自然治愈。不伤元气，化干戈于无形，这是西方药学无法达到的境界。

还有一点使我很感慨。她治病收费很少。给我母亲看病，我第一次去的时候，特意到自动取款机上取了五千元，还生怕不够，又取了五千。结果，她只收了我带去的一些礼物，说那些东西已经值好几百了，说什么都不收钱了。第二次是我把她接到我家里来给母亲复查，她只收了两百元。我请她吃饭，她也只吃牛肉面，于是，出于礼貌，我给她在一家豪华牛肉面馆要了豪华套餐。她将两碗面、一份肉、一个鸡蛋、一个小菜和我未吃完的一个鸡蛋、一个小菜全都吃完了。一个七十二岁的老太太，竟然如此能吃，使我大吃一惊。但她说，太浪费了，太浪费了。第三次我去接她，给她带了好多礼物，她说，行了，行了，人不能贪，下次可不能这样了。一路上，她告诉我她母亲给她讲的医道。那一次，我算是知道了古人的医道。仔细想想，我在医院还未给母亲做手术就已经花去近五千元，如果再手术直到出院，恐怕在一万五千元左右。如此悬殊，那些穷人怎么还能看得起病呢？

母亲告诉我，她回到老家武威后，也让我父亲打听过一些民间捏骨的人，有两个去给我母亲复诊过，说的话与皋兰老太太的话一样，都说很快就好了。但这些人一般都生活在乡下，且坚守着古人传下来的医道。后来我还从其他的渠道知道在兰州和西安城里也有这样的高人，但他们的收费往往要远高于乡下的医者。医术是在发扬，但医道似乎在消亡。

在我痴迷于中医的那段时间，我曾研究过《易经》，但根本无法入门。那时我二十六七岁。四十多岁时，因为讲授中国传统文化的原因，不得不讲授《易经》，才又一次去研究《易经》，还是不能入门。再后来，我还拜访过一位民间高人学习过几次，并向其讨要过一些关于《易经》的书，还是很难得要领。四十五岁时，翻开南怀瑾先生的《〈易经〉杂谈》，仅仅一夜，过去的很多问题似乎通了。但也深深赞同南怀瑾先生的观念，一定要研究，但不要用其占卜，要相信那句儒家的理念：善易者不占。近两年来，渐渐能悟出一些道理来，越发觉得《易经》之广大深邃，我仅仅是窥见了一点光明而已。想到孔子五十才学《易》，也感觉不晚。今后的最大学问，恐怕就是这部中国最古老的经典了。

作为一个了不起的文学青年，孔子给后世留下了不少著作。虽然，孔子说他述而不作，但我觉得此话不能当真。在孔子之前，私人是不允许写作的。写作属于国家的大事。但孔子之时，国家学术崩溃，学术下移至民间，于是，诸子纷起，各抒己见，百家争鸣，私人写作由此始焉。我在另一篇文章中讲过，在孔子之前，周公、管子也曾著述，但都代表的是国家。只有在孔子之时，才有了个人学说。正是在这个意义，老子是第一个私人写作者，而孔子便是第二个私人写作者。

首先要说的是《易经》。《易经》应当是孔子最后编撰的书籍。至今我们很难对那些文言、系辞、序、彖、象、说卦、杂卦等的作者进行定论，有人说，《文言》乃文王所做，《象辞》乃周公所定，而系辞乃孔子所作。这些都是一些学者的说法。司马迁在《史记》中说："孔子晚而喜《易》，序《彖》《系》《象》《说卦》《文言》。"当然，有人把序也作为一部作品来看，显然不合理。但是，有一点是确定的，那就是这些文章都是经孔子删减或补充过的。这是孔子的特点。他既然已经"序《书传》"、编《礼记》，已经从一千多首诗删减为三百零五篇，也可将鲁史删减或改写为《春秋》，又怎么可能对六艺之首的《易经》轻易放过？这是他晚年最大的事情。虽然他说如果再给他几年时间就可以完全把《易经》修改得"彬彬矣"，但是，这并非说明他没有对《易经》进行编撰。大量的资料恰恰表明，在孔子之前，有关《易经》的书籍很多，但是不是符合《周易》，即符合周文王和周公的义理，就不得而知了。他要做的便是把所有有关《易经》的内容编撰起来，成为一部完善的经、传合一的《易经》。

在我的视野里，也许章太炎是一个分界线。从此以后，新式的知识分子便与《易经》和整个传承了两千五百年的六艺断裂了。《易经》再次流至民间。后来，它就成了迷信，与我们这些在七八十年代成长起来的文化人没有任何关系了。我常常在想，我们还算是知识分子吗？我们对天文、地理、人命还知道多少？我们对人世间那些未知的领域还能探究吗？

很多人都说，不读孔子、老子，就不懂中国。对于这个世界来说，我们知道的事情其实很少很少，而未知的事情占了绝大多数。我们对一小时之后将要发生什么无法确定，对明天一无所知，我们对最好的朋友也知之甚少。我们对世界的本质一无所知。但我们总是以为，我们知道一切。

然而，我并不赞同知识分子拿《易经》来进行算命或行事。如果说孔子之前的《易经》就是用来占卜的，就是用来趋利避害的，属于数术一类的话，那么孔子的伟大之处在于，他在这样无常的命运流转中确定了可以不变的内容，那就是君子、仁义、礼乐思想。他认为，君子无论在怎样的命运面前都不可盲目地趋利避害，而是要坚守正道，勇于进取，积极乐观，就可以达到君子的目的。比如某人要谋件大事，卜得一卦为"风天小畜"卦。其意思是目前只是稍有积蓄，还不能达到目的。如果是急功近利的话，那么谋事者有可能采取几种行为，一种是不相信卦象，开始采取极端的不正当行为，从而想达到目的；一种是觉得无望，便放弃了这件事；第三种是知道此卦的结果，但同时也对卦辞中圣人的劝导认真听取，采取积极而节制的方式，继续努力，坚守正道，相信有一天会达到目的。

显然，前两种方式就是算命，是功利性的，世俗性的，是《易经》在术算方面的功用，但是，第三种方式就是孔子所提倡的方式，有了理性，有了信仰。用这种简单的方式来说明孔子编撰《易经》的不同，可能很多人不大认同，但我就是这样理解的。也正是这样，到荀子的时候，他才说："善用易者不占。"意思是，《易经》的思想就是天地人心的道理，只要对天地人心有理性的把握，有正确的认识，还需要占卜吗？知道《易经》之理后，便对自己要谋的这件事从各个方面进行大致的分析后就可以做出判断。其实成功与否不是君子所最终要达到的目的。即使达成功名，但君子若觉得德不配位，仍然会觉得这是不利之事，应当坚决地回避。

我想，大概我们也可以从这个角度反过来判断孔子是否对《易经》进行过编撰了。显然是的。《易经》中大量的"子曰""君子""仁义""大人"等词汇的运用，恐怕是只有孔门能做的事了，绝对不是道家的手法。

但是，孔子为何说"假我数年，若是，我于《易》则彬彬矣。"我想，也是这个原因。很多人认为，孔子对《易经》还没有吃透，没有挖清楚，也就是说孔子不会用《易经》。的确，我们在《论语》和《史记·孔子世家》中几乎没有看到过孔子占卜的例子，而且《史记·孔子世家》中只说孔子"晚年喜易，韦编三绝"，似乎也说明孔子到晚年才在学习《易经》。

《论语》是孔子在各个不同时期的言论，也是孔子思想的主要佐证者。从《论语》中的确能看出，孔子是到晚年才真正开始治学于《易经》，但是，这也无法说明孔子不大懂《易经》。南怀瑾先生认为，《易经》是孔子传下来的，仅凭这一点就很了不起。他说，孔子著《易传》十翼，然后传与商瞿。后来，子夏在河西讲《易经》，大家都认为他只是得到易理而已，数术未曾得真传。历史上有记载，商瞿四十岁还没有儿子，他的母亲很难过，就问孔子。孔子说，你不要难过，他在四十岁后会有三个儿子，结果真如孔子所说一样，商瞿四十岁后有了三个儿子。这个事情说明孔子不是不会用《易经》，而是他不轻易使用而已。商瞿又传至后人，到了汉朝时就变成了京房系统。但是，后人认为，到了京房时，《易经》多转向数术方面了，且大不如孔子时期。也就是说，孔子对《易经》的研究不但有数术方面的，还有易理方面的，是统一的。

但即使这样，我们还是不能解释《史记·孔子世家》中孔子的遗憾。

我们还是从"彬彬"一词着手。如果说孔子不修《易经》，何来"彬彬"之说呢？正是因为他要修正过去人们对《易经》的种种不合适的解释，而使得《易经》所有的解释都达到文质彬彬，但是，他研究得太晚了，还没能达到这个目的就去世了。

那么，孔子想使那些对《易经》的种种解释达到怎样的地步就是"彬彬"了呢？显然是要把他的仁义礼乐思想完全地融合在其中，同时，他也可能要用过去的经验来验证《易经》的各种爻辞和卦象。所以，爻辞中是历史，但是这个历史是一种动态的历史，这个动态则正是孔子要说明的地方。如果是静态，那就只有结果，就是完全功利性的，但如果是动态，则就有两种处理方式，一种是完全按照功利的目的而行事，这也是顺乎道，但是一种无意识的顺从，终究还是一种功利主义的行为；另一种则是行圣人之道，走正路，守正道，既不拘于法理的教条，要善于变通，又要在变通时不可妄为。这也就是《系辞》中所说的："夫《易》，圣人所以崇德而广业也。知崇礼卑，崇效天，卑法地。天地设位，而《易》行乎其中矣。成性存存，道义之门。"

这大概就是孔子要解决的事情，而这也是天底下最难的事。他要与上天达成一致，阴通鬼神，阳合人间礼法，既不盲目地行动，要听上天的安排，但同时也可按君子之道进行自身的坚守。甚至可以说，孔子想将《易经》的数术与易理统一起来，要取得上天与鬼神的统一，为人间甚至三界重新确定大道。

我以为，在这一点上，自古以来，没有人超越过孔子。自孔子之后，当然更没有人了。至于释迦牟尼、耶稣是用宗教的方式直接为人间确定仪规，而孔子是礼的方式，以礼的正见，想为三界确定仪规，的确是太不可思议了。

每读《系辞》，都觉得那些精美之言语非《论语》之修辞可比，必当出于夫子。而老子之《道德》和夫子之《系辞》，可算是那个时代最伟大的哲学篇章了。

其次要谈谈《春秋》。这是孔子真正的创作。据说，孔子所作《春秋》不过一万八千多字，留至后世的是一万五千多字，是《道德经》的三倍，没有《庄子》的篇幅。但就是这一万多字，完成了孔子关于仁义、礼乐的大追求。

他为什么要作这样一部书？这不是与他述而不作的精神相违背吗？我们不能抠着字眼去理解孔子。孔子被迫流浪六国之间时，他就在想，"不行了，不行了，君子痛恨活了一辈子而名声不被人们称道。我的主张不能实行了，我用什么将自己显现给后人呢？"看到这儿，我笑了。司马迁写得太好了。他把孔夫子写活了。

如果说之前所有的事情都放在立德和功名上，那么这一次，他不得已便要立言了。他把鲁国的历史编纂成一万八千多字的《春秋》，在陈述事实的基础上，该赞扬的赞扬，该贬低的贬低，把那些诸侯臣子僭越与作乱的事情全都一一责骂。好个爱憎分明的孔子。按司马迁的推测，《春秋》作于孔子困厄之时，也就是五十六岁之后。那么，孔子是否把他对乱臣贼子们的恨也带进史书了呢？显然是，否则他如何实现他的礼制理想。也正是因为这个原因，孔子才说，"后世知丘者以《春秋》，而罪丘者亦以《春秋》"。也正是因为这个原因，后世对《春秋》是否史书充满了怀疑，实证主义者胡适就认为，《春秋》一书，只可当作孔门正名主义的参考书看，却不可当作一部模范的史书看。因为历史的宗旨在于"说真话，记实事"。《春秋》的宗旨，不在记实事，只在写个人心中对实事的评判。徐复观也说，孔子修《春秋》的动机、目的，不在今日所谓"史学"，而是以史的审判代替神的审判的庄严使命。可以说，这是史学以上的使命，所以它是经而不是史。

徐复观之言诚哉。如果我们把孔子降格为一位史学家，圣人之教何在？他必然是要在历史的记述中陈述自己的大道。胡适之类者岂能知之。如果说真实，这才是真正的真实。非表相之真实，乃心中正义之真实。也正是从这个意义上，孔子是一位文学家，而非简单的史家。胡适者流是从西学中借来学术之分类法，将中国古代文史哲不分家的传统硬是要割裂开来。

新文化运动以来，尤其是新中国成立以来，现实主义的传统成为中国文学之主流，但为何我们一直在学习俄罗斯文学传统，却未曾向《春秋》学习呢？《春秋》是孔子作为一位知识分子对历史和社会进行批判的杰作，他不是虚无主义，他的每一句批判都是指向仁义、礼乐，归于大道。然而，孔子的这种批判精神并未在后世得以良好地继承。人们只记得其"四十而不惑，五十而知天命，六十而耳顺，七十而从心所欲不逾矩"，只记得中庸之道。人们只记得从《论语》中得到一些顺从天命的只言片语，却也看不到《论语》中的批判精神。于丹讲孔子，也是只讲"顺从"，从不谈批判，这大概也是那么多的人对其谴责的原因。

然而，今之文学青年，多没有高远之理想，追求的都是修辞之美饰，接舆之狂行，对待道德口诛笔伐，对待功名利已至上，而对待大道虚无彷徨，所以，批判无意义，这哪里是孔子之传人，分明是接舆之再传弟子，事实上，连接舆都难以连为一气，不知其何教也。

我读《论语》，必然想到《春秋》，必也一定要读《史记·孔子世家》，然后才发现，即使如此也只是懂得一半孔子，然后读《诗》《礼》《书》，懂得其全貌。以为这就可以了，后来才发现，丢了《易经》，就等于丢了魂魄，于是研究《易经》，方知世人都误解了孔子，我也误解了半辈子。呜呼！圣人都如此，何况我等无名之辈。

想到此处，不觉仰天长笑。至于《诗》《书》《礼》《乐》，乃至《论语》者，还有谈的必要吗？

孔子的老师是谁

有一年教师节，我给女儿讲孔子。那时她大概五六岁。我给她讲，孔子是中国第一个开办私学的教育家。女儿忽然问我，那孔子的老师是谁？既然孔子那么厉害，他的老师不是更厉害吗？这是动画片告诉她的逻辑。

我一时茫然。

很多史料表明，孔子三十岁左右就办了学校，但很少看到其三十岁之前在哪里学习，跟谁学习。仿佛孔子乃天人，一出世便为师。一日，读《论语》，看见卫国大夫公孙朝也曾问子贡，你的老师孔子的老师是谁呢？我想，这大概是文字记载中第一个问孔子的老师是谁的人，但其实，当时问这个问题的人比比皆是，包括子贡在内。但是子贡已然知道答案，便说："文王、武王的大道并没有崩坏，还在人间运行。贤者理解它的大道，不贤者也可了解它小道，文武之道，无处不在。夫子哪里不能学习？为什么要有固定的老师呢？"

这大概是孔子五十六岁后在异乡漂泊时的回答了。这个回答至少说明几个层面的意思，一是孔子无所不学，无处不学，所以有"三人行，必有我师"的说法；二是孔子在向历史学习，没有固定的老师，完全是自学成才；三是若非要在历史中找一位导师的话，那就是周武文王和周公了。

读《史记·孔子世家》便知道，孔子家贫，且贱，没上过好的贵族学校，也就是今天所说的没上过好的大学，只好自学成才。但自学成才的好处在于，什么都学，什么书都可以读。可以博学矣，非专家耳。中国在恢复高考后的大学教育与后来的大学教育有一个最大的区别在于，那时候的大学生本科就够了，所以读的闲书很多，哲学、历史、文学无一不读，这就培养了他们广泛的兴趣和对学术无止境的探索精神，但是，九十年代之后的教育慢慢变了，市场开始主导教育，各种学历班、学位班兴起，大学又扩招，最可怕的是大学开始走学科主导一切的思维，结果导致本科生的水平越来越差，而硕士和博士又向专门化方向培养，学术的思维越来越僵化、窄化、教条化。其中的问题多如牛毛，无法一一枚举。

当学术变成一种谋生的手段时，这个国家公器就私人化了、世俗化了，真正的学术精神便荡然无存了。孔子说，古之学者为己，今之学者为人。意思大概是古代的学者做学问是为了解决自己对世界、生命的疑惑，但今天的学者是为了显示自己的知识，装饰自己给别人看。这是学术的异向。这是很多人的解释，其实，我们也不妨把这句话从另一个角度来理解。三代以上为公天下，所以，每个人做学问都是出于自己的爱好、兴趣和解决种种迷惑，但是，三代以下是私天下，家天下，所以，每个人做学问便都为了安邦定国、保家卫国，学问便常常是为他人而存在的。这与《礼记·礼运》篇中的"大同"与

"小康"的区别一致。

但即使如此，这种小康时代的学术仍然是国家公器，也是利众的，然而今天的学术常常是一不为己之疑惑，二不是国家公器，所以常常变成了一种功利性的谋生手段，成为评职称、挣津贴的一些条件。学人们忘记了学术的根本目的在于探究宇宙人生之高深学问，忘记了自己最初的疑惑。学术的根本目的是在于探究宇宙人生之真谛中获取人生的至理，培养至纯之人性，养成圣贤品格。这种学问虽然已经"为人"，但也利己。

文学在孔子时代其实就是学术。一个人写点个人的观点，一定读遍万卷，才可下笔，而他下笔的动机在于表达自己对世界、社会、国家以及个人的看法，所以，要有观点，要有学识。但今日文学已经被下降至书写个人私生活的位置，既放弃了为己的疑惑，也放弃了利他人的圣人思想，只是为成为一个作家而写作。而作家在今天的位置往往是与学术相对立的存在。这可以从我们的文学和学术中看得出来。以修辞而炫世者是今日文坛之主流，但要在如此庞大的中国作家群中找几个有思想、有信仰的文人，并不易。同理，批评家应当是有思想、有立场的学者，但观今日之批评，公信力缺乏，批评失范，思想的维度混乱，虚无主义和功利主义盛行，同样也令人生厌。至于学者也一样。我们能看到学贯中西、精通古今者吗？我还没有看到几个。今日之学者，要么站在所谓的世界文化立场，其实是欧洲中心主义的立场上来批判中国传统文化者，他们以为中国传统文化无一善者，这样的学者在今天要占绝大多数。他们不知道自己的思维早已经被欧洲中心主义文化洗脑。而那些站在中国传统文化腐朽的立场上的学者，往往不去阐发新的思想，不敢越过圣贤对传统文化进行革新，而盲目地鼓吹中国传统文化尤其是儒家文化能拯救世界。这样的学者虽少，但也很可怕。我们缺乏类似于孔子一样大胸怀的博学者和继往开来者。

那些在同时代对孔子不满者，也定将以此来诟病孔子，不也太可笑吗？子贡的回答实在是完美。但这并不意味着孔子是天才，什么都懂，不需要向谁学习。恰恰相反，从《史记·孔子世家》中，我们看到一个随时都向人学习的孔子。

孔子的第一个真正的老师好像是老子。至于孔子到底是什么时候见的老子，大概众说纷纭。大概司马迁也没弄明白，所以有"鲁南宫敬叔言鲁君曰：'请与孔子适周。'鲁君与之一乘车，两马，一竖子俱，适周问礼，盖见老子云"的说法，这里的鲁君到底是昭公还是定公，没说清楚。同时留下两个疑点。一是他在讲孔子拜见老子之前的一段是对孔子一生遭遇的概括，然后即说见老子的事。二是有一句"孔子自周反于鲁，弟子稍益进焉"，意思是孔子办学不久。接着下一段便是讲孔子三十五岁之后的事了。

《史记·孔子世家》中说，孔子适周是由南宫敬叔对鲁君说孔子想去拜见老子，而不是孔子向鲁君说的。这是否就说明，那时孔子还很年轻，可能也见不到鲁君。如果从文章的上下文看，那时孔子最多三十四岁。当时还是鲁昭公的时候。但是，老子说的一番话又分明不是孔子三十四岁时的情状。老子对孔子说："吾闻富贵者送人以财，仁人者送人以言。吾不能富贵，窃仁人之号，送子以言，曰：'聪明深察而近于死者，好议人者也。博辩广大危其身者，发人之恶者也。为人子者毋以有己，为人臣者毋以有己。'"

这番话的语境是孔子已经盛名于天下，连老子都知道了他，所以才有这番劝告。三十岁的孔子才开始办学，还没有大的名声。孔子显名于天下，已经到五十岁时。那时鲁定公以孔子为中都宰，孔子只用了一年的时间，就把鲁国的四方都治理好了，所以由中都宰为司空，由司空为大司寇。另一次显名是在流浪于列国之间。所以，老子说这番话应当是孔子五十岁以后。

还有一个最大的问题，即如果是孔子三十四岁去拜见老子的话，有学者研究，那时南宫敬叔才十二岁，怎么能做这么大的事呢？

恰恰庄子在文章说，孔子拜见老子是五十一岁时，与老子说那番话的语境相吻合。我的研究也恰恰显示，孔子对《易经》的研究也到五十岁之后。他说，五十知天命。五十一岁那年，孔子掌管了大权，想在鲁国治礼，所以去拜访老子。同时，他在拜访老子时，大概看到了与《周易》不同的《易经》。老子既给他讲解古礼，同时，也谈到了道。而谈到道，老子才说了那番话。孔子回来觉得世界观和人生观发生了变化，并对弟子们说，老子犹如龙耶。五十六岁之后，孔子的履历非常清楚，大概再未见过老子。一些道家的著作说，孔子常常去拜访老子，一次还派子贡先去拜访，然后自己才去拜访，于是，老子说了一番很长的话。那当然是杜撰了。

南怀瑾先生也认为，孔子是从五十岁开始研究《周易》，然后才对道有了深刻的理解。所以，我以为孔子向老子问礼，其实是问道。

孔子的第二个老师是齐太师，学习《韶》乐，三月不知肉味，齐国人人都称赞他好学。我们今天无法听到《韶》乐，不知是怎样的音乐居然有那样大的魅力。孔子在音乐方面据说还有一位老师叫苌弘，据说孔子向他学习过音乐，但《史记·孔子世家》中没有记载。倒是孔子的第三个音乐老师记述得很清楚，名为师襄子，卫国人。孔子向他学鼓琴。学习了十日，不见什么进展，师襄子便说："可以增加一些学习内容了。"孔子说："我已经熟习曲子，但还没有掌握演奏的技巧。"

过了一段时间，师襄子说："你已经掌握了演奏的技巧，可以继续往下学了。"

孔子却说："我还没有领会其中的志趣呢。"

这是什么话？今天哪有如此学音乐的人？又过了一段时间，师襄子说："你领会到其中的志趣了，可以继续往下学了。"

孔子竟然又说："我还不知道乐曲的作者啊。"

这使师襄子也大惊。世间哪有这样的人，竟然要从曲子中知道作曲的人是谁。问一下不就知道了吗？但是孔子不问。他要自己通过音乐来辨认。孔子日日学习音乐，如此又过了一段时间。又一天，他突然明白了，他高兴地对师襄子说：

"我看见作曲的人了，他皮肤深黑，体形颀长，眼睛深邃远望，如同统治着四方诸侯，不是周文王还有谁能撰作这首乐曲呢！"

师襄子大惊，离开座席，两次拜礼，说："是的，这乐曲叫做《文王操》啊。"

这可能是中外音乐史上一段非常重要的佳话。孔子说，五十不学艺。其实，这话也不能当真。孔子向师襄子学习时在六十岁前后了，他照样如此痴迷。我们不知他到底学习了多长时间，但是，通过他，我们知道音乐是另一片幽微的天地。音乐里有人，有情趣，有世间的一切。

从这些学习也可看出孔子是一个内心非常庄严宏大的人。他后来编辑了《诗经》三百零五篇，然后都弦歌之，"以求合《韶》《武》

《雅》《颂》之音。礼乐自此可得而述，以备王道"。我想，在孔子看来，音乐存在于天地，我们看不见，摸不着，但是，音乐能正人心，所以，他觉得这是大事。他路过宋国，听到宋国的音乐后，斥之为淫乐。所以，在孔子的音乐观中，有正乐，也有淫乐。《东周列国志》中记载，有乐师创作有一曲黑色音乐，人听了后就会死，所以被称为死亡之乐。孔子称这样的音乐也是淫乐。

我常常在想，今天我们生活中大行其道的都可能是淫乐，正乐少之又少。那些清正的音乐，在今天的年轻人眼里，都是古板的东西，而那些挑逗人心、歇斯底里的音乐正成为中国好声音。孔子若活着，不知又要怎样？

除他们外，孔子还向一位叫郯子的贤者学习过古代的官制。据说那时孔子才二十七岁，还未办私学呢。据说郯子是少昊的后人，是郯国的国君。国虽小，但很有名气。郯子是一位仁君，他讲道德，施仁义，百姓崇戴他。公元前525年，郯子朝见鲁昭公。昭公宴请他，席间，鲁大夫叔孙昭子问郯子：

"听说您是少昊的后裔，我想问一下少昊帝以鸟来命名官吏的事。"

这确实是天底下的新鲜事，但它就发生在我们的先祖时代。郯子说：

"是啊，先祖少昊初立时，恰好有凤凰飞来，大家都认为这是吉兆，因此就拜鸟为师，以鸟名来称呼各种官职。"

大家都听得神奇，又有人问："那么，您知道黄帝时以什么来命名官职吗？"

"以云记事。"郯子毫不犹豫地答道，"百官以云命名。"

"那么炎帝呢?"有人又问。

"以火记事,百官以火命名。"郯子说。

"那么,共工氏是否以水记事,百家以水命名。"有位官员开玩笑地说。

"当然是。太昊氏以龙记事,他的百官都以龙命名。"郯子郑重地说。

大家第一次听说,都觉得新奇,便有官员好奇地问:"以鸟命名?如何命名呢?"

郯子便说出了让人更为惊奇的话,他说:

"凤鸟氏掌管历法,因为凤凰预示着吉祥、和平、安宁,乃神鸟也。玄鸟氏掌管春分、秋分。玄鸟即燕子。伯赵氏掌管夏至、冬至。伯赵就是伯劳鸟。青鸟氏掌管立春、立夏。青鸟就是鸧鹒,它在立春开始鸣叫,立夏停止,故这个官职以它命名。丹鸟氏掌管立秋、立冬……"

此种古史,早已湮灭于历史的尘埃中,即使有传闻,人们也只是说说而已,谁知道郯子竟然一一说出,并说出一番道理来。这让人们非常惊奇,尤其是孔子。于是,他拜见郯子,进一步向其学习古代官制。当郯子走后,他感叹道:周天子处已经没有主管这类事情的人了,像郯子这样有学问的人,已经散落于四方了。

郯子死后,后人建郯子庙、郯子墓、问官祠以凭吊。据说,当时郯子庙中塑有"三圣",为孔子、老子、郯子。可见郯子在当时就是很大的知识分子,与老子一样。

其实,在孔子心中,他真正的老师是周武文王和周公,尤其是周公。这一点,史书中已经写得很清楚了。周公本可以取而为帝,但是，他始终记得夏和商的不幸，所以他就怀有一个梦想：能够把国家和家庭以某种方式固定下来，然后永世沿袭下去，从而减少战争和不幸。这是圣人之想法。所以，他发明了封疆制、家长制、长子继承制。他以为这样就可以永保和平了。他也把皇帝的权力交给自己的侄子。他自己则做了帝王师。谁知几百年之后，照样和夏、商一样，战争不断，国家处于纷乱之中。孔子在这个时候诞生了。他发现世界之乱在于人们没有按照周公所定的伦理那样去做，所以，诸侯僭越天子，天子之事难成。家庭也一样。所以，他要学习周公，让一切都恢复成周公想象的那样。

"五四"以来很多知识分子贬孔，都以为这是忠君思想，是奴隶思想，是不平等的思想。这仍然是以后世之师来评判前世之师，哪有这样的道理。事实上，孔子的理想在董仲舒时已经实现了，且延续了两千年。新文化运动要革除这样的思想，当然是要拿孔子来"开刀"。事实上，我们大概太机械地理解孔子的思想了。在整个封建时代，皇帝就是国家的象征，法的象征，知识分子不忠于国家，不忠于法律，难道要忠于自己的欲望？西洋不也有君主立宪制吗？君王还是个象征。国家可能在变，国家权力中心也会从一个人变成一个政党或宪法规定的某种形式，但是，知识分子忠于国家和法律这一点，我想是永远都不能变吧。

我们在泼去脏水时，竟然连盆子里的孩子也一并泼出去了。其中的原因恐怕是要好好反思的。

"五四"以来，中国知识分子的老师不再是孔子，而是苏格拉底和耶稣、马克思。三人行，必有我师焉。这话说得多么地好。不错，这些老师是非常好的老师，中国的知识分子当然应当向他们学习，就像孔子学习音乐那样专注而不知肉味。但是，孔子还在向其他一切可以学习的老师学习，而我们呢？我们向孔子学习的机会也很少了。学术还能有真正的发展吗？

我们应当学习孔子，向今天天下一切可以学习的国家和圣贤学习，当然，也得有一个像周公一样的人物做参照点。

师道：子贡创立的信仰

在拜谒完孔子后，解说员小吕指着孔子墓右边的三间茅屋说：

"这是子贡守墓处。他和众师兄弟们一起为孔子守了三年的墓，其他人都走了，他独自留下，又守了三年。共六年。"

那一刹那，我怔住了。然后，我的内心涌动着一股强烈的热流。只因为我也是一位老师，而且，我也曾是一位学生。在复旦读博士的时候，师兄弟们总是说起导师陈思和先生一些感人的事迹，其中之一便是他视贾植芳先生如父。他留在复旦任教后，就一直在做贾先生的助手，深受贾先生爱护，同时，他不但替贾先生做一些工作上和学术上的琐事，还一直照顾贾先生的生活。贾先生在日记中每每写到，某一日他病了，是陈思和背他去医院，等等。贾先生去世，也是思和先生办的丧事。之后，贾先生的文集，也是思和先生带着众弟子整理出版的。我到复旦读书时，已经四十二岁，思和老师每每叫我"徐老师"，我便很不自在，后来在我多次的请求之下，他终于开始叫我的名字。那时，我给思和先生写过一封信，希望能在读书期间陪伴左右，端茶倒水，侍奉老师。有一次，他说，栾梅健老师最近病了，希望我能替他处理一些学术会议方面的事，这些事原本由栾老师在做，现在没人了。我很高兴，但是，那时我耳朵神经受伤，不能打电话了，另一方面，我所在的单位西北师大这边，我又兼着行政职务，不得已得两边跑。后来，西北师大成立传媒学院，我受命来主持工作，更是没有时间了。每次去复旦，都是匆匆去，匆匆回。想起对老师的承诺，始终在后悔。后来我把这些心里话告诉我的研究生们，我的意思是，古老的师道在我的导师那里延续着，而我们应当学习他。

事实上，中国之师道，自子贡始，方获得信仰之力量。如果没有子贡之诚信，孔子这位师者便缺少了其神圣的对应者、坚定的信仰者——学生。广而大之，从历史上看，释迦牟尼如果没有迦叶与阿难，其佛法可能会中断；老子若没有关尹喜，便不会有《道德经》；苏格拉底若没有柏拉图，其思想便很难永恒地传承下去；耶稣若没有保罗等门徒，又怎么可能有基督教呢？老师与弟子，是精神的对应者，缺一不可。

子贡是最早进入孔子门下的学生之一，也是跟随孔子在六国间流浪的学生之一。大概跟随孔子三十年左右。子贡比孔子要小三十一岁，算是真正的晚辈了。三十个春秋，使他们的感情必然不同于一般人。那时，男人虽然需要女人，但是，男人对男人的需要远远超过女人。不像今天，男人对女人的爱情方面的需要远远超过友情，至少是一样重要。所以，孔子与子贡，犹如父子。

那么，子贡为何要守孝六年？

先得说说子贡和众师兄弟们为何守孝三年。孔子之前，不曾听说学生为老师守孝三年之事，只听说儿子为父母守孝三年之说。那么，我们先要解决为什么儿子必须守孝三年的问题。

宰我是孔子的学生，被誉为"孔门十哲"之一，据说其聪慧在子贡之上。他与孔子论礼时，说："三年的丧期太久了，君子在这三年之间若不举行礼仪方面的事，礼仪就会荒废；若是三年之间不演奏音乐，音乐也一定会亡。旧的谷子已经吃完，新的谷也已经收成了，连打火的燧木轮也要换了，所以，按自然的法则，一年就可以了。"

这与今天很多人说的一样。我去曲阜拜见孔子，曲阜的一位文化人招待了我。席间，他也说，三年的时间太长了，在今天能干多少事啊，为国家能做多大的贡献啊。我还在网上看到很多人说起这件事时感叹，人生有多少个三年啊，意思意思就行了，人死不能复生。他们还说，九泉之下的父母也不希望子女如此浪费大好时光。话是好话，也适合当下人的想法，但我还是笑着说，我们与孔子的想法不太一样。他便问，为何不一样？

我便给他讲了宰我与孔子的对话。孔子没有直接回答宰我，而是问，守丧未满三年，你就吃好吃的，穿好穿的，你心里安不安呢？宰我说，我心安。孔子只好说，你既然心安就好了。

这可能是我们今天一般的做法。大家都觉得自己心里安了就好了，何必在乎形式呢，甚至何必在意先人呢。在今天，很多人都觉得父母死了，便不会再有对人世间的感知，因为人是没有灵魂的。古人当然不一样，觉得父母仍然在看着孩子的所作所为。孔子不语乱力怪神，虽然他在心里也认可这些乱力怪神的存在，但他不是从这个角度来讲的。他是从一个人自身的角度讲。所以，在宰我走后，孔子就对其他学生说："宰我不仁啊，一个孩子生下来，三年后才能离开父母的怀抱。为父母守丧三年，是应当的。天下人都如此在做啊。"

在这里，孔子回答了为什么要守丧三年的原因，同时也批判了类似于宰我者，以为三年乃形式主义，心中安就可以了。事实上，我在前面已经讲过，宰我者，乃功利主义者，想以功利来替代仁义和情感，又怎么可以呢？圣人不谈功利，首先谈的是立德，其次才在功名。

孔子在后来又解读了三年守丧会形成怎样的德行，他说："父在，观其志。父没，观其行；三年无改于父之道，可谓孝矣。"孝道立了。

事实上，在我看来，守丧三年可做如下观：父母育有儿女，必要怀胎十月，初算为一年；生下来要育儿数月，古时称为坐月子，有的地方是一月，有的地方是三个月，月子后还要陪伴孩子成长，直到行走为止，这段时间母亲和儿女几乎时时在一起，又为一年；虽能行走，但古时没有奶粉，所以断奶一般到两岁，又是一年。如此便为三年。守丧三年，也算是一次礼的教育，是对父母养育之恩的报答，也是体认父母养育之不易的过程。这绝非简单的形式主义。

然而，古之礼，今已丧，所以，孝道也就亡了。

那么，孔子非众弟子之父，为何也要守孝三年？这就与子贡有关了。《礼记》中说，孔子死后，众弟子为其办丧事，弟子们不知道该穿什么丧服。子贡便说，应该像父亲去世一样。这可能也有一个环境，孔子只有一子，名孔鲤。孔子游历列国时，孔鲤在为其打理学校。事实上，孔子游历列国时，追随者七十多人，孔鲤所打理的学校，可能人数极少。但孔鲤先于孔子死去，所以，孔子死后，没有儿子为其尽孝。孔子虽有一孙，名伋，但那时才五岁。可以说，家里没有成年的男子。在这种情况下，子贡认为，学生们应当为孔子戴孝，并守孝三年。这大概是情理之中的事。

子贡之一言，成为后世之师。所以，后世有"一日为师，终身为父"的师道名言。但是，子贡为何又要守孝三年？独要与其他学生不同，多出三年呢？史书中未有解也，也似乎未有人再问此问题，自然也无人解了。

唯有我愚钝，问出这样的浅问。但这既然是我的问题，我也要寻出一番答案来。

我一直在想，孔子被迫流浪于列国之间，总是寓居于某处，好在当时的诸侯都把知识分子当贤人来看，总是给予一定的补给。比如孔子从鲁国出来后就到了卫国，卫灵公给予奉粟六万，与鲁国的俸禄一样。可能还有其他国家也给予过资助，但在司马迁的记述中很少。有些国家想接济孔子，如齐国和楚国，但这些国家的贤臣们这时候就不贤了，都纷纷出来将孔子排挤出去。文人相轻的事在那时候就比比皆是。人性之如此，古今一样。那么，按一些史书中所说，孔子游于列国中时，跟随者达七十多人，那么多的人，吃住都需要钱，哪里来的这些费用呢？武侠小说中，那些侠客尚且可劫富济贫，顺便贪污一些留给自己用，不用犯愁，可孔子是君子，怎么办呢？

又是子贡在解决这个最大的难题。司马迁在《史记》的《仲尼弟子列传》和《货殖列传》中都写到子贡的经商事迹。《仲尼弟子列传》中说："子贡出，存鲁，乱齐，破吴，强晋而霸越。子贡一使，使势相破，十年之中，五国各有变"，这里先讲子贡的口才与韬略，然后说："子贡好废举，与时转货赀……家累千金，卒终于齐。"《货殖列传》则说："子贡既学于仲尼，退而仕于卫，废著鬻财于曹、鲁之间，七十子之徒，赐最为饶益。原宪不厌糟糠，匿于穷巷。子贡结驷连骑，束帛之币以聘享诸侯，所至，国君无不分庭与之抗礼。夫使孔子名布扬于天下者，子贡先后之也。此所谓得埶而益彰者乎?"

原来子贡不仅是一位纵横家，做过鲁国和卫国的国相，还是一位商人。有人研究得出，子贡的祖上是中国最早的经商者，此话不一定准确，但确实能说明子贡来自一个商业家庭，有经商的天分。所以，孔子游于列国之间，凡遇到财力方面的问题，基本上都是子贡解决的。还不光是如此，子贡能使孔子的团队与国君分庭抗礼。这可不得了。

而孔子在危难之际，几次也是在子贡努力下得以脱身。一次是困于陈蔡之间，孔子便派子贡出使楚国。结果，"楚昭王兴师迎孔子，然后得免"。楚昭王还想"以书社地七百里封孔子"，楚国的令尹子西说："大王出使诸侯的使者有像子贡那样的吗?"楚昭王说，没有。令尹子西又说："您的宰相有像颜回那样的人吗?"楚昭王说，没有。又问："大王的各部长有像宰我那样的人吗?"回答还是，没有。令尹子西说，如果您要封孔子，孔子又有那么多的贤人辅佐，将来还有您的位置吗?楚昭王一听，便作罢。

这个故事说明子贡确实厉害，他能像司马迁所说的那样使孔子能像国君一样存在于世而不受困厄，同时也说明，孔子门下贤者能人很多，团队的力量很大，使各国国君都为之忌惮。

孔子六十四岁那年，吴国和鲁国会盟，向鲁国征集牲畜猪、牛、羊各一百头。鲁国的季康子向孔子求救，孔子派子贡代表鲁国前往交涉，致使吴国取消了计划。鲁国便开始有心想让孔子回国，但仍然被一些文人阻挡，于是便想到招孔子的学生冉有。冉有走的时候，子贡特意嘱咐他，去以后一定要让鲁君招请孔子回国。

只有子贡知道孔子的心思。后来，冉有替季氏带领鲁国的军队，打败了齐国，季康子便问冉有，你这军事方面的本事是向谁学习的呢？冉有说，当然是我的老师孔子了。季康子又问，你的老师孔子是个什么样的人？冉有说，起用他你就会有好的名声，即使你向鬼神去问他的为人也是没有多少缺憾的人，但是你要知道，我这军事方面的小道，他是看不上的。我的老师是追求大道的人。季康子便叹口气说，我想把你的老师请回来，怎么样？冉有说，你要打算召他，就不能用小人来牵制他。

六十九岁那年，孔子终于回到了鲁国。如果没有他的门徒，尤其是子贡的努力，孔子怕是要困死于陈蔡之间了，也难以回到故乡了。所以，大概孔子对子贡也是充满了感情的。不然的话，在孔子病重之时，他心里一直想的也不会是子贡。

子贡也一样。子贡自始至终对孔子是充满了敬仰和爱戴的。鲁国司马叔孙武叔曾在朝堂上对诸大夫说："子贡要贤于仲尼。"有人便告诉子贡，子贡就说："假如用围墙作比喻，我的围墙只能够到肩膀那么高，人们就能看见房屋的美好了。但我老师的围墙有几丈高，你找不到门，也无法进去，看不到宗庙的美好和各个房舍的丰富多彩。能找到门进去的人或许还很少呢。叔孙武叔那样说，不也是很自然的吗！"

后来，叔孙武叔又诋毁仲尼。子贡便说："仲尼不可毁也。他人的贤德，好比丘陵，还能逾越，但仲尼乃日月也，不可逾越啊。有人虽然想要自绝，对日月有什么损伤呢？只是说这种人是不自量力啊。"可见子贡对老师的维护是多么地真诚。不像子路，当楚国的叶公向他问孔子的为人时，他不敢正面评价孔子。说明在子路的心中，对孔子还是抱有怀疑态度的。

　　孔子被迫流浪于列国时，子贡追随其后。每到孔子危难之时，子贡都会挺身而出。当孔子死亡的时候，他又怎么能不想念老师呢。那时的子贡，大概正在外面发大财，一听说老师病了，便赶紧往回赶。等到孔府时，看见孔子正拄着拐杖在门口等他呢，并说，子贡啊，你看，天都要塌了，圣人也快死了，你怎么才来？

　　子贡潸然泪下，跪拜在孔子面前。孔子仿佛就是想看一眼子贡似的，等看到子贡的第七天，便去世了。

　　子贡本是以口才和经商著世，但孔子的一番话，使他成为比颜回还要有德行的弟子。当孔子的弟子们不知用什么方式来面对孔子时，他脱口而出，当然是以父亲的方式对待老师。也因为他，孔子的弟子们才会守孝三年。然而，当弟子们"相诀而去"之后，子贡又留在孔子墓前，再守三年。

　　我们至今不明白他为何又再守三年的道理。但是，我一直记得孔子被围困于陈蔡之间时与子贡的一番对话。《史记·孔子世家》中记录了这个故事。孔子见弟子们被围困多有怨言，便叫来子路问，是不是我们的学说有问题了？子路说，大概是没有达到真正的仁吧，所以没有人理解我们。孔子又叫来子贡，问了同样的问题。子贡说："老师您的学说深邃宏大，所以天下没有哪个国家能容得下您。老师是否可以稍微降低一点标准呢？"孔子的回答非常精彩，他说："子贡啊，优秀的农夫善于播种耕耘，却不能保证一定就能获得好收成；优秀的工匠擅长工艺技巧，却也不能迎合所有人的要求。众口难调。君子虽然能够修明自己的学说，用法度来规范国家，用道统来治理臣民，但也不能保证被世道所容，这就是君子可能遇到的天命。如今你不修明自己的学说，却去追求迎合世人，被世人称赞而收容，你的志向太不远了！"

孔子的这番话何其悲壮！这就是君子，求仁得仁，何怨乎？所以，当孔子把颜回叫去再问时，颜回的回答就令孔子大为满意。颜回说，"老师的学说深邃宏大，所以天下没有哪个国家能够容得下您。"这前面的评价与子贡多么一致啊，但是，后面的回答就不一样了。颜回说："即使如此，老师推广而实行它，不被容纳怕什么？正是不被容纳，然后才显示出君子本色！老师的学说不修明，这是我们的耻辱。老师的学说已经努力修明而不被天下采用，这是当权者的耻辱。不被容纳怕什么？不被容纳然后才显出君子本色。"

这就是孔子为什么赞赏颜回的原因。颜回有一种生来就形而上的精神在支撑着他，孔子评价他说："回也，一箪食，一瓢饮，在陋巷，人不堪其忧，回也不改其乐。"为什么？颜回是有大志向的贤者。

也许子贡一直想得到有如颜回一样的评价，但是，在孔子生前始终未能得到。颜回早亡，未能为孔子守丧。于是，子贡便首当其冲。

也许子贡一直记得这样的差别，所以，他能够放下他的发财梦和做官梦，放下名利，而立一次德。我想，他在孔子墓前也曾犹豫过要跟众师兄弟们相诀而去，但是，当他放下名利之时，也就是他的志向远大之时，于是，他对孔子说：老师，我想再陪您三年，让我的志向再远一些。

他也许根本没有想到，就是那后三年，那"多余"的三年，竟将师道确立了。世间，还有谁愿意浪费那三年的发财时光呢？即使是流浪汉、垂死者也不愿浪费那三年。那三年，需要多大的勇气和定力。但也是仅仅那三年，那一个坚定的行为，就将孔子发扬光大了。

我想，在那段时间里，子贡和孔子一定又谈了很多很多。子贡还从南方带来一种叫"楷树"的树苗，种在不远处。曲阜人都叫皆树，意思是，孔子是人人效仿的师者。三年后，孔子才对子贡说，赐，你的志向够远大的了，可以去了。

子贡看看那树，已经长大，便起身走了。

孔子的追随者

孔子的文学追求，走的是非官方的路数。用今日的话说，不是作协系统，是民间道路。但这并不意味着他不认同作协，恰恰相反，他一生都想用官方的正道来倡导自己的理想，可事与愿违，他始终流浪在民间。

这种愤懑与压抑、不得志，恰恰赋予他更大的力量和勇气以及自由，同时也给了他更多的时间去创作，致使他没有把时间浪费在那无聊的官场上和饭局上。所以，才会完成"六艺"。

孔子从一开始就被排挤在官方之外。季氏宴士，他欣然而往。阳虎把他挡住了，并喝斥他说，你又不是士，怎么能来蹭饭局呢？这对他是一种强烈的刺激。然后他便想在季氏那里谋得一官半职，季氏也确实给了他一些差事，他都办得井井有条，但是，他始终属于"贫且贱"的那一类，所以难以谋得大发展。

于是孔子开始走一条民间之道，办教育。那是三十岁的时候，已经怀着巨大的理想。这在当时是一件大事，要知道，在孔子时，传播的手段极其有限，主要是靠官方下文，别无他途，但是教育一经兴起，它就成为主流文化或新文化最重要的传播途径。孔子是看到了这一点，所以他想通过这样的方式来传播自己的理想和主张。

如果用今天的方式来思考的话，那一年，他就扬名于天下了。因为他是中国历史上最早收徒弟办教育的人。这可是要有天大的胆子。在孔子之前，教育是官办的，连文字和书写都是官方的事，私人是不允许的，但孔子之时，天子失学，学术流于民间，天下开始混乱，在那样的情景下，孔子做了，竟然也没事。不但没事，反而成了先锋人物。天下的青年，那些与孔子一样"贫且贱"的文学青年们，怎么能不激动？怎么还能安于贫困、压住理想的胸腔？

所以，一时之间，孔子在民间开始拥有无数的粉丝和追随者。问学于孔子者比比皆是。然而，孔子的心中，仍然有世人难以想象的大抱负。他还是要取得官方的认可，通过官方来实现自己的理想。

于是，在三十五岁那年，看见在鲁国谋求无望，便随着昭公的出走而到齐国，投奔到齐国高昭子门下做了家臣，想以此来与齐景公交往。由于他在民间的声名和不懈的努力，他的愿望达成了。齐景公向他问政，他回答得很好，齐景公便想把尼溪的田地封给孔子。孔子高兴极了，觉得自己在齐国可以一展身手了。

但就在这个时候，齐国的一个大文人晏婴不高兴了。他怕失去在齐国的贤者地位，于是便在齐景公面前大骂了一番孔子，齐景公一看情形不对，便没有对孔子进行封赏。晏婴可是大名人，属于思想家和外交家，是齐国的国宝级人物。他说的话可是非常有分量的。但就是这样一位贤者对外来的孔子有了很大的看法。如果我们换一个思路来想，会怎样？假如孔子在拜见齐景公时不是通过高昭子，而是通过晏婴，或者说至少在高昭子那里呆着的时候一定要去拜见"地头蛇"晏婴，那情形就会完全不一样了。晏婴恐怕会视孔子为自己的门人，便不会反对了。

然而，孔子不是那样的人。子贡曾经这样劝过孔子，孔子不接受。如果换作我们今天的世俗心理，就一定会对孔子这位单亲家庭出身的青年抱有成见，说他不懂礼数，说他不会做人等等，总之是一个问题青年。晏婴不也是那样认为的吗？晏婴骂孔子说，孔子等儒者能言善辩却不能用法度来规范；高傲自大自以为是，怎么能让这样的人来教育百姓？

在晏婴的带领下，很快就有大夫想杀掉孔子。孔子便赶紧逃跑了。但孔子对这位曾加害于自己的文人并没有多少诋毁，相反他曾赞曰："救民百姓而不夸，行补三君而不有，晏子果君子也！"

这是孔子第一次真正的失败。这次失败对他的打击很大，他决心认真地从事教育。从三十五岁到五十岁的十五年时间里，孔子修《诗》《书》《礼》《乐》。也就是说，六艺中的四艺基本上是孔子在五十岁之前就已经修订了一大半的。五十岁之后，才修《易经》和《春秋》。四十二岁那年，曾有人请孔子做官，但他看到官场混乱，没答应，继续搞教育。

拒绝是明志的最好方法，使人们知道拒绝者的立场。孔子拒绝仕鲁，便是对当时鲁国政治的最大的批评。定公五年那年，鲁国发生了一连环的事。先是季平子去世，季桓子继位。季桓子有一个宠臣叫仲梁怀，和阳虎有矛盾。阳虎打算赶走仲梁怀，被人制止了，但是仲梁怀越来越骄横，阳虎非常生气，终于拘捕了仲梁怀。这就惹怒了季桓子，阳虎便把季桓子也乘机囚禁了，等到季桓子和他订立盟约后才放了他。阳虎从此越发看不起季氏，而季氏自己也僭越礼法凌驾于公室之上，开始执掌国政，因此鲁国从大夫以下全都僭越礼法背离正道。孔子看不惯，便不愿为官。

结果，他的这一行为在民间又引起大家的赞赏。人们看清了他的志向和立场，于是，来向他学习的青年越来越多，甚至很远的地方的人也来了。他都一一接受，不分贫民和贵族。

他时常站在门外，看着远方。他希望有高头大马来到他的府前，请他去做诸侯的宰相。但远方除了遥远，一无所有。

很快，学生们发现这个文学青年的头发已经白了，他老了，五十岁了。他成了"老文学青年"。但依然抱有一腔热血，依然觉得自己壮志未酬，常常会在庭院里叹息。他常常对弟子们说，只要给我三年时间，我会把一个国家治理得井井有条，文明而富足，我相信会有那一天的。他的那些追随者们看见他依旧会不自觉地去大门外向远方瞭望。学生们还发现，那一年，老师的手里开始拿起了新的古书，那就是《易经》。

时间，仿佛在那一年要发生弯曲。

大道，也仿佛在那一年要开始圆润。

圣人，在那一年开始与天对话。

突然的一天，从远方飞来一骑人马，来请孔子为官。原来，鲁国又有难，有一个叫公山不狃的大臣想重振礼制，在一个叫费邑的地方反叛了季氏，要请孔子出山。孔子想去，学生子路觉得不妥，不让他去，孔子便对学生说，文王和武王起于丰镐之地都不大，现在的费邑尽管很小，但也是希望吧。他们如果真的重用我，我将在东方复兴周道。

这是孔子在学生面前坦言自己理想的一刻。他修炼的时间太久太久了，只要有一线希望，他就想抓住。但是，他又失去了这一次机会。到底为什么未去成，司马迁未说。

孔子怅然若失，他又默默回到家里。颜回也若有所失，但颜回对老师说，这有什么呢，老师，君子当安贫乐道。孔子便高兴起来，看着颜回说，贤哉，回也。

没过几天，又有一骑尘埃由远及近。学生们告诉孔子，说是鲁定公的人来了。孔子便前去拜见。原因是鲁定公任命孔子为中都宰，即刻赴任。孔子在任上，只用了短短一年的时间，四处都来效法他。鲁定公又升他为司空，不久又由司空升任大司寇。

孔子终于做了官，摆脱了民间知识分子的身份。用现在的话来说，他入了作协，进了体制。在任期内，孔子一心想恢复周道，所以做了很多事。有一件事使他名扬四海，即夹谷会盟。孔子会礼乐之道，使齐侯觉得自己有罪，并将从前侵占的郓、汶阳、龟阴之地归还给鲁国。

孔子的名气在这个时候可以说达到官场的顶峰，但是，他并不知道此时要做什么才能使他的名气不至于伤害到自己。他的气场显然伤害到了季氏等贵族们。但文学青年的特质在于，他只相信大道，不顾及人心之恶。他没有意识到此时正有一场颠覆他的阴谋从四面八方而来。

从司马迁的史书上看，是齐国的离间计，但事实上仍然是孔子不懂官场的黑暗。他的名气早已大过了季氏等贵族，已经不妙了，但他还想进一步恢复周道，拆毁三都，想打击季氏等贵族力量。结果，他失败了。他被迫流浪他乡。

一代文学青年的实践之路就这样中断了。世人都说孔子行中庸之道，以为孔子是老好人，以为孔子是那种巴结逢迎之辈，又哪里知道夫子乃一赤子，毫无城府，到五十岁还没有世故之心。可见，世人对孔子的误解有多大。世人几乎是再造了一个孔子，却不知真实的孔子是多么让人敬畏和令人同情。

最不可思议的是，我始终无法理解当孔子被迫流浪于他乡之时，为什么会有那么多的追随者？难道他们还想跟随孔子到他国为官？或者还有未学之学？

从后来的情况来看，也确实非常复杂。司马迁说，由于孔子在卫国滞留时间最长，所以，孔子的学生在卫国做官的很多。但是，我还是觉得这件事在中国历史上是一件未能解释的大事。

同为老师，我们今天的很多学者，也有学生一大群，但假如遭遇孔子之变，我们的身边还会有七十二贤追随左右吗？我想是很难的。也许历史上唯有孔子享有此德此福，后世无出其右。

其实，从今天来看，孔子流亡于列国之间，恰恰是上天要给他更大名声的时候。只是他自己不知道。我们每个人对自身的命运总是全然无知，我们都局限于现世，功利于当下，站在此在中，我们不知身后的事，当然我们对身后的事更是无能为力。

从各种情况来看，孔子到列国之间，仍然是谋求发展的十四年。不是简单地流浪，更不是我们平时所想的周游列国。可见，那时的政治是开明的，仍然是周天子的天下。天下之士，在周天子的任何一片土地上皆可有所作为。这是孔子游于列国之间的重要原因。同时，也是学生们追随他四处奔波的原因。知道了这一点，他们的诸般行为就实在了，而不是那么虚无或者被神话了。

孔子离开鲁国后，才发现，他的粉丝遍布天下。齐景公、卫灵公、陈愍公、楚昭王这些诸侯都是他的铁粉，本要起用他，但都被文人们阻拦。赵简子等卿大夫们就更是不胜枚举。他在这些地方都没有停止过自己的教育事业，事实上也与佛陀弘法一样，在弘扬着周道、仁政、礼乐。受他教育者据说有三千人，这大概是个概数。

在这个文学青年的一生中，有一个粉丝对他造成了不小的影响。这就是卫灵公的夫人南子。当时，女人地位低下，皆不参政。周文王和周公所确定的男尊女卑思想已经根深蒂固，孔子自然也持这样的观念。这是当时的局限，也是孔子在后世屡遭批判的地方。孔子流浪于列国之间，没有一个异性学生和朋友。唯见过南子。这就成了千古奇案。

南子当然是美女，但这个美女与其他美女的不同在于，她想参政，所以四方来的君子都要拜见南子。南子对孔子之大名自然早有耳闻，所以想一见孔子，便让卫灵公介绍。卫灵公也答应了，派人去请孔子。孔子先是谢绝，但被一再地邀请也就不得已去见南子。南子在帷帐中，孔了隔着帷帐与其行礼。这使子路大为不满。孔子便对天发誓："我所否定的人或事，上天一定会厌弃的，上天一定会厌弃的。"关于这段译文，自古都有争议，大家都认为是孔子面对子路心虚，有愧疚，所以发誓说对南子没有什么想法。但依我来看，司马迁的表述非常清楚，再依通篇文章来看，也不会有这样的表述。《史记·孔子世家》中有四次子路表达不同意见的时候。第一次是公山不狃来请孔子，子路不想让孔子去，孔子便教育了子路。第二次便是见南子，我们先放下不说。第三次是楚国的叶公问子路孔子的为人，子路沉默不回答，孔子便又教育了他。第四次是孔子被困于陈蔡之间，召见了三个学生来交流，第一个便是子路，子路显然是不理解孔子，孔子又批评和教育了他。

我们再看看其他学生出场时的情景，子贡、颜回、冉有等，都是孔子陈述自己的观点教育学生的，没有一次是自责的。司马迁显然通过这篇文章是要立孔子的万世之师形象，怎么可能独独留下南子这么一个情节而败坏孔子的形象呢？所以，无论是从字面意思看，还是从通篇文章看，"予所不者，天厌之！天厌之！"这句话也一定是上面我说的那个意思，绝非后世那些以小人之心度君子之腹者猜测之义。他仍然是在教育子路，意思是，我与上天的意思是一样的，你就别再胡思乱想了。从这一点来看，孔子仍然不改他的男尊女卑思想。还有，从周礼来看，妇女是不允许参政的，孔子又怎么可能赞同南子参政呢？

至于我们要批评孔子歧视妇女，那是另一回事。但不管怎么说，南子一事仍然在说明，那个时候，孔子的名声不仅在民间很大，而且在官场上也是人人得知，且人人愿见。通过南子，司马迁写出了一个好德远大于好色的孔子。

至此，作为文学青年的孔子也就被司马迁补充而全美了。

临洮：寻找老子飞升之地

出了兰州城，向南没走几步，就被一座座大山拦住，那就是七道梁。车在山上行走，我往山下看，山下的事物渺小若无。一辆正在作业的大卡车像小孩的玩具车。人如蝼蚁，慢慢蠕动。我不禁感叹，如此大山，古人是怎么翻越的？

我们要去的这个地方是临洮。我们一行四人要去临洮考察。四个人分别是牛爷、老李、姜风和我。牛爷已经退休多年，他是大名鼎鼎的历史学家，曾与很多历史学家在报端争鸣，但他其实是个不大喜欢写文章的人。他说，他写文章就是看不惯那些人胡说八道。他退休时虽是个副教授，但比我们学校大部分教授都知名，牛爷很牛，人人都敬佩。老李也快退休了，博览群书，爱下棋，爱打牌，也爱喝酒，就是不爱写文章。他说，天底下没有他没看过的书。牛爷不信，老李说，那你可问我什么书我没看过。牛爷偏偏不问，鼻子里哼了一声说，孔子那时候书少，就那一点点，他就以为都看过了，但他为什么去向老子问礼？说明老子比他看得多些。老李张着嘴笑着说，也对，也对。姜风是我们新入职的老师，临洮的这个项目便是她请我们去的。之前我只听闻牛爷的大名，却很少与他交流过。老李则是老朋友了，常常无话不谈。姜风找老李，老李便拉了我和牛爷。

关于临洮，我很早的时候就想去看看。著名的马家窑彩陶就出土自那里。据说，彩陶产于一万多年前，第一个制陶的模具发现于美索不达米亚平原，但在中国的长江流域和黄河流域也发现了同时期的彩陶，甚至中国的彩陶工艺在后期更为成熟，其美轮美奂，使发现者瑞典的安特生难以置信。后来在古希腊的爱琴岛上也发现了彩陶的碎片。某种意义上说，这些看上去充满着巫术思想的泥器因为火的亲吻，成为了那个时期文明的象征。这个被称为彩陶的器物在上古时期就已经为全球所共享。

从彩陶的传播和使用，就可以看到那个时期已经在进行"全球化"运动了。那么，我们是否可以抛弃那个充满了冰冷色彩的名字——新石器时代（晚期）——而重新将那个时代命名为"彩陶时代"。至少这个命名在我看来是充分地尊重了人类的创造，它一下将那个时代点亮了，有了华彩，不再蒙昧。新石器时代，这个命名在我看来，它是将人类工具化了：它把我们人类的心灵活动视为乌有。事实上，在那个看似黑暗的时代，人类自身的灵性却是极为发达的。那个时期，山川大地之神都活着，与人类息息相通，水乳交融，从一切巫术与泛神化的萨满教等人类早期精神活动就可以看出这一点，只是被我们想当然地否定了。这个否定是那样粗暴、愚昧。这个否定是基于今天人类自身器物的感受为中心，而不是知人论世、以心换心地触摸，交流，相和，微笑，通达。因此，我时常想以祖先的名义呼唤众人对公元前 11000 年至公元前 4000 年的这段历史命名为

"彩陶时代"。

　　然而，何以那些用浓彩画着水波纹的彩陶，那些世界上工艺最发达的彩陶，竟然出现于中国的马家窑一带？

　　我曾经在甘肃省博物馆里看到那些像是青春女子的眉毛一样油亮的彩陶，也看见过它的衰落期——半山和马厂彩陶色彩衰败，仿佛女子老了的样子。那时候我就在想，这个叫马家窑的地方到底产生了什么样的文明景观？于是，我总是想去看看现在的马家窑是一种什么样子。

　　我哪里想到，这个地方又出现了一个令人不可思议的事情。临洮县的人来请我们去策划老子纪念活动。我问，临洮与老子又有什么关系？他说，老子的飞升之地就在我们的岳麓山上。

　　这令我大吃一惊。就在我身后一百公里左右的地方，那个我以为很熟悉的地方，竟然藏着这样一个天大的历史之谜。

老子到底去了哪里

很多年之后，我想起那个秋天的下午，我们一行四人随着临洮文化局的一位工作人员上岳麓山去看老子的飞升之地。牛爷走在最前面，背着手，什么话也不说。后面是老李，总是在说话。那位讲解人员似乎主要是为他在讲解。姜风跟在老李后面，不停地感叹。有时候，老李觉得讲解人员说得不合适，便要纠正几句，甚至禁不住自己当起了解说员。往往在这时，牛爷便说，你让人家给我们讲，你认真听。我们都笑。我记得我一直走在最后。我在不停地拍照。临洮上空不时飘来几片白云，使我总疑心有什么神仙前来观看。已是仲秋，天气已经开始凉爽，而岳麓山上的秋阳却是暖暖的，我还要不时地钻到柏树或松树下躲避秋阳。山上亭台楼阁，多是新造的建筑。据说，这是按宋时所建东岳泰山庙仿建。介绍者说，老子就是在这里育化百姓的，于是，我便想象老子当时教授学生们的情形。有一超然亭，立于台上，遂见山下洮河从远处逶迤而来，又绕着临洮城缓缓而过，仿佛是活动的玉带。老李看了后对我说，这是最好的风水。我那时还不懂这些，只是听听。又有一凤台，说这就是老子飞升之地，所以凤台上建有一飞升阁。立于凤台前，有人告诉我们，老子当年看着对面之山或明或暗，便拿起笔在空中点了几下，第二天一早，人们看到对面之山明暗分明，两山互衬，宛若太极图。

我站在那里，向远山看了一下，两座山确像阴阳互抱，酷似太极，于是拍了几张照片下得山来。

那次考察未能去得了马家窑遗址，于是，找一机会又去。马家窑遗址上空空一片，踪迹全无。四面的风在静静地吹向那个小山丘，田野上唱着旷古的歌谣。但我们听不懂。那一天傍晚，我又一次在岳麓山下徘徊良久。

我似乎想在那里听到一些什么玄妙之声。

我或许盼望冥冥中能与什么风云相会。

但什么都没有。四野寂寂。我驱车而回。很多年之后，当我想起那两次去拜谒岳麓山的情景时，我在内心中对着自己苦笑。老子之时，只留下《道德经》五千言，并未创教。东汉张氏创教，才奉老子为教宗。老子在那时何以能点太极？又何以能飞升？

以后人之需要来确定前人之行为，怕是有些本末倒置了吧？然而，这样的思维方式也是在我数年后突然转过来的。临洮的人们大概还是这样想的。

但是，这个转变并不能否定老子在这里可能存在育化行为。同时，它使我进一步在想，甘肃和新疆其他地方还有老子的痕迹吗？

我们不得不回到太史公那些言简意赅的叙述了：

居周之久，见周之衰，乃遂去。至关，关令尹喜曰："子将隐矣，强为我著书。"于是老子乃著书上下篇，言道德之意五千余言而去，莫知其所终。

今天来看，这短短的叙述简直就是一篇极好的微型小说，也是一篇非虚构写作。卡尔维诺若是看到，也一定会大吃一惊的。

关于老子本人及老子的去向，自古都是谜。司马迁只说了三个人，还对他的年龄也说不准，一说是两百多岁，一说是一百六十岁。自庄子始，经司马迁，再经道教的创造，到了宋朝的《太平广记》中，老子就成了另一个形象：神仙，道教的宗师，随时可以存在人间。上面说，老子不同时期来到人间，以教化圣人，从而育化人间。老子在周文王时就任守藏史，在周朝呆了三百年。所以，他出函谷关时，随从徐甲就不大乐意了，想留在中国，不想跟老子去安息国，但是他又没有钱，于是，便写信给关尹喜告老子。状子是一位专门人士写的，那人一看状子上说老子欠徐甲七百二十万钱的工钱，便将自己的女儿许配给徐甲。那人哪里知道此时的徐甲都已经二百多岁。关尹喜将此事告诉了老子，老子很生气，对徐甲说："你早就该跟你同时代的人一样死了，我当初官阶卑微家里也没钱，连个替我打杂的人都没有，就雇了你，同时也就把'太玄清生符'给了你，所以你才能活到今天。你得了长寿，这已经是别人无论如何也得不到的东西了，但你为什么还要告我呢？我曾给你说过，到了安息国，我会用黄金计算你的工钱全数还给你，你怎么现在就急不可待了呢？"说完这番话，老子就让徐甲面向地下张开嘴，"太玄清生符"立刻被吐了出来，上面的字迹还像刚写时一样鲜艳，而徐甲则顿时变成了一具枯骨。关尹喜知道老子是不同凡响的神人，能使徐甲复生，就跪下磕头为徐甲求情，并自愿替他还债。老子就把那"太玄清生符"又扔给徐甲，徐甲立刻复活了。关尹喜给了徐甲二百万钱将其打发走后，又向老子执弟子之礼，得到了老子长生的秘方。他又向老子请求更进一步的教导训诫，老子就口述了五千字，他将老子的话记录下来，形成了《道德经》。

这篇关于老子的记述简直就是司马迁对老子的那一段记述的详细版本，并加入了玄幻色彩，使老子成为神仙。

因为这个原因，道家弟子对老子的想象就格外多了一些，这就出现了几部非常重要的道经，一部是《开天经》，另一部是《老子化胡经》，其中佛教都被涉及了，于是，是非也就来了。从北魏到元代，以皇帝或朝廷的名义，道教和佛教进行了多达十五次的辩论，大多以道教失败而结束。民间的争论大概就是日日皆有了。

晋代道学家葛洪对老子的评价也可一观："洪以为老子若是天之精神，当无世不出。俯尊就卑，委逸就劳。背清澄而入臭浊，弃天官而受人爵也。夫有天地则有道术，道术之士，何时暂乏。是以伏羲以来，至于三代，显名道术，世世有之，何必常是一老子也。皆由晚学之徒，好奇尚异，苟欲推崇老子，故有此说。其实论之，老子盖得道之尤精者，非异类也。"

临洮岳麓山上的这个庙虽是道教庙宇，但与道教走了别样的路。它让老子有了一个确切的归处。这里的学者们经过考评，认为老子翻越陇山后，便进入"夷狄"地区的天水、武山、渭源、狄道，到达河西走廊的流沙、居延泽一带，旅游传道达十七年之久，然后原路返回狄道，最后在临洮逝世。我认为这个说法未免不成道理。中国文化始于易，易由伏羲氏所创，而天水一带相传便是伏羲画八卦的地方。那里有很多传说与地理学上的证据，比如有一座卦台山。天水一带还有尹喜庙，传说老子与尹喜在此传道。我们可以猜测，或许老子辞周，到西戎之地来便是要探访伏羲氏之遗迹。至于到安息国或昆仑之地则是另外的猜测，到底有多少根据则不知。

临洮本地的学者还从民间传说或节会中考证出老子飞升的日子正是农历三月廿八日。每年这一天，临洮全县各地的父老乡亲及道教信徒，都要在岳麓山举行盛大的纪念老子活动。民间传说这一活动始于三国时，至今已经有一千八百年的历史。

似乎是证据确凿，难以辩驳，尤其是史书对老子西去之后毫无记载的情况下，这些证据是有一定说服力的。在下山的过程中，有人告诉我们，在岳麓山下，有好几个村子的人都是老子的后代，他们都姓李。我读《史记》，关于老子后代的记述总觉得别扭，因为既然不能确定老子是谁，怎么会有其明确的后代呢？史家在记述时应当再慎重些为好。

在那次考察之后的七八年间，我一直在关注临洮关于老子的研究有无新的发现，但毫无动静。在这七八年间，我也一直在研究丝绸之路文化与佛教传播，想从其中找到蛛丝马迹，但得到的资料并不能准确地证明老子去了哪里。文化学者朱大可先生因老子的思想与佛陀的思想相近而大胆猜测老子来自西域，所以他晚年一直想去西域，同时，老子受早期婆罗门教的影响，在晚年隐遁山林。我对这些也进行过研究，发现中国在上古时期就已经通过玉石之路或草原之路与西域发生着密切的关联，文化上的交流与影响是相互的，大可先生过分强调了外来文化对中国文化的影响，却很少提及中国文化对西域文化的影响。他的这一猜测也很难说服我。我对北魏以来佛道两家关于《老子化胡经》而进行的十五场大辩论也逐一进行了研究，发现佛道两家确实存在着诸般因缘，但老子去西域教化佛陀一事则纯属道教弟子臆测和杜撰。我在《鸠摩罗什传》中有专门论述，在此就简而言之了。

黑格尔之后有一位了不起的存在主义哲学家雅斯贝尔斯，他写了一本《大哲学家》，第一次对东方的哲学家予以尊重。他考察出孔子约生于公元前551年，卒于前479年。他也考察出释迦牟尼约生于公元前560年，卒于前480年。孔子与佛陀去世的时间竟然那样相近，而他们出生的时间也亦然相近，如果他说的没错，佛陀比孔子早出生九年。也就是说，佛陀与孔子完全是同时代人。

然而，雅斯贝尔斯却无法知道老子的生卒年月。我们只能通过老子与孔子的交往来确认这件事。有人认为，《论语》中从未提及孔子拜见老子的事，所以孔子要比老子早。但在《礼记·曾子问》中孔子多次提到老聃，说明《史记》中记载孔子向老子问礼是确有其事。如此，我们就可以来推断他们的年龄。老子至少比孔子要大一辈多，甚至两辈。也就是说，老子比孔子要大至少二十岁甚至四十岁以上。庄子说，孔子见老子时已经五十一岁了。如此说来，那时的老子定然在六七十岁。

有人已经研究出周代官员七十岁退休。那么，老子是退休之后才去的西方，还是未退之前就去的西方？显然，应当是退休之后，否则一个那么大的官员莫名其妙地跑了，朝廷是不会轻易不查的。另外，按照老子的行为方式，也不会冒那样的危险。他必然是从容不迫地去了西方，所以，定然在七十岁之后。

由此可以推算出，老子至少要比释迦牟尼大十多岁。按庄子之说，孔子拜见老子时已然五十一岁了，说明那时的释迦牟尼已经六十岁了。六十岁的释迦牟尼已经名满天下，弟子遍布印度诸国。说老子点化释迦牟尼成佛，那必然是释迦牟尼三十五岁时发生的事，那时孔子才二十六岁，离拜见老子还有二十五年之久。那时的老子，还在做官，离退休也还有至少二十五年。说不定孔子拜见老子时，老子已经七十五岁甚至八十岁呢。如果这样的话，那么老子去天竺时，释迦牟尼已经七十左右了。

就算我们对那位老是爱虚构的庄子的话不信，那么司马迁的论证至少可以确信。司马迁认为，孔子是三十多岁与鲁人南宫敬叔一起去拜见老子的。即使假设是那次之后老子才离周而去，到达西域时，释迦牟尼也早已悟道成佛了。

何来老子点化释迦牟尼之说呢？

假如以《开天经》和葛洪所讲，吾辈中人真相信道教之学说，就不应该执念于老子是谁、老子生于何时或死于何时。故而临洮老子飞升之地的传说虽有诸多疑点，甚至有与后世相矛盾的地方，比如老子飞升之地其实是后世人猜测的。假如按民间风俗纪念老子逝世，以农历三月廿八日为纪念日的话，就可理解为老子飞升之地正是老子羽化之时。

虽然这些证据还不能满足历史学家们的苛责，但至少可称为一家之说了。

老子的老师是谁

第一次在去临洮的路上，我看着万山重重，顿生忧伤。"道阻且长""所谓伊人，在水一方"，这些令人伤感的诗句莫名地跑到嘴边。人心在这苍茫之间太脆弱了，太无力了。人们都说，不必为古人忧。我却偏偏为古人犯愁。据说，那时候要翻过这些山，至少要七天左右。要见一次心上人，多难啊。翻过这重重大山，每一步都渗透着思念和幻想，但也有可能被虎狼吃掉。吃掉就吃掉，也改变不了翻越大山的信念。数千年甚至数万年来人们就是这样走过的。这么漫长的路现在我们只需要一个多小时。这是多大的讽刺。古人为一个信诺，就要翻越这千山万水去兑现，但现在有了手机，大家不需要信诺了。谁曾听说过现在人对天发誓的事。它是好呢？还是不好？我纠结于这些古今的变化，只听老李与姜风在交流。老李说：

"老子是中国历史上第一个神秘人物。他是实有。其他很多人都是传说。但是，老子又与那些传说中的人一样最终都成为传说。你不知他的来历，也不知他的去处，只知道他在人世间溜达了一圈，把人世间冷冷地看了一眼就走了。奇人一个。"

"是啊。但如果没有关尹喜的强迫,他也不会写下《道德经》,人世就不会有这样的经典,那可如何是好?"姜风说。

"所以说,这些人是应运而生。西方有位哲学家叫雅斯贝尔斯,他发现,在公元前800年至公元前300年的五百年间,在世界各地突然出现了一群先知一样的人物,而且这些地区在那时相对封闭,互不来往。比如,中国与其他地区来往很少,突然间就出现了老子、孔子和孟子、庄子、墨子等诸子百家,印度出现了释迦牟尼、龙树等,希腊则出现了苏格拉底、柏拉图、亚里士多德等很多哲学家。在他们之前,人类处于黑暗时期,漫漫长夜,突然之间,他们神奇般地降临到世界各地,创立了属于他们那个地区的宗教、哲学、伦理,至今,人类还在依赖于他们的思想。"老李继续说。

"但我一直在想,你说这些人突然降临于大地是不是有某种玄妙?"姜风对老李说,"比如孔子,在他之前,很多学说没有人在意,如仁,他忽然提出来了,这世上就有了仁。还比如老子,在他之前,有谁提过道这个概念吗?谁还有他那样的思想吗?现在我们根本不知道。"

我坐在他们的后排,欲言又止。他们的谈话非常有意思。突然,一声冷笑从最后排传过来:"怎么可能没有出处呢?孔子都有自己的老师,说自己向周公学习。老子也一样,怎么可能没有老师和出处呢?"

大家都愣了。冷笑者乃牛爷。半分钟之内,所有的人都被他的这几句话打愣了,都在寻找如何对话。大约半分钟后,老李终于红着脸问他:"那么,他的言说出自何师?"

"你问我，我也不知道。我就是这么一问。因为谁也回答不了这个问题，没人回答，但并不是问题不存在。"

我也终于找到共鸣，便补充道："还有啊，你们前面说的老子被迫写下《道德经》一事，也就是司马迁那么一说，那也是按照老子《道德经》上的说法推出来的。谁能保证老子不是提前就写好了的呢？今天我们看起来那样有章有节，如果当时只是随意口述，能有这样优美的文言？那些我们今天仍然在使用的成语，难道就是他脱口而出的口语？而不是他深思熟虑的结果？关尹喜也是道家人物，据说后来跟着老子出关了。连他的行踪都是谜，又怎么能说老子就是被迫而写的呢？谁能做证呢？"

老牛一听，谈话的兴趣上来了，他把身子往前一靠，说："是这个问题。司马迁写的《史记》，说是历史，其实很多都是传说，比如五帝本纪，都是民间传说，根本没有今天我们的考古证明。你说它是历史呢？还是民间传说？或者是文学创作？老子也一样。再说了，如果按照道教的说法，老子是从上天下来的传教者，每一次来到人世间，都要传一部经。他是有备而来，或者说必然是要来传道的，而这道便是《道德经》。即使没有关尹喜，也会有朱有道什么的人来将此经传下去。我的意思是，《史记》中的这些说法其实靠不住……"

他滔滔不绝地继续讲下去。我原以为很多问题只是我个人的问题，那天我才发现，那些问题其实很多人都在思考，只是无力回答而已。

那么，老子的老师又是谁呢？他的学说师出何方？

我查阅了相关的典籍后发现，第一个发问的不是我们的牛爷，也不是我，而是那个爱打比方的南方人庄子。他问过自己后又答道：

"以本为精，以物为粗，以有积为不足，澹然独与神明居。古之道术，有在于是也，关尹、老聃闻其风而悦之。"

他的意思是，老子师承古之道术。老子在《道德经》中也承认："执古之道，以御今之有，能知古始，是谓道纪。"

但是，对于老子和孔子之时的人们也许知道古之道术是什么，而对于今天的我们来讲，新的问题便来了——何谓古之道术？孔子有六艺（《易》《书》《诗》《礼》《乐》《春秋》），且明确说自己继承周礼，因为它不但有史可查，而且文质彬彬。那么，老子又凭什么呢？

这个问题一直在迷惑我。我不停地阅读古人关于老子学说出处的论述，但不知是我查阅的方式有问题，还是古人认为不必去问，总之少有人述及。我看到有人说，老子之思想有可能出自佛教之前印度的婆罗门教或印度史诗。但是，我始终对庄子的说法持肯定态度，即中国古之道术。孔子继承的是周代的东西，那么老子继承的大概是周代之前的道术。

然而，周代之前的道术有什么呢？这个时候，我想到文王推演八卦成六十四卦的事，又想起庄子、司马迁以及《太平广记》中老子对孔子说的几番话。其实，它们合起来就是一番话，意思是天地本身自有大道存在，现在，你提倡的仁义会扰乱人性，不如舍弃。尤其是《太平广记》提到了《易经》，可摘来一观：

> 孔子读书，老子见而问之曰："何书？"
>
> 曰："易也。圣人亦读之。"
>
> 老子曰："圣人读之可也，汝曷为读之？其要何说？"
>
> 孔子曰："要在仁义。"

老子曰："蚊虻嘬肤，通夕不得眠。今仁义惨然而汩人心，乱莫大焉。夫鹄不日浴而白，乌不日染而黑，天之自高矣，地之自厚矣，日月自照矣，星辰固自列矣，草木固有区矣。夫子修道而趋，则以至矣，又何用仁义！若击鼓以求亡羊乎？夫子乃乱人之性也。"

老子问孔子曰："亦得道乎？"孔子曰："求二十七年而不得也。"老子曰："使道可献人，则人莫不献之其君；使道而可进人，则人莫不进之其亲矣；使道可告人，则人莫不告之兄弟矣；使道可传人，则人莫不传之其子矣；然而不可者，无他也，中无主而道不可居也。"

孔子曰："丘治诗、书、礼、乐、易、春秋，诵先王之道，明周、召之迹，以干七十余君而不见用，甚矣人之难说也。"

老子曰："夫六艺，先王之陈迹也，岂其所陈哉。今子所修者，皆因陈迹也。迹者履之出，而迹岂异哉？"

这个故事有很大的可疑性。如果是真的，那么一定是孔子在七十岁左右见老子有的这番对话，但在司马迁和庄子的记述中，都没有这些言论。庄子认为孔子是五十一岁去见老子的，而按这个年龄的话，他尚未去列国游说诸王，何来"以干七十余君而不见用"？所以，此番对话不可信。但是，从道家的编撰中，我们也可以看出一点端倪，即老子的学说与庄子的学说之差异重点在于《易经》的不同理解上。

这就不得不使我们重新去考察老子的《易经》和孔子的《易经》之区别。显然，孔子遵从的是文王创制的六十四卦，即《周易》。据《史记·周本纪》记载：周文王被崇侯虎陷害而被殷帝纣囚禁在羑里整整七年，狱中正好有时间，便潜心研究易学八卦，通过八卦相叠从而推演出现在《周易》中所记载的乾为天、坤为地等六十四卦。文王从《易经》中既能找到在狱中仍然安身立命的大道，同时，也可以此来预知自己的命运。真乃祸福相依。反过来说，如果文王没有七年的牢狱生活，又怎么可能有《周易》六十四卦？孔子在陈蔡之间，在各种不快之间，大概都可以拿《周易》和文王之命运来为自己助力。恰恰也是，如果孔子大红大紫，去做大官，没时间搞教育，哪里又会有时间著《春秋》、注《周易》、编《诗经》、正礼乐？一个在官场上失败的孔子，才以另一种沉甸甸的文化集成平衡了他的命运。此乃真正的大命。后世诸多有大成就的文化人不也如此吗？

那么，老子呢？老子显然对孔子的做法甚至文王等圣人之法不大赞同。从他流传后世的《道德经》来看，他认为文王如果懂得天地之大道，就知道自己必须处于水之下游，韬光养晦而不作为，那样就不会去改变世界，也不会有牢狱之灾，至于《周易》，强行加入很多义理，改变大道的方向，更是不应该了。对于孔子要强行为《周易》加入仁义，他更是不赞成。那么，对于孔子，老子认为完全可以避免其流浪之命运。这就是司马迁在《史记·孔子世家》中说的那些话："表现得太聪明，看上去像是洞察一切的智者，反而离死不远了，因为太聪明便喜欢议论他人的不足会招致杀人之祸。广博深厚善于辩论者，反而危及其身，也是因为善于揭发别人丑恶的缘故而会有不测。"

所以，老子一定有孔子所不能理解的另一道术，或者那就是文王之前的世界观，即庄子所说的古之道术。

那么，那时的古之道术《易经》是什么样子呢？

传说中的河图、洛书？抑或从黄河上游漂来的龟甲上的洪范五行？都应当是。它们显然都是古之道术。但我们找的应当是与《周易》最近的易术。

这就不能不谈到《周易》之前的《连山易》和《归藏易》。《三字经》曰："有连山，有归藏，有周易，三易详。"但现在《连山易》和《归藏易》已失传，不得而知，只能从古人的一些推测中去理解一二。《连山易》的意思是"如山之出云"，据说此易由炎帝所创，也有他说。《归藏易》一说是黄帝所创，另一说是大向所创。《连山易》是以艮卦为主，说明那个时代被大洪水所扰，山便成了最重要的象征。《归藏易》是大洪水退却，黄河被治理后进入农耕时代的思想，所用的易以坤卦为主，坤是纯阴，一切阳能"归藏"到纯阴的境界里去了。而《周易》面对的主要是人与天地和人与人之间的关系，所以便以天为主，即以乾卦为主。以此推理，男人便成为社会的主宰。如果我们相信在人类历史上确实存在过母系氏族社会（中国有女娲时代、西王母时代），那么，我们就可以确信《连山易》与《归藏易》所创制的时代还属于母系时代，或者是母系时代正向父系时代过渡之中。

按照这个推埋，孔子所继承的恰恰是以阳性为主的《周易》思想，于是也就有了其积极推进仁义理想的行动，"天行健，君子当自强不息"，这便是孔子思想的真实写照。而老子所继承的恰恰可能是《连山易》和《归藏易》的思想，尤其是后者思想，即以阴为主，将阳藏于其中。一部《道德经》不就在阐述这种思想吗？《易经》中云，"一阴一阳为之道"，中国文化中老庄之道代表的是阴性文化，而孔孟之道甚至墨家思想代表的是阳性文化，老子和孔子合起来才是真正的《易经》，所以孔子至死也无法真正通晓《易经》，按道家的说法，他是在《易经》中强加了仁义思想。然而，老子所代表的道家思想也无法成为十全十美的治世理论，道家的理论往往只能行一时，如文景之治，但马上面临的便是动乱，此时大家需要儒家来出面。对于古代中国的知识分子也一样，他们的心中始终端坐着两个人，达则兼济天下时便是孔子，穷则独善其身时便是老子。他们互相依存，互相印证。

为了印证我这样的猜测推理是有道理的，我又在浩瀚的史料中寻找能够证明的材料。终于找到了一位。他与老子一样，也是国家图书馆馆长。他就是20世纪初的国学大师柳诒徵。他在《中国文化史》一书中写道："实则老子之思想，由吾国人种性及事实所发生，非其学能造成后来之种性及事实也……老子之书，专说对待之理，其原盖出于《易》。惟《易》在孔子未作《系辞》之前，仅示阴阳消息、奇偶对待之象，尚未明示二仪之先之太极。老子从对待之象，推究其发生此对待之故，得恍惚之一元，而反复言之。""老子既知此原理，见此真境，病世人之竞争于外，而不反求于内也，于是教人无为。其教人以无为，非谓绝无所为也，扫除一切人类后起之知识情欲，然后可从根本用功。故曰：'无为而无不为。'"

柳诒徵这一论述与古时情状基本吻合。的确，在老子看来，当时流行的知识都与本质相去甚远，所以学得越多，与道之间的距离就越远。他要求人们抛弃这些漏见，去寻找真正的道。

老子之于历史的态度，与孔子有大不同。孔子执着于能证明的历史，且是文字等固化的历史，与今天的历史学者有相同的史观。周之历史当然是清楚的了，所以他从周开始。虽然他也常言三代之前的历史，但总觉得渺不可信。老子是一位史官，恰恰越过历史看到的是世界之初和世界之变化，所以老子所言者形而上学。他强调人之本原，人之纯正。老子发现，万事万物都有明灭之时，因此，他以为不可妄为，人所有的问题来自人的聪明。"民之难治，以其智多。"但古人治世，并非用智，而是用道，"非以明之，将以愚之"。知此两者，就是懂得了玄德，天下也就"大顺"了。

最近，我看到一些资料，有学者称在《连山易》与《归藏易》时，还有一种易没被大家认识到，即《水书》。这也是失传的《易经》。这当然是一种猜测了。不过，老子在《道德经》中，恰恰对水有很多的阐释。如"强者示弱，大国必居下游"，"善用人者为下"。老子以为"上善若水，水利万物而不争，处众人之所恶，故几于道"。众人都讨厌的处境，恰恰是最能保全性命，与智无关，而道共在的状态。同时，"江海所以能为百谷王，以其善下之，是故能为百谷王。"百川归海，正是因为海是最下游的存在。从这些论述可以看出，正是有关水的理论。

这是否就是传说中的《水书》的哲学呢？

无论如何，我们虽然不能拿出证据来证明老子的师者乃古之道术《连山易》《归藏易》《水书》，甚至河图、洛书等，但至少我们可以猜想那个时候影响我们中国人世界观、人生观的一些思想。借此，我们也触摸到了古人幽明玄妙的智慧。它恰恰将我们从目前那些呆板的知识中拯救了出来，去旷野上重新观察天地之变化、山川河流之走向以及万物的生长。

我不知道风从哪个方向吹来是善的，也不知道大地向哪里延伸是有利的，我更不知道地底下的幽冥何在。这些我们今天的人都已不关心。但是，每当我在考察古人之道术之时，便发现他们所关心的问题远超过今天。他们既要观察星空之变化，又要以通灵的方式洞悉大地、山川、河流等诸神的意念。我们对天体的认识已然陌生，天体在今天是死亡的星空。他们还在通往幽冥，这世界于他们是活着的天体、大地、山川、河流、万物。他们最初与世界的交流是通过心灵。然后，他们开始有了知识，甚至有了思想和文字，便告别了那个灵的世界。那些原始的巫术告诉了我们这一切。

然而，人类是要完成自己的脱胎换骨，要成为主宰世界的主人，便拥有了后来的一切。这种主宰的意识就是人类中心主义，也就是人类的主体意识。世界成了客体，成了他者。从那个时候起，人类就已经告别了世界。天空越来越远，大地越来越陌生。山川、河流不能再对话。

如果说伏羲的先天八卦、河图、洛书包括失传的《水书》、《连山易》《归藏易》等，都是人们描绘天地、山川、河流运行变化的智慧之作，在那些智慧中，人们往往是顺势而为，将自己藏于自然的变化之中，把自己完全地视为自然的一部分。这是真正的天人合一的境界。

但是，《周易》改变了中国人智慧的行程。它一方面把家长制思想和男权思想固化在里面，使阴阳之间发生了很大的变化；另一方面又把仁义、君子意识固化在其中，力图使这些思想成为《易经》中不变的坐标。在老子看来，这些行为可能是不恰当的。

说起来也非常有意思。在那次与老李、姜风以及牛爷讨论过后，虽然我们也时常相见，也为一些事讨论得热火朝天，但竟然谁也没再讨论过那天提出的问题。那些深沉的问题只能在某个特定的环境下产生，此后，便是像我这样孤独地思考，并以文字见诸世人。

不知牛爷等人看到我这些文字后会如何想。

中国第一个私人写作者

有一次吃饭时，我说要多召开全国性的学术研讨会，让全天下的人都来讨论一下这里是不是老子的飞升之地。我不记得牛爷和老李有什么好的想法，但是我还记得他们两人的对话。

老李说："姜风，下次有什么好地方可还是要记得找我们去啊。"

姜风笑了笑，对老李说：

"李老师，这是应该的。下次我们去你们老家凉州吧。对了，也是徐老师的老家。"

是的，老李跟我是凉州人。他们李家在我们凉州可是世家。他们的祖上有好几代人都在外面做大官，晚年时又回到凉州老家，直到老死，再葬到凉州城西边的戈壁上。老李也是书香门第，只可惜不喜欢写文章。

老李笑道："好啊。下次你们去凉州，我可做一次真正的导游了。兆寿当然也可以，但可能不如我了。是吗，兆寿？"

我笑道，"当然了。"

老李笑道："我可是从小在文庙里长大的。哪个殿哪块匾我闭着眼睛都能说得上来。武威的文庙可是全国四大文庙之一。八十年代我上大学时，一到暑假我就回家，回家后就被父亲派去给台湾人和日本人当讲解员。那时候台湾人日本人都喜欢敦煌，但要去敦煌就要经过凉州，那就要看文庙。"

老李比我大六岁，见过的世面比我大得多。于是，大家便说起了孔子。他对姜风说："我喜欢孔子的述而不作。你看，孔子多大的学问啊，但他自己只是传承，并不写作。释迦牟尼也一样，苏格拉底也一样。那时候，那些伟大的圣人们都是人世间的教育家。他们自己不著书立说，他们的话被自己的学生记录下来。"

我笑道："你也是述而不作啊。"

老李大笑道："哈哈，我是，我是有些述而不作。"

此时，我们就听到牛爷冷笑："什么述而不作？《春秋》是不是他写的？"

老李说："只有说编撰。"

"跟我们今天所说的编著一样，他把很多内容删去，留下与他自己主张一致的内容。这难道就是作吗？"牛爷说。

"这个……这个……"老李笑着。

"我们还要想一想，他还从一千多首诗中挑出来三百零五首成为《诗经》，还和学生们一起对《易经》的《系辞》等进行过编撰。这是不是作？"

"可他没写啊？"老李终于忍不住地辩驳道。

"是没写，但是述而作，不是不作。还有，既然学生们可以编辑成《论语》一书，后世又有争议，为何不像老子一样干脆自己写一部

《论语》，也免得很多问题述而不清。"牛爷生气地说。

"人家是圣人，怎么能像你说的一样功利？"老李也有些生气。

"什么是功利？利于自己是自私，利于他人利于国人是贡献，这也叫功利？那他为何奔走于列国之间游说诸侯？那不是功利？万物生长，要开花，要结果，那也是功利。你让他不开花，不结果，那就没有功利了。"牛爷瞪着眼睛，拍着桌子说。

他最后的几句话甚是厉害，把我也一样说服了。但老李还要与牛爷争辩，他说："万物生长，是自然而然的事，不像人心里有功名，所以就有了功利。"

"你不是万物，怎么就知道万物心里没有功名？你看那植物，弯弯曲曲地无论多大的困难都能克服，不屈不挠地拼命生长，它没有意识？它一定是要活下去，并活出个鲜活来。从佛教的角度来看，众生都有轮回，都有一个目标。所以我们不了解众生，我们只了解自己。人如果没有功利，会怎样？老子和庄子呢？是人修道。各有各的功名，只不过，在对待功名与欲望的方法上，各有各的修行法则。"

老李说："你说得太多了。我是说，什么都要顺其自然，不要太强求。这就是不功利。"

牛爷说："你说的这个，也是有价值观在背后做支撑的。你对一头狼说，什么都要节制，狼会听明白吗？"

老李只好摇着头，举起空酒杯说："胡说了，胡说了。"

牛爷也举起空着的酒杯，对着我说："兆寿，你是作家，也写过这方面的文章，我看过你写的一篇叫《老子是第一个私人写作者》的文章。你来说说。"

我惊讶而尴尬地笑着说："你竟然看过我那篇文章？"

牛爷笑道："我是爱看有些特别的文章。"

我笑道："好吧，我在你和老李跟前班门弄斧了。我的问题是，老李说的孔子述而不作的观点其实与他一生积极作为的思想是矛盾的，而老子强调的无为和隐士的思想又与他写作《道德经》相矛盾。是吧？既然是无为而治，在他的时代，没有人写过那样的文章，他为什么要写？这不就是有为吗？这不是显示自己吗？虽然司马迁说他要隐去才被关尹喜强迫写下这些文章，但仍然是矛盾的。"

牛爷点着头对老李说："听听人家，这就是问题意识。不客气地说，你说的那些东西书上多得是，人云亦云。我是直说啊，你不要生气。所以，你懂得很多，但没有过人的思考。你看人家兆寿，就看出了矛盾，这就有意思了。那么，你告诉我们，为什么老子是天下第一个私人写作者？"

好几年过去了，我还一直记得那次探讨的热烈场面。很多真诚的探讨就是在饭桌前，在酒后，在不意间。七八年过去，我离开了原来的单位，而牛爷也早已被儿子接到海南去享受天伦之乐了。老李快退休了，常常来找我聊天，他还是老讲师，临到退休时觉得有些后悔，因为讲师的退休工资太低了。我说，你才牛呢，哪个人看过你那么多书？哪个人甘心讲师退休？他一听，便一定要请我吃饭。吃饭的时候，他给牛爷打了电话。姜风在我们从临洮回来不久就考上博士去北京了，再也没有回来。但是，她有时候会给我的微博上留言，说在哪里又看见我的书了。

我很后悔那次没有录音，事后整理总是觉得当时的谈吐是那么精彩，而靠回忆整理出来的文章读起来如同嚼蜡。但我也只能以这样的方式来重新回答牛爷的问题了。

　　首先，我得讲讲老子、孔子生活的背景。这很重要。它是一切知识、话语、行为展开的场域。

　　我在讲"西方文化史"的时候发现一个很有意思的文化现象，即早期文字的使用情况。世界上所有的地区都有一个美丽的传说，文字乃神所传授。美索不达米亚平原上诞生的楔形文字几乎没有个人的色彩，都是国家或皇族记述国家大事及最高事务——祭祀活动的。古埃及人认为他们的文字是月神、计算与学问之神图特（Thoth）造的。人们对逝去的玛雅文明也不甚了了，对文字更是无法相认，但根据极少的研究者称，他们似乎发现了其中的秘密，称这些文字或符号与祭祀有关。

　　中国也一样，《淮南子·本经训》中说"昔者仓颉作书而天雨粟，鬼夜哭"。仓颉乃史官，黄帝命仓颉造字，也是为记述国家之大事。一旦文字诞生，便为国家所有。所以，知识、教育的拥有者都为国家。国家的拥有者——那些最高阶层的贵族便是最早能接触知识和教育的人。

　　中国在三代之时，学术、知识、文字都为国家所有，私人基本上不允许独立创作。我们可以从孔子编的《诗经》中看得出来，除了一百六十首《国风》是记录十五国民间流传的歌谣外，剩下的便是《雅》和《颂》，都是为国家而书写。即使是《国风》中有文人创作的痕迹，也不会留下作者之名。但是，从《国风》中的那些讽刺诗可以看出，文人创作已经成为一种潜在写作。这种被压抑的创作情绪一直持续到春秋之时才随着周室的衰微而爆发出来。

　　司马迁在记述孔子时写得很明确："孔子之时，周室微而礼乐废，诗书缺。"礼乐之废，说明国家伦理混乱，天下人心不稳，而诗书之缺又是怎么回事呢？这些知识和学说都到哪里去了呢？流落到了民间，学术下移至民间，民间知识分子获得了知识，获得了独立思考和阐述自我主张的可能。这两个条件加起来，便促成了民间学术的兴起。所以孔子才诞生，也才有百家争鸣。庄子也感叹："道术将为天下裂。"也就是说，百家争鸣之时，正是"私人写作"真正兴起之时。

那么，孔子为什么述而不作？这大概来自他对礼的认识。

孔子因为知道，过去知识和学术都为国家所有，诸侯和个人是不允许写作的，所以说自己"述而不作"，只承先王之制和周召之礼。他是顺着前代人的言说，所以最好的方式是传承，而不是创新。

然而老子对那个时代的学说是有看法的，甚至持反对态度，所以他要言说，就绝非传承，而是创新。老子与孔子、管子等不同在于，他超越了所谓的圣人之道这个当时社会的主流价值观，他站在了更高的价值立场来言说，自然就超越于整个时代之上了。

记得当我说到这里时，牛爷破口而出："那么，为什么孔子不敢创作，而比孔子还大的老子敢于创作呢？"

这也是矛盾所在。《史记》和《礼记》中都有孔子向老子问礼的记载。既然他们都是遵守周礼，为什么会有这样大的不同？原因是对礼的理解不同。这可以从《道德经》中看出。

老子之创作确实乃不得已而为之，确是到快隐世之前创作的。事实上，在老子和孔子之时，私人办学已然兴起，那么，也就是说私人言说已经成为一种风气。只是目前我们能看到的只是诸子之文而已，大多私人创作都已消失了。

其次，老子的《道德经》可以说是中国知识分子最早独立创立的形而上学。我们也许会说，从文化的角度来讲，伏羲也可以说是中国第一位"知识分子"，因为他创造了八卦。我们还可以说，仓颉是中国最早的知识分子，因为他创造了文字。但他们都不能算是真正独立意义上的知识分子创作。他们带有浓厚的集体创作的痕迹。那么，我们是否可以说周文王在狱中对《易经》的发挥是真正的知识分子创作呢？自然也可勉强来这样说，但他们是帝王，还是代表了国家创作。个体意义上的形而上学创作第一人便是老子。

可以说《易》乃中国哲学之发端，但《易》之深奥，常人难懂，应该是上古学说。所以，真正的古代哲学应以老子为开端。柳诒徵也说："是则吾国形而上之哲学实自老子开之，亦可曰一元哲学实自老子开之。"在今天我们能读到的人类所有的古代哲学、宗教典籍中，能看到一个清晰的轮廓：人类早期的思想成果不是对人伦道德和政治的创见，而是对自然观察的总结，这也就是弗雷泽等所说的"古代原型"。人类学家发现，人类最早对大地、天空、太阳、黑暗以及四季的轮回都有一种认识和神化，最后演变为宗教，这就形成了人类早期的思维模式。对自然之道的认识与总结也是人类早期的哲学，中国的《易经》、八卦思想、洪范五行学说等都是对大自然运行的理解和注释。

海德格尔称，人类早期是诗意地栖居于大地之上，为大地和万物命名。那时，人类与大地是浑然一体的，大地是人类的母亲，是人类的家园，所以人类不以自己的意志为意志，而是以大地的意志为意志，所以人类要崇拜山川、河流、大地、太阳。人类的意识是如此之高大，视野是如此之壮阔。但是，随着人类智慧的开发，人类越来越以自己为中心，离开了大地，如此，人类与大地之间的冲突也就产生了。现代社会其实也就是人类与大地之间产生了不可调和的巨大矛盾，人类脱离了生育自己并给予自己诗意和幸福的大地，人类便面临被异化的痛苦现实。老子的哲学在那个时候其实讲的就是这样一种哲学。他说，人法地，地法天，天法道，道法自然，自然是最根本的，这也是人类最早的道术。所以，从这一意义上来说，老子之学说直接师承上古道术，并开古代形而上哲学之先河。

最后，还有一些小小的障碍。有学者认为，老子之前，有管子之学。管子之前，有周公。周公之前，有大禹。大禹之前还有无数的圣人。然而，周公与管子之学实际上属于官学，他们的位置大体都差不多，相当于相国一职，自然也是站在国家的立场上来写作，虽然说周公所著《周易》爻辞和其他一些篇章以及《管子》中所体现之思想都乃个人之体悟，但正如前文所述，他们所处之时代并非私人写作之时。一定意义上来讲，他们是以国家身份在写作。当然，从这一点来说，他们应该说是私人写作之萌芽。真正开一代私人写作之风气者，应该是诸子百家，而在百家之中，则首推老子。老子的写作，超越了国家和个体，属于本体性写作。这是那时候其他写作者无以比拟的。

我还记得老牛在听完我的陈述之后，沉默了良久，然后拿起酒瓶，缓缓给我把酒盛满，又给他自己盛满。大概是他忽然想起旁边还有两人，便给老李和姜风一一盛满，才说："目前我对你的说法暂时不发表任何评论，但有一点我必须要说，那就是，你的这些想法非常独特，对人有启发。你属于思想型的学者。但如果有一些考证，也许你的学术思想会大放光彩。来，干杯！"

老牛最后的建议我一直记着，但是，许多年过去，我仍然故我，我还是喜欢胡思乱想，对于脚踏实地的考证，则有心无力。我有时也会因为如《水书》一类的东西胡乱花上一个月查阅资料，想弄清楚它到底是什么，最后可能也不了了之，也未曾为之写过一篇文章。但是，我就是不愿意为写一篇文章而专门去考证。我曾经写过一篇孔子的文章，投给一个刊物后，编辑说我的考证还不足，希望进一步考证，并且嘱咐我，把《论语》中的引文的注释要注清楚，注明白是哪个版本，哪个作者，第几版印刷。我听了她的建议也进行了一番考证，但在最后为《论语》里面的常用句进行注释时，便突然觉得此文章毫无意义了。我放弃了发表。至今，那篇文章还静静地躺在我的电脑里，像是一个被遗弃的婴儿，发出嘤嘤的哭泣声。

说起来很有意思。我们一行四人去寻找老子的飞升之地，一路上争论了几个很有意思的问题，结果述而不作的老李似乎早已忘记了那些争论，姜风已然投身于国家旅游局的旅游规划事业，对那些事大概也早已忘记。唯有我，怀着好奇心去看了临洮的岳麓山，并花了七八年时间零零星星地写下如斯之言，也不知是否值得。但我相信很少写文章的牛爷在抱着孙子时，如果能看到我的这些文字，他或许会给我打个电话。事实上，我倒是非常希望他拿起笔来批评我一番。

当然，我在读《道德经》时，也会生出一种力量来，这力量是那样积极，并非积极，它迫使我压住那些心头的火苗，尽管可能看上去是以消极的方式来对待这蠢蠢欲动的世界。那个时候，我就知道，老子的心是火热的，善的，他不希望我们活在烦恼的中心。他希望我们每个人都安静，长寿，像他那样活到一百六十岁或二百岁。

敦煌：站在青春中国的门口

海子的诗歌发现

　　许多年之后，我在翻阅一些经卷与诗篇时看到，1986 年的秋天，山火明亮，一个瘦瘦的青年从北京出发，要去陌生的茫茫西部漫游。他是一位诗人。漫游是古希腊伟大诗人荷马以及轴心时代（诸子百家时期）哲人们的共同特征，孔子、老子、墨子、柏拉图、亚里士多德、释迦牟尼……每个人的身后，又是一大批怀揣正义与真理、手执经卷与规矩、身佩利剑与身着华服的义士、哲人、圣徒，甚至将相与君王。古典、浪漫、传奇、悲壮、冒险、牺牲，周游天下，以天下为己任，做"世界公民"（雅斯贝尔斯语）。两千多年之后，在我们的想象中，他们还在漫游，只是他们已经接近神的天空。每到一个精神更迭的时代，无论是东方还是西方，都会回首仰望那个令人向往的天空。那个时代并没有逝去，群星仍在闪耀，每个人都活着。我们熟悉他们的音容笑貌，比他们自己还要热爱他们。

　　1980 年代，又是一个启蒙与思想更迭的时代。不幸的是，那时人们无暇仰望孔子、老子、释迦牟尼这些东方圣人。在诗人们与思想者的眼里，更多的是苏格拉底、柏拉图、亚里士多德，以及后来的康德、尼采、叔本华。古希腊的光辉竟然照亮了 1980 年代的东方中国。漫游天下的浪漫与豪情鼓动着众多年轻的灵魂。

一个显征是中国摇滚乐的先锋崔健的《一无所有》与《假行僧》的流行。一种"到远方去"的信念仿佛本能一样强烈。另一个佐证是三毛的故事和流浪之歌《橄榄树》，也在诱惑着青年们捆好行李，随机出发。

于是，这位诗人放下《圣经》、海尔达尔的《孤筏重洋》，踏上了他的漫游之路。对他来讲，整个西部犹如茫茫大海，充满了神秘与诱惑。他要一个人远涉重洋。

于是，他是诗人中间唯一怀着朦胧的感觉对中国古代圣贤与灿烂文明致敬的青年。这从他后来那些疯狂的长诗中可以看到。无论是《土地》，还是《太阳》，老子、庄子、陶潜等多次成为他书写的圣贤。

在他的潜意识中，精神的高原在西部。他坐上了火车，一路往西，果然看见地平线在慢慢升高，雪线闪亮。这一次出行，在他的任何日记或文章中都未提及。他写过一首《熟了麦子》的诗，一些兰州的诗人们曾经考证过，但都无法证明他在何时去过兰州。兰州，这个中国版图的中心城市，也是中国边塞之地的分界点。曾有一大批诗人后来成为这个青年诗人的追随者，我也是当年的一位。他是否来过这里无从考证，但他一定去过敦煌。这可以从两首与敦煌有关的诗歌和很多首写青海、祁连山的诗中得到印证。

在我的想象中，他一定是在谒见过青海湖后，从祁连县进入扁都口，再经过民乐等地去了敦煌的。在祁连山的尽头，他看见了百年来中国学者最为伤心的地方：敦煌。在那里，他坐了很久，写下一首短诗：《敦煌》。他写道：

> 敦煌是千年以前
> 起了大火的森林
> 在陌生的山谷
> 是最后的桑林——我交换
> 食盐与粮食的地方〔1〕

　　他把敦煌与他诗中忧伤的粮食放在一起。也许，他也在那里伤心过，也必然想起另外几个在历史上闪闪发光的词汇：玉门关、流沙、玄奘、西天。流沙便是敦煌以及敦煌以西到罗布泊的广大沙漠地区的另一个诗意的称呼。历史记载，中国的那些圣徒们去西域都要"远涉流沙"，似乎中国的西大门是一个神秘、蛮荒而又令人生惧的地方，是一道此岸与彼岸之门。在流沙中再生，然后才去西域求法。但另一个说法使这里充满了古意，即"流沙坠简"。将手伸进流沙中，一枚藏着盛唐秘密的竹简就随手可得了。20世纪初，西方的学者们就是这样发现了流沙下的丝绸之路、敦煌、楼兰，抢走了无数的佛经、壁画、竹简、彩陶，中国的学者们听闻惊天的消息后才匆忙踏上西行的马车。流沙下仍然藏着无数的秘密，仍然令世界大张惊讶的嘴巴。现在，他也将手伸进温暖的流沙中，指尖流淌的是时光和迷茫。每一粒沙子仿佛是几亿年时光的凝结。

　　在阳光稀疏、人迹稀少的敦煌，他感到醉意朦胧。乘醉，他去看

---

〔1〕 海子：《海子的诗》，人民文学出版社1995年版，第81页。

了一眼额济纳旗的胡杨，那些大地上的奇迹正吸引着无数的摄影爱好者。在那里，他邂逅了一位姑娘，多情地写下一首诗。[1]也许，在那里，他被玄奘所感动，因为他自称是诗歌的圣徒；也许，在那里，他感到无法满足信仰的饥渴；也许敦煌只是他另一个神秘计划的一部分。总之，他漫游到了西藏。两年后的秋天，他又一次漫游于这中国最后一片信仰铺满的山川。在车过青海德令哈的时候，他含泪写下一首著名的短诗：《日记》。现在，每年的秋天，德令哈成了青年诗人们朝圣的地方。而他写西藏的诸多诗歌，也曾在诗歌界掀起过一阵西藏热。

他就是被称为"麦地诗人"的海子。这位自杀的天才诗人在短暂的黄金岁月里写过很多首不朽的短诗，诗中包含着悲伤、死亡和疯狂的激情。在那些灰暗的诗歌中，关于西部题材的诗歌竟然占了很大的比重。1987年6月8日，他完成了自己的诗学宣言《诗学：一份提纲》。那是他一生中要奔命的目标。其中，在第四章《伟大的诗歌》一节中，他这样写道：

> （在诗歌王子与诗歌之王之上）还有更高一级的创造性诗歌——这是一种诗歌总集性质的东西——与其称之为伟大的诗歌，不如称之为伟大的人类精神——这是人类形象中迄今为止的最高成就。他们作为一些精神的内容（而不是材料）甚至高出于他们的艺术成就之上。他们作为一批宗教和精神的高峰而超于审美的艺术之上，这是人类的集体回忆或造型。我们可以大概列举

---

[1] 海子：《北斗七星　七月村庄——献给萍水相逢的额济纳姑娘》，《海子的诗》，人民文学出版社1995年版，第89页。

一下：（1）前 2800—2300 金字塔（埃及）；（2）纪元四世纪—十四世纪，敦煌佛教艺术（中国）；（3）前 17—前 1 世纪《圣经·旧约》；（4）前 11 世纪—前 6 世纪的荷马两大史诗（希腊），还有《古兰经》和一些波斯的长诗汇集。[1]

从这样一种描述中，我们不难看出，在他的视野中，中国最伟大的艺术只有敦煌莫高窟，因为这是"人类的集体回忆或造型"。而在整个地球表面，物化的造型艺术一个是埃及的金字塔，代表了人类最古老的艺术成就，另一个则是敦煌，代表的是古代人类在全盛时期的艺术成就，与佛教相关。

海子的这种描述与季羡林对丝绸之路的描述几乎一致。季羡林说，人类的文化大体可以分为基督教文化、印度佛教文化、伊斯兰教文化和中华文化，而在中国西北的丝绸之路上，世界几大文化都曾汇聚于此。而最为集中的地方，就是敦煌。因此，我们可以猜想，海子在 1986 年对敦煌的造访带有极强的目的性，他是在为信仰而来的。他后来虽两次漫游西藏，但在他的心中，敦煌仍然是佛教艺术最高的殿堂，也是中国文化艺术最伟大的创造。这样一种高度的评价，过去从来没有过。

在那个时代，与诗人同行的，不是今天到敦煌去旅游的大众、消费者、看客，而是与诗人一样的寻梦者，大地的漫游者，人类伟大艺术的朝圣者。是从北京、上海、台湾、香港各地来的学者、诗人、摄影家，是从世界各地来的敦煌学家。只是那个时候，当世界把敦煌看

---

[1] 海子：《诗学：一份提纲》，崔卫平编：《不死的海子》，中国文联出版社 1999 年版，第 293 页。

成人类伟大的文化遗存时，中国人并没有感到它的价值，即使到了今天，仍然如此。只有感性的诗人，凭着那天才的心灵看到夜空下闪烁的星座：金字塔、敦煌。

可是，诗神的漫游给西部的诗人们带来了诗情。我就是在那个时候知道海子自杀并开始阅读他的诗篇的。在那之前，我的笔名也叫海子。大概与海子一样，正是我们没有见过大海，所以对大海那样热爱。有一天，诗人叶舟看到我的诗和笔名时告诉了我海子的故事，于是我终止了这个笔名，但也无可救药地热爱上了海子与其诗歌。

多年之后的一个春节，叶舟只身漫游于敦煌，写下神性诗篇《大敦煌》。也许只有我们才知道他的这次写作冥冥中与海子有关。当然，在那个时候，已经有很多人将目光投注到敦煌这一伟大的存在上了。甘肃和新疆的诗人们、艺术家们都曾描绘过敦煌。1990 年代中期，著名作家冯骥才也数度来到敦煌，写下大型纪录片文稿《人类的敦煌》。至今，有无数的诗人、作家、艺术家在天高云淡的秋天，穿过海市蜃楼装点的安西大道，去瞻仰那高原上的中国古代艺术的宝窟。

只是，很少有人将敦煌当成人类信仰的高地，只有海子朦胧地意识到了。更多的人们只是将敦煌当作艺术的圣殿。

2004 年的秋天，当我在石窟中看见那些华丽的佛教经变图时，我再也听不进去导游津津乐道地讲解那些壁画的颜料是从哪里来的。我则沉浸于佛陀的伟大牺牲与智慧中。我蓦然发现，也许我们过分地重视了那些故事的外在形式，而那些故事本身被忽视了，就仿佛我们一直在讲《圣经》的华美词藻，而从来不顾及其中的道理。但这可能吗？

它不但可能，而且到现在仍然持续着。这是一件多少荒唐的事。

因此，从某种意义上我们可以讲，是海子发现了敦煌：它不仅仅是艺术，而且是宗教的。海子将其当作人类的诗歌行动。有生之年，海子漫游的地方除了西藏之外，便是以敦煌为中心的广大区域。也许深居北京，他感到了北京的荒凉，并看见了西北高原上的信仰。

与海子的寻找相似的，在那时还有两个人。一个是张承志。他从北京出发，到了西北高原上的西海固，发现了他文化上的信仰。于是，他断言，中国的文化中心不在北京、上海，而在以西海固为中心的广大地域。事实上，从《心灵史》开始，他的脚步也便一直沿着丝绸之路往西，直到中亚乃至西亚。

另一个是马丽华。她很早从山东出发，去了西藏。许多年之后，她捧出了一座精神的高原：西藏。在那里，世俗世界消弭于佛国的光照之下。评论家李敬泽称其为近现代发现西藏的第二人[1]。

我们是否可以这样来说，海子、张承志、马丽华在上世纪八九十年代共同发现了精神的西部。

---

[1] 李敬泽：《总序：山上宁静的积雪，多么令我神往》，《马丽华走过西藏纪实》，中国藏学出版社，2007年版，第2页。

一缕丝绸燃起的命运

真正发现敦煌的，当然不是海子。而是命运。

它的命运，也便是一缕柔软的丝绸的命运。

我们对历史的了解往往有两种方式，一种是文字记载的史书，一种则是我们的经验想象。历史学家重视的是第一种，对第二种方式往往嗤之以鼻，以为是野史；文学家则对第二种方式更感兴趣，在他们的心中，第一种信史其实是政治史，而第二种更接近于真实。然而，我们对敦煌乃至丝绸之路的很多历史必须用这两种方式共同去发现。

打开茫茫史书，丝绸之路乃至整个西部在张骞之前，要么被记述成八荒之外的寒冷之地，那里人烟稀少，走兽居多，要么便被记述成蛮夷横行之地。

但一块古玉的发现洞开了西部的另一扇门。而这块古玉的发现又与另一个关于中国历史的重大发现有关。

一块龙骨泄露了地下几千年的秘密。

顾名思义，龙骨者，龙之骨也。中国人自称龙的传人，也相信有龙。于是，古之医者多认为从地下挖出来的龙骨可入药救人。《本草汇言》云："尝过晋、蜀山谷，为访所产龙骨之处，岩石棱峭，溪径坟衍，则有磊磊如龙鳞，隐之如爪牙者，随地掘之，尽皆龙骨，岂真龙之骨有若此之多，而又皆尽积于梁、益诸山也。要皆石燕、石蟹之伦，蒸气成形，石化而非龙化耳。"《本草述》云，龙骨可以疗阴阳乖戾之病。

1899 年 10 月，主持国子监的金石学家王懿荣得了疟疾，让人从药店抓来药吃。药方上的一个词击中了他：龙骨。莫非真是龙的骨头？他让人将龙骨的粉末拿来看，只是一些白色的骨渣而已。但不久，有一位好古董的朋友让他来鉴定从河南安阳带来的青铜器的时候，顺便给他放下了一些白色的龙骨。他蓦然发现，上面有奇怪的刻痕。入夜，他将所有的龙骨拼在一起，发现是一些他根本看不懂的文字。但两个念头始终在他心里拧成了团，一个是他知道龙骨定然是古老的骨头，但到底古老到什么程度他无法知道，另一个则是古书上记载的与文字和"龙骨"相关的情节，那是与古代占卜相关的情节。古人在做一些重大的决定时，以龟甲上的裂纹来卜吉凶，因为"龟之言久也，千岁而灵，此禽兽而知吉凶者也"。[1]

难道这就是占卜的裂纹？那些吉凶之神示？

他还想起另一个情节。《尚书大传》郑玄注："初，禹治水得神龟，负文于洛。于以尽得天人阴阳之用。"[2]郑玄此言，历来学者都有疑问，皆以为玄，但此情节又与中国人的天命论合而为一，学者们哪里又敢轻易否定。

---

〔1〕 参见《尚书·洪范》：王世舜译注，中华书局 2011 年版。

〔2〕 柳诒徵：《中国文化史》（上），东方出版社 2008 年版，第 81 页。

难道这就是神龟之上的洛书？抑或是与洛书相关的神谕？

王懿荣在这样的"神迹"面前，颤抖了。传说洛书乃伏羲氏承天命所创，禹之父鲧不信，扰乱五行，终被"殛之于羽山"。禹承父业，得天帝所助，得洛书。到了商纣灭亡时，传说此书也被箕子带去朝鲜，同时被武王所用，周乃兴。1899 年，正是国家背运之时，难道此洛书要重现人间？

在这样的激动之下，王懿荣用放大镜把片片龙骨又一次细细打量。他终于确定，这些都是文字，但是周之前的文字，是连孔子也未见过的文字。它们沉睡于地下，以龙骨的方式隐藏于世间。他深知这些龙骨的价值，便四处搜求，在短短一年时间内，先后以重金高价搜集到 1 500 多片龙骨。一年后，也就是 1900 年，在八国联军侵入北京之际，这位对洛书未及"解读"的大文人不堪古国屈辱而自尽了。他似乎以这样的方式为这些龙骨增添了"钙质"。

两年后，王懿荣之子王翰甫变卖家藏文物偿还债务，所幸，有一千多片龙骨被著名作家、学者刘鹗买下。此后，经刘鹗之手，著名学者罗振玉、王国维先后得到这些古之"圣物"。在王国维的努力下，这些从河南安阳小屯村出土的龙骨被证明是甲骨，而其上刻画的那些古老的神文即是甲骨文。小屯村也被证实是盘庚迁都的都城。黑暗的历史变得明晰起来。

今天，我们已无法得知王国维在面对那些龙骨时的激动和悲伤。当古国文明在整个世界的枪炮下一一被毁时，而他能做的只有一件事，就是用文字来修复古老的文明。他所依仗的正是龙骨。在那些龙骨上，他找到了商朝的时间表。从那些龙骨出发，他又一路向西，沿着丝绸之路去探究依旧被列强瓜分下的敦煌简牍文物。

也许冥冥中受王懿荣的影响，也许正是那些龙骨给他命运的暗示，也许是那些龙骨要借他文人的侠骨擎起一面中华古文明的旗帜来，使中国文明的历史向前不断地延伸，在逐渐开阔的世界历史上占据一席之地。可是，如此持续了数年之后，在 1927 年 6 月 2 日的一个早上，当王国维目睹颐和园被西方列强糟蹋的残景时，他大概已经感到心力已尽，也听到命运之神的低吟，终于纵身一跃，投入昆明湖。人们在他身上找到遗书，看到如下斯言："五十之年，只欠一死。经此世变，义无再辱。"

在整个中国的大转折时期，两大国学要人，都因为古国文明的被毁而殉葬。这是何等的气节。我们似乎能感到，他们的骨气已凝固在那些古老的甲骨之中。

就在王国维绝命的第二年，河南安阳小屯村开始被挖掘。这就是殷墟的发现。在那次发现中，学者们的注意力都集中在青铜器、甲骨文和城市遗址这标志着文明的三大着力点上。在人类文明早期所有的史诗中，都有一个共同的说法，文字乃神授。夏禹得神龟之文的传说便是一个证明。但是，在"五四"以来对唯物史观的祛魅运动中，这些文字的神力被卸去，其占卜的神秘也消逝。它们在面世之后似乎重新又沉睡了过去。

此时，另一块古玉又在地底下静静地等待，在等待一只命运之手的抚摸。1929 年，它与李济未曾谋面。1931 年，它与梁思永擦肩而过。1950 年，它与夏鼐又一次失之交臂。

它的出世比甲骨文晚了几十年。

1976 年一个平常的日子，考古学家们在河南安阳发掘了商王武丁为妻子妇好修建的墓室。在那南北长 5.6 米、东西宽 4 米、深 7.5 米的墓室里，共出土了青铜器、玉器、宝石器、象牙器等不同质地的文物 1928 件。这些发现相比甲骨文、青铜器的发现已经不算什么奇迹，不过是那次发现的余音而已。但是，当安阳市玉雕厂的一位工作人员把一块刚刚出土的古玉上的泥沙小心地拂去时，他瞪大了双眼。

那块古玉睁开眼睛看着他，他惊愕地呢喃：怎么会呢？这可是来自新疆的昆仑玉啊！但在商代怎么会有来自昆仑的玉石呢？

一声惊问惊醒了世人。它像一束强光慢慢地照亮那些尘封的史书，打开学者们想象的道路。人们开始想象在殷商时代如何得到来自"西域"的玉器。要知道玉器在新石器时代还只是一种生存用的利器，但到商周时期它就变成了祭祀的圣器，成了信仰的一部分。春秋战国时期成为"六瑞"之象。秦之后，代"九鼎"象征王权。秦始皇制做了一枚传国玉玺，将玉之地位升至神圣。以后各代帝王莫不如是。

在王国维的思绪追逐的流沙坠简中，在陈寅恪所说的伤心敦煌里，一块古玉在茫茫时空里穿越，最后终于在学者们的梦里织就一条玉石之路，铺盖在汉唐以来的丝绸大道上。

一些文字的描述被人们重新重视。《史记·李斯列传》载"今陛下致昆山之玉，有随、和之宝……此数宝者秦不生焉"。《史记·赵世家》载"代马胡犬不东下，昆仑之玉不出，此三宝者亦非王有已"。南朝周兴嗣所编《千字文》中载："金生丽水玉出昆冈。"人们进一步发现，《汉书·西域传》有"其东，水东流，河原出焉，多玉石"之说。

一些疑问的声音开始越来越大：

在张骞通西域之前，在北方草原上，马背上到底伏着什么？

在奔马之前，那些沙漠里的骆驼又运送着什么？

一个故事也许能圆满这些答案。这就是周穆王会见西王母的故事。古人云："国之大事，在祀与戎。"《穆天子传》记载周穆王时期，他不断西进，攻打狄戎，"获其五王"，然后在即位十三年后，率领七萃之士，驾良马八骏，由造父驾驶，伯夭向导，从宗周（镐京）出发，越过漳水，经河宗、燕然之山，过乐都、积石山、昆仑之丘、群玉山等地，西至西王母之邦，和西王母在瑶池相会，醉酒相乐。据说其往返行程二万五千里，时达两年之久。

乐都（在今青海省）、积石山（当在今青海、甘肃交界处）都是今天沿用的地名，说明穆王是沿黄河而上。但昆仑之丘、群玉山是哪里呢？有人说昆仑之丘指巴颜喀拉山脉，群玉山则指产玉的祁连山。从路线上来讲，这都是对的。但它为何就不是昆仑之山呢？更何况，昆仑山下有绵延数千里产玉的地方。它们岂不更准确？瑶池历来被认为是一个玉石砌就的地方，那么它又在哪里呢？最重要的是，穆王在与西王母酒酣之后，大量采购玉石，取玉版三乘（车），载玉万石，运回周室。

这个故事告诉我们，周穆王西取狄戎并非像历史上所讲，是因为狄戎不断犯周，周为安边境才攻打狄戎，而是另有所图。这就是到西域取两种宝贝：马和玉。他带去丝绢、铜器、贝币馈赠西域各部落，而那些部落则回赠他马、牛、羊等。马是那个时候最重要的交通使者，也是最重要的战争装备，而玉既是祭祀之圣器，又是价值连城的宝物。所以，周穆王最终的战利品是玉石。

这个故事也能证明，在周穆王之前的商代，昆仑之玉就已经成为王室追逐的宝物，成为祭祀和殡葬的器物，那么，到了周代，则自然成为周室所向往的财富。穆王之西征的真正目的便在于此。

由此我们可以想象，在穆王向西域诸国赠送丝绢之时，丝绸之路和玉石之路皆已开始。

在《穆天子传》中，西王母是一位善舞者。我们也可以想象，当西王母在瑶池披上轻薄柔软而又华丽无比的丝绸时，她的舞姿该是多么的迷人。

那缕从中原出发的丝绸就这样被周穆王搭在了西域的酥肩上。在周穆王的时期，中原所认识的世界的最西边，也就是天边，即是西王母所在的地方。那是世界的最高峰。

周穆王西行之时，约为公元前 963 年左右，那时，中国尚不知有希腊，而从欧洲的历史来看，欧洲也不知有中国。因此，周穆王搭在西域的那缕丝绸，经过了几个世纪之后，才飘到了希腊半岛。历史学家们猜测，希腊惊讶地看到这一种高贵华丽的纤维织品已经到了公元前 6 世纪或公元前 5 世纪。那时，在希罗多德的《历史》中，第一次出现有关于中国的消息，他们称中国人为赛里斯。从已知的研究可知，在希腊迈锡尼文明时期，人们的服饰用的都是亚麻、羊毛织品和皮革，但是，到了公元 4 世纪之后，就变成了丝织品。可见，丝绸对于古希腊人审美的影响是革命性的。

到了罗马时期，丝绸仍然是极其昂贵的饰物。当恺撒为战胜归来的将军肩上披上一缕柔软华美的丝绸时，士兵们便欢呼起来。据说，埃及艳后克娄巴特拉七世为了俘获安东尼的心，将自己扮作爱神阿佛洛狄忒，身披柔软的丝衣，安卧在串着金线，薄如蝉翼的纱帐之内。美丽的童子宛如丘比特一般侍立两旁，各执香扇轻轻摇动。此情此景，不但征服了前来镇压她的安东尼，也感染了整个希腊。

那个时期，希腊人就从一缕丝绸开始，展开了对丝绸的故乡——中国的无限想象。而这想象，也就变成了欲望之火，在希腊慢慢地向东方燃烧。亚历山大将此还变成了青春的烈火，一直烧到了新疆和印度的边界。恺撒等罗马的皇帝也一度萌发征服丝绸之国的雄心。

只是丝绸之国到底在哪里他们一直找不到。从恺撒之后一千年里，中国人不仅将丝绸披在欧洲人的身上，还将精美的玉器、瓷器等摆在了贵族们的家里。那些不能吃不能喝的东西恰恰极大地激起了欧洲人对中国的向往。那一千年，也恰是中国的汉唐盛世。在那一千年里，匈奴南下，吐蕃东进。汉武帝与唐太宗对西域大马的狂爱和对昆仑之玉的向往，以及对另一个同样繁盛的帝国大秦（罗马）的想象，也纵马西进，终于凿开了丝绸之路，将丝绸、瓷器源源不断地递给"西方"，将中国的繁盛与华美播向远方。

在宋朝快要开始的时候，西欧通向中国的丝绸古道被中断了。与此同时，在中国，丝绸制作的中心也从黄河流域转向长江流域。江南成为中国最为富庶的地方。杭州市内呈现"机杼之声，比户相闻"和"都民女士，罗绮如云"的盛况，杭州被称为"丝绸之府"。于是，战火便一直沿着丝绸之道烧到了杭州。比起周穆王、汉武帝和唐太宗，宋代的皇帝只知道生产丝绸，却少了两样东西，一是对马的喜爱，二是对西方的想象，于是，他们只有挨打的命运，只能拿丝绸、瓷器换得苟安一隅的悲哀。成吉思汗天然地拥有战马，还拥有比穆王、武帝、太宗更大的欲望。他沿着已经被中断的丝绸之路，一直打到黑海。历史上只有亚历山大能与其比肩，但他们的道路何其相像。试想，如果两人生活在同一时代，整个世界会变成怎样的境地？

在那个时期，有一个人将丝绸古国的繁华与美丽又一次讲给西方人听。他就是马可·波罗。他是一位商人兼旅行家。他的讲述使整个欧洲发狂。于是，十字军东征失败之后，欧洲人便迫不及待地开始寻找到达中国的新通道，但他们无计可施。

这个时期，恰恰是中国在世界上最为繁盛的时期。这个时期，中国的政治、经济、文化的中心已经在南方，海洋成为新的梦想之地。整个世界的命运之门就在这冥冥之中被打开了。永乐大帝为宣扬国威，派郑和率领二百四十多艘海船、二万七千四百名船员浩浩荡荡地向着西洋进发，一路将金、银、丝绢、香料撒向世界。他将华美的丝绸又铺在了波涛起伏的海上，而这恰恰是大海的景色。这次海洋之行，是整个古代中国最后一次世界之行，但同时又是整个世界第一次海上大发现。郑和不但将东方文明传向欧洲，而且又带去了先进的造船技术，从而推进了世界地理大发现的步伐。

欧洲人借着中国的梦想，沿着海岸线——这条从明代开启但很快又封闭的道路，用火药炸开了中国的大门。一个用伟大的长城包围，而又用浪漫的丝绸裹身的东方古国就此陷入了欲望之火。

柔软的丝绸在战火中焚烧着，化为滴滴黑色的眼泪。它在为自己燃起的命运之火而悲伤。

可那缕丝绸的命运并未就此止步。早已被黄沙掩埋起来的那条古道重新被欧洲的学人从他们对古代的梦想中唤醒。一个叫李希霍芬的德国人将其命名为"丝绸之路"。那些学人随着战火的脚步，也向古代的中国靠近。

或许是命运之神的驱使，那匹承载中国梦想的华美丝绸要向整个世界揭开她的面纱了，它要显露昔日的辉煌了。

那一年，命运借一位道士之手，打开了一个小洞。从那个小洞望进去，一个浩大、辉煌的古中国竟然藏在里面。

这就是敦煌。敦，大也；煌，盛也。

三危山上的佛光

国学家钱穆曾在《中国文化史导论》中讲，世界文化大致可以分为三类：游牧、海洋（商品）、农耕。前两种文化都因为其内中不足，需向外寻找，所以，极具侵略性，其宗教也带着这样的扩张心理。

农耕文明因为可以复制农作物，自给自足，于是产生中庸之道，和合心态，天人合一。其宗教也极具包容性。道教虽是中国本土宗教，但与外来的佛教互相依存，互相解释，相互融合。所以，到宋明时期，儒释道三教合一，而到明末和清时，中国索性关闭国门，独自修炼心性，却忘记了在丝绸之路的另一端，有一个幽灵始终在觊觎着东方。

那个幽灵不仅仅在西域游荡，还在欧洲大地飘荡。

它借希罗多德的铁棒之笔在蜡板上刻下"赛里斯"三个神秘的文字，又借亚历山大的青春和天才之力寻找赛里斯，最后，它乘着战船，供八国联军的枪炮踏上了这个神秘的东方古国。但是，赛里斯已经老态龙钟、步履蹒跚。她已经失去了汉唐时期的青春魅力，浮动于诸神脸上的那种自信、饱满和飘动于飞天身上的华美丝绸、异域情调，已经荡然无存了。丝绸已被瓷器取代，"赛里斯"已成为"支那"。汉唐时期的红、黄色的辉煌色调已被明清时期青花瓷上的冷色调所取代。酥肩圆润、开放有节、雄浑健美的唐仕女已经被束腰紧裹、礼教捆绑、瘦弱为美的清宫女所取代。

青春的中国在哪里？

当八国联军拿着火药炸开北京城的大门时，一个叫斯坦因的学者同样拿着中国的指南针和银元打开了古代青春中国的大门——敦煌。

那时，青春中国的大门被一个半路出家的道士把守。他叫王圆箓。各种资料显示，他祖籍湖北麻城，在陕西出生，奉道教，受戒为道士，道号法真，因避战乱而游至河西。但他为何不往东走，却偏偏来到蛮荒的河西走廊？又为何成了敦煌莫高窟的守护者？这使人又一次不能不想到命运。

命运把另一个人推到了我们的面前。他就是乐僔。

在莫高窟第332窟中，我们能清楚地看到，武周时期李克让的《重修莫高窟佛龛碑》。碑载，乐僔是一位和尚，来自前秦，西游至敦煌，在三危山下得见佛光，便认定这里是极乐世界，于是凿下第一窟，从此开莫高窟佛光盛世。乐僔开凿石窟的时间为前秦二年（公元366年）。我们不禁又要询问，他为何不去东晋？偏偏来到西方？

十年前的那个秋天的黄昏，我徘徊在敦煌莫高窟前不大不小的广场上。我看见四周一些白杨树的叶子已经发黄、发红，显示着淡淡的辉煌，并看见这座陷入孤独中的佛教圣地如今陷入一片世俗的喧哗中。它再也不是以救苦救难、普度众生的面貌出现，而是一个游乐场。想到此处，哀从虚空中来。我突然那么渴望看见三危山上的佛光向我开启。然而，我也明白，我并非那个有缘者。

有缘者是1 600多年前的苦行者乐僔。我太世俗了。我们这个时代的人都太世俗了。我们的灵魂在污泥中挣扎，在欲望中焚烧，可我们中间的大多数并不自知。

关于乐僔的生平今人已无力可考，我们只能猜测他也可能是从陕西来。因为其时关中地区由苻氏所统，其势力已过河西，至西域。那时，从西域不断地传来关于佛国世界的传闻。关中人士和东晋信士总有奔赴西域取经的念头。它们构成那个时代的一种信念。即使以杀伐为生的大将军吕光在征讨西域龟兹国时，也对龟兹佛国盛况极力夸赞，前秦皇帝苻坚就曾命吕光将僧人鸠摩罗什带回长安。虽然这是后话，但乐僔西行恰恰与此相应。他是那西行信念中的一缕圣光。

乐僔之后，东晋僧人法显是另一个证明。法显之后，还有西行者，最后到玄奘达到鼎盛。习惯上，我们总是把法显当成西行求法第一人，但事实上并非如此。乐僔虽未取经回去，但也是西行求法路上的得道者之一。在乐僔之前，还有一个人是必须提到的，他就是朱士行。朱士行是三国时高僧，他要比乐僔整整早一个多世纪。曹魏嘉平二年（公元250年），印度律学沙门昙柯迦罗到洛阳译经，在白马寺设戒坛，朱士行首先登坛受戒，成为我国历史上汉家沙门第一人。他出家受戒后，在洛阳讲解《小品般若》，总觉得经中译理未尽，这是因为当初翻译的人把领会不透的内容删略了很多，致使词意不明，意义不连贯。他听说西域有完备的《大品经》，就决心远行去寻找原本。

可以说朱士行才是真正的第一位西行求法的僧人。公元260年，他从雍州出发，越过流沙到于阗国，在那里得到《大品经》梵本。有意思的是，他把那里抄写的六十多万字的经书派弟子弗如檀等送回洛阳，自己却留在于阗，直至 79 岁时在那里去世。是他不愿意回国吗？
非也。于阗是天山南路的东西交通要道，印度佛教经由此地传到我国
内地，此地大乘虽广为流行，但居正统的仍是小乘。朱士行见状，对
大乘佛教于是动了心，便抄《大品经》。于阗国的小乘信徒见中土僧
人如此，便横加阻挠，同时向国王禀告："汉地沙门将以婆罗门书惑
乱正典，大王如果准许他们出国，大法势必断灭，这将是大王的罪
过。"笃信佛教的国王自然不许朱士行将佛经外传，朱士行愤然起誓：
"若火不焚经，则请国王允许送经赴汉土。"说完，他就将《大品经》
投入火中，火焰即刻熄灭，整部经典却丝毫未损。《大品经》这才走
出于阗，再次经流沙，达中土。其时，朱士行已经七十九岁左右了，
大限将至，便索性埋骨于西域。

一百年来，朱士行与"火不焚经"的故事一直在中土流传。后世
学佛者无不敬仰有加。今天，我们已经不能考证乐僔和尚是否正是动
了念头，从中土出发，过流沙，去西域。因为乐僔也的确到了流沙之
地的敦煌，再往西走，便可抵达于阗、龟兹等佛国世界。只不过，在
三危山下，他看见了万千佛光，便在那里驻了足。至少，我们可以相
信，一种向西求法的巨大信念在中土僧人的心中流淌、激荡。乐僔只
不过是这信念的一个证明而已。

从今天来看，乐僔开启的敦煌莫高窟的意义绝不比法显、玄奘到
西域取经的意义逊色多少。佛法世界讲究缘分。佛经中说，佛光是释
迦牟尼眉宇间放射出来的光芒，有缘人才得见。在佛的信念中，也只
有这样的地方，才是建寺的圣地。比如，峨眉山和五台山上经常出现
佛光，所以那里也便成为佛教圣地。当佛光在三危山上显灵的刹那，
乐僔便得到了佛的启示，驻足了，流泪了，感动了。

他怀着神圣的使命，凿下第一窟。在他之后的所有开凿者，都是应了这样的佛光启示，接受了这样的神圣使命。无论帝王将相，也无论平民百姓，在一千六百多年的时光里，他们成了真正的众生，也成了真正伟大的开凿者和保护者。盛唐的光辉与三危山上的万千佛光交相辉映，使这些洞窟里的佛像充满了安详、快乐、自在的笑容，使那些吹奏圣乐的飞天们有着自由、开放的灵魂，也给众生披上辉煌灿烂的饰品。根据李克让的记载，武周时期这里的洞窟达到一千多龛，所以称为千佛洞。后经宋、西夏、元代，开凿并保存到今天的洞窟只留下四百九十二个。

今天的历史学家也许根本不会相信一个事实，即历史从来都是由人们的感性而造就的理性之路。历史绝不仅仅是理性的呆板发挥。马克思是第一个对黑格尔的理性哲学提出反对的人，他声称要将感性从历史理性中解放出来。事实上也如此。比如，乐僔看见三危山上的佛光在今天的科学家和历史学家看来，绝对是一次幻觉，但对乐僔来讲，则是一次感性认识结合理性信仰的完美启示。后世修建者莫不如此。历代佛寺的修建要么是国家作为，要么就是地方大户人家的信仰之为。普通百姓难以有作为。莫高窟也一样。前秦时期的苻坚是一位对佛教极有兴趣的皇帝。北魏拓跋氏、隋朝二帝、唐太宗以及武则天都对佛教有着崇敬之情。他们的热情和信仰使三危山上的佛光焕发出强大的感召力。敦煌一带的地方官和大户人家总是倾其所有，竭尽所能。是故敦煌莫高窟在那些时期发展到了极盛。

但是到了南宋时期，北方崛起的少数民族挡住了商队通往西方的道路。丝绸之路的要冲河西走廊长时期不在宋朝政府的掌控之中。从那个时期起，丝绸之路就已经衰落了。宋朝被迫将皇都一再迁往南方。有一天，当宋朝转过身去，竟发现自己已"面朝大海，春暖花开"。一个新的视野就这样被迫打开了——那就是海上丝绸之路。战争同时使黄河流域一度繁盛的丝绸业也面临凋零，而长江流域生逢其时，适时崛起。

成吉思汗正是在那个时候张开大弓的。他在统一北方之时，让自己的蒙古铁骑沿着古老的丝绸之路一路向西，但经过多年战乱，西域诸国此时已经衰落不堪。然而，当百年之后，这个曾经称雄世界的马背上的民族衰落之时，陆路丝绸之路也就此彻底沉寂了。

黄沙掩埋了古道征痕，西风也阻挡着最后的旅人。明朝的闭关政策，清时对准葛尔部的平叛，丝绸古道上最后的波浪也平静了下来，仿佛这里从来就是蛮荒之地，从来就是世界的边缘。

三危山上的佛光似乎再也没有人看到。将近一千年，佛光沉寂，莫高窟被黄沙掩埋。

突然的一天，一个叫王圆箓的道士又像当年的乐僔和尚一样，来到三危山下。那时的三危山下，虽看上去还有若干洞窟，但是，它们都被黄沙掩埋，没有香火，没有任何人经过这里。他多少有些悲伤。偌大的石窟群不知曾经多么繁华，但如今已是日落西山。悲哉！忽然间，他看见三危山上霞光万丈，状若千佛站立，他情不自禁地急呼："西方极乐世界，乃在斯乎。"

佛光再次显现，有缘人又一次留下，并暗自起誓，后半生将剖开黄沙，光大佛法。那时，他并不知道在一千五百多年前，有一个叫乐僔的和尚也看到过这样的圣景，才在这里凿开第一窟。也许人们总是会想，王圆箓乃一道士，应当去弘扬道教，何以留此光大佛门？这是他留给后世的一个很大的疑问。其实，在明清之际，三教合一乃大势所趋。很多寺庙里，既供有佛祖，也同时有土地神、福禄寿三星和文昌爷。这在甘肃很多地方都是如此。

这个有缘人，在发誓要重现莫高窟盛景时，他根本没有想到，敦煌莫高窟一千五百多年的命运与他连在了一起，丝绸之路两千多年的命运也与他连在了一起。他四处奔波，募得钱物，雇人来清理洞窟中的积沙。他看见第 16 窟里的淤沙尤其多，仅这一窟的沙子，就花费了他前后两年的时间。

1900 年 6 月 22 日，夏至这一天。他雇来的姓杨的农民像往常一样去清理第 16 窟时，发现有一处墙皮与其他地方有些不同，便敲了敲，声音有些空洞。他断定那里有问题，便掏开了一个小洞，发现里面有一个暗室。他不敢再砸下去了，生怕佛见怪。晚上吃饭的时候，他将这个想法告诉了王道士，于是，两人去了第 16 窟，将那里砸开。果然，那是一道复墙，不足三米，墙那边是一个被封存了很久的暗室。室内堆满了令整个世界都惊叹的经卷，但在一个信佛的道士看来，那些经书都不过是过去信佛信道者的东西而已。他们并没有在那里发现金银财宝。这让他们非常失望。

那时的斯坦因正好在从克什米尔斯利那加出发，沿吉尔吉特古道，向帕米尔高原进发。其实，在那之前，世界各地的探险者也已从四面八方纷纷向中国的西部进发。瑞典的斯文·赫定已经发现丹丹乌里克遗址，又正组织新的探险队；俄国科学院也将组织探险队赴新疆……新疆的佛教圣地已成为了当时全世界探险家瞩目的焦点。

接下来的故事为众人所知。一生以亚历山大和玄奘为偶像的斯坦因，从印度一直沿着佛教东传的道路来到了敦煌。他被马可·波罗的游记所吸引，被玄奘的故事所感动。

他并没有看见三危山上的佛光。他是一位基督徒。他本是匈牙利人，命运使他不停地在德国、英国和印度流转。因为种种不可言说的原因，他与东方学产生了深刻的联系，并一度生活在佛教诞生的印度。从他的日记中，我们只看到两个人对他的一生起了重大的影响。一个是亚历山大大帝，那个试图将希腊的哲学、政治以武力传向全世界的青年，一个冒险的政治家、军事家、梦想家，一个以梦为马、死在梦想路上的殉道者。从某种意义上来说，斯坦因是借着英国的殖民势力，以考古的名义"进军"东方的。他先后几次在中亚考察，就是要弄清楚亚历山大挥洒青春的痕迹。最后，他与亚历山大一样，也死在了中亚。另一个则是去西天取经的圣徒玄奘，一个以信仰为生、不为艰险而求道的伟人。斯坦因在玄奘身上学到两样东西：一样是执着的学术探索，并从西域"取经"回国；另一样则是佛教东传的心路。

但三危山上的佛光并未向他开启，他以强盗的方式将敦煌乃至更广地区的文物送去了大英帝国的博物馆，那悲伤的心情又传过大洋，投射在风雨飘摇中的中国大地上。当斯坦因等人盗去的文物轰动欧洲的消息传到中国时，古老、自负而又悲伤的北京才将衰老的面孔转向敦煌——那个快被流沙掩埋的边地。王国维、陈寅恪等很多大学者也才将自己的研究重点转向敦煌及丝绸之路。1930 年，陈寅恪在给陈垣所作《敦煌劫余录》写的序中痛心地说："敦煌学者，今日世界学术之新潮流也。自发见以来，二十余年间，东起日本，西迄法英，诸国学人，各就其治学范围，先后咸有所贡献。吾国学者，其选述得列于世界敦煌学著作之林者，仅三数人而已。……敦煌者，吾国学术之伤心史也。"

如果不是斯坦因、伯希和种下的这个因，中国的学者们也不会吃下那枚伤心果。1935 年的秋天，一个名叫常书鸿的青年在巴黎塞纳河畔游荡。与其他游子一样，在他的心上，也有一个衰老的中国的倒影在渐渐地拉长。在一个旧书摊上，他看到由伯希和编辑的一部名为《敦煌图录》的画册。他顺手翻起，便看到了约四百幅有关敦煌石窟和塑像的照片。他倏然一惊，才知道在中国有一座世界艺术宝库，它叫敦煌。敦煌壁画中佛国世界的浓墨重彩在这个青年的心上刻下了深深的烙印，与那不断拉长的中国的倒影不时地重合。冥冥中，他就这样结下了佛缘。

七年之后，这个在西方学习油画的青年便来到了荒凉中的敦煌，并成为敦煌艺术的守护者。又是数年之后，三危山上的佛光终于向他昭示了。在《敦煌的光彩：常书鸿、池田大作对谈录》中，他这样写道："50 年代，我曾和著名画家叶浅予先生、李斛先生一起在莫高窟看到过这种奇异的景色。李斛先生说：'那些小山，看起来确实像千佛并列。'叶浅予先生惊叹道：'那些山顶，简直像文殊菩萨在静坐。'1978 年，画家冯真告诉我，他看到了金光由三危山向四方投射的景色。他说，当时觉得美丽异常，大为震惊，可一瞬间金光又消失得无影无踪。我的儿子嘉煌也曾看到过类似的景色。他经常在山顶上画画。当太阳西斜，刚接触到地平线的那一瞬间，从三危山方向放射出了千万道金色之光，他急忙拿出相机想拍摄下这种情景，可是已经来不及了。""这种金光看起来确实是一种非常美丽的景色，特别是在盛夏八月雨后（敦煌是沙漠气候，降水极少——笔者注）的傍晚，位于莫高窟东方的三危山上，夕阳西斜，宛如完全熟透了的橘子一样，呈现出金黄色。三危山的背后是渐渐变暗的天空，前方是暗淡的呈茶色的沙漠，唯有照在三危山上的夕阳显出极为清晰的金黄色。在带状的金黄色背景下，山脉看上去宛若千尊佛并列而坐。"

于是，在乐僔、王道士之后，常书鸿是第三位得见圣境并将自己的生命献给敦煌的人。然而，与乐僔和王道士不同的是，常书鸿并非为弘扬佛法而去，而是为了一个国家的艺术宝库，因此，那些佛光在常书鸿的眼里就变成了风景，变成了画，变成了艺术。日本作家池田大作曾这样问过常书鸿："如果来生再到人世，先生将选择什么职业？"常书鸿说："我不是佛教徒，不相信转世。不过，如果真能再一次投胎为人，我将还是'常书鸿'，我要去完成那些尚未完成的工作……""五四"以来，尽管知识分子普遍地接受了科学观与进化论，不再相信世上有神佛，但是，那代知识分子身上仍然有"永恒"的信念。那种永恒恰恰是神学时代的遗产，因为只有在神佛那里，才有永恒的承诺。在以科学为基础的人学观里，永恒不在，灵魂不存。存在主义哲学家萨特将人生解释为一个个偶然事件的连接体。因此，在常书鸿的心中，保护敦煌艺术不再成为信仰，而是一种信念、理想和责任。即使如此，人们还是将他称为"敦煌艺术的守护神"。

冥冥中，我们仍然不能猜透佛的无限心思。

下一个与佛光有缘的人会是谁呢？

恩怨是非

一个普通的日子，一个书生来到敦煌。那时，连"敦煌艺术的守护神"常书鸿先生也已驾鹤西去。三危山上的佛光再也没有向世人启示。

这个书生早已从史书上读了很多关于敦煌的故事，并接过了先辈们的伤心与悲愤，来到了敦煌莫高窟的门前。他似乎提前准备好了愤怒。

他是冲着王道士来的。他见过王道士的照片。"穿着土布棉衣，目光呆滞，畏畏缩缩，是那个时代到处可以遇见的一个中国平民。"他说："历史已有记载，他是敦煌石窟的罪人。"他虚构了王道士把敦煌文物贱卖给西方的历史细节，"把愤怒的洪水向他倾泻"。由那些细节，一个卖国贼，一个叛道者，一个千古罪人的形象就此树立起来。

这个书生就是余秋雨。他的"文化苦旅"就是从敦煌开始的。他把自 1900 年以来，尤其是 1930 年陈寅恪先生"伤心"以来的愤怒像秋雨一样泼在了这个渺小的道士身上。由于他的传播，早在 1931 年就埋骨于此的王道士遭到众人的唾弃。凌乱了的不仅仅是王道士的阴魂，还有那个阴冷的时代。

这也许应了佛家的因果之法。有那样的因才致这样的果。

但到底如何来看待这个道士的"发现"与"罪行"呢？这成了一百年来学术界争论不休的话题。

此前已经述及，当欧洲人完成了地理大发现之后，他们同时也完成了自身的武装。于是，他们不断地寻找自己的殖民地。这是史前从伊朗高原上下来的雅利安等民族对欧亚地区大侵略之后人类历史上的又一次大侵略。雅利安等民族代表的游牧文明，对印度、希腊、美索不达米亚的农耕文明进行了大规模的侵略，完成了那些地区的文化转型。但是，文艺复兴之后，欧洲在地理大发现时所进行的侵略是人类历史上又一次最大规模的侵略。他们所到之处，原有的文化几乎荡然无存——玛雅文明、印加文明、阿兹特克文明——消失。最后，他们一手握着十字架，一手举着枪炮来到了中国。

那个时候，欧洲正发生着文化上的巨变。文艺复兴所带来的人文精神、科学观念摇撼着神学的大厦。上帝的十字架摇晃着。一个大写的"人"字不断地上升，人学体系露出雏形。至19世纪，人学观念基本确立。1848年，马克思和恩格斯发表了《共产党宣言》，其依赖的哲学不再是《圣经》，而是与《圣经》相对立的历史唯物主义。1859年11月24日，英国博物学家、进化论的奠基人达尔文的《物种起源》出版，宣告了神创世界观念的破产。1872年，有一个叫尼采的青年发表了他的第一部专著《悲剧的诞生》，在这部著作中，他发出了惊天动地的宣言："上帝死了。"欧洲世界由此发生了一场巨大的文化突变。虽然这些观念都是在1918年新文化运动中才洪水般袭来，但之前列强的侵略与基督徒的传道为其打开了方便之门。

1873 年前后，当李鸿章与日本、英国、秘鲁等国不断地签订"和平"协议时，就已经预言中国正处于"三千年一大变局"。他指的不仅是列强瓜分中国的变局，也是中国文化的变局。到王国维和陈寅恪时，他们遭遇世变，终于感到，这并非一变局，而是一"巨劫"。在陈寅恪看来，这是中国文化三纲五常撑起的中华文化大厦的倾倒。

大厦将倾，独夫奈何！李鸿章无奈，康、梁无奈，就连光绪帝也无奈。紧接着，斯坦因、伯希和等所谓的文化使者随着列强的脚步，一手拿着十字架，一手拿着指南针，来到了另一个代表中国古代灿烂文明的文化标识——敦煌莫高窟的门前。

夜幕降临，古老的敦煌显示出颓唐、疲惫与无奈的神情。她衣裳褴褛，蓬头垢面，流浪在古老的丝绸之路上。只有一个道士在虚空里发下誓愿，成了这里的守门人。昔日，达摩禅师徒步来到中土，传播佛法。佛教终在汉魏扎根于中土，在隋唐臻于全盛，八宗竞秀，高僧如云，寺院如林。用了将近一千年。杜牧曾云："南朝四百八十寺，多少楼台烟雨中。"唐末以来，佛教向中国社会和文化深层渗透，促成了宋明新儒学和宋元新道教的孕生，佛教也由此成为中国文化的一部分而不可分割。在中国古代民间，佛教起着安定民心的巨大作用。老百姓家家户户都会有一个祠堂，在那里供奉着自己的祖先。但是，在大街上或村头附近，一定要立一座寺庙，以保佑大地上的一切生灵。微风吹来，寺庙里传来一声声空灵的钟声，那是人们心灵的福音，钟声在虚空里向四处荡漾，所抚之处，伤痛愈合，仇恨被除，祥和即在。

因此，道士王圆箓成为一个佛门的罪人。他没能守住那些信仰者的经卷。然而，中国有句古话，墙倒众人推。敦煌这座文化的灯塔不是王圆箓一个人能推倒的。

当王圆箓将两卷经文送给敦煌县令严泽时，他希望这个县令能出资保护这些经文并同时修缮莫高窟。严泽看了看这些发黄的文书冷笑了两声，便将这个破落的道士赶出了衙门。

两年后，当王圆箓得知新知县汪宗翰是位进士，对金石学也有研究时，便又一次向这位当时中国的知识分子汇报了藏经洞的情况。这位饱学之士当即带了一批人马，亲去莫高窟察看，并顺手拣得几卷经文，临走时留下一句话，看好藏经洞。

王圆箓不死心，他总觉得这些东西能给他和莫高窟带来财富，使莫高窟恢复往日的辉煌。于是，他又带着两箱经卷，奔赴几百里外的肃州。但是，安肃兵备道的道台廷栋翻了翻这些经卷上的文字，笑道：这有什么稀奇的？这经卷上的字比起我的还差一截呢。

从虚空里伸出来一只只手，将斯人一次次推远。在黄沙吹拂的广袤西部，斯人一次次靠在古道上，伤心了。

忽然的一天，汪知县到来。王圆箓喜出望外。汪知县说时任甘肃学政的金石学家叶昌炽对藏经洞颇感兴趣，便索了几件经卷而去。也许是在叶昌炽的努力下，1904 年，甘肃藩台衙门下令对敦煌经卷就地保存，但没有任何保护措施。

最后，据说这位道士给远在北京的老佛爷写了信。也没有回音。

如果这些历史的细节确凿无疑，那么，王圆箓对这些经卷已经尽了他最大的努力。那么，我们就有理由来反驳那个将满腔愤怒都泼给王道士的书生余秋雨，我们也就有理由将历史罪责推给那些目睹了经卷却又不识经卷的知县、道台，推给那些旧知识分子。我们或许可以放了王圆箓。

大厦将倾，斯人何为？

但是，另一个问题又悠然产生：是什么原因使王道士对外国人斯坦因产生了信任并将大批文物卖给了他？

不难发现。当书生余秋雨谴责王道士之时，已经预设了几个前提。一是莫高窟已经成为世界文化上的珠穆朗玛峰，二是王道士认识这些文物的价值，三是王道士乃一高僧大德，四是王道士当为其牺牲。

如果我们要问，当这些前提都不存在时，会是一个什么情形呢？回答很简单，那恰恰是王道士的真实处境。因此，我们有必要和那个书生重新走进历史的现场。

现场一。当几任官吏看到这些经卷时，没有一个感到如获至宝，相反，他们嫌那些经卷的书法不好，毫无价值。要知道，上面提到的几个人可算是当时甘肃最大的知识分子了。那就是说，在当时，这些经卷在知识分子看来，没什么价值可言，而在普通人眼里，一钱不值。反过来，我们就要问，既然都觉得没有什么价值，凭什么要让王道士认为那是国宝，必须要用生命去捍卫？

现场二。那个时候，佛教仍然是河西走廊的主要信仰。三教合一使皇室、知识分子与民众都信仰佛教。凿窟修行的时代已经过去，对于个人而言，抄经成为最重要的修行方式之一。《金刚般若波罗蜜经》云："若有善男子善女人，初日分以恒河沙等身布施，中日分复以恒河沙等身布施，后日分亦以恒河沙等身布施，如是无量百千万亿劫以身布施，若复有人，闻此经典，信心不逆，其福胜彼，何况书写、受持、读诵、为人解说。"佛教认为，抄经有五种功德：可以亲近如来，可以摄取福德，亦是赞法亦是修行，可以受天人等的供养，可以灭罪。弘一法师也曾说抄经十大利益。在《金刚经》《法华经》《药师经》，乃至《地藏经》《维摩诘经》等大乘经典中，都讲抄写佛经有极大的功德。所以，这也是敦煌莫高窟为何有那么多经卷的原因之一。清末之时，上自宫廷，下至民间，抄经仍然是主要的敬佛方式。所以，那些官吏至少有一种认识，与其得到那些经卷，不如自己抄写佛经。如果都怀着这样的信念，那么，对于佛的信众而言，那些经卷毫无意义。那个时候，学术的大门并未洞开，陈寅恪所说的新材料也因此不可能被人发现。就王道士而言，他并非学者，他只是一个一心想将莫高窟发扬光大的修行者。在他的心里，他多想把那些经卷变成宝贝，以便卖得好价钱，好修缮洞窟。但没有几个人把它当宝贝，只有一些人将其当药引子来为人治病，因为那些写着经文的古纸也许能驱邪。除此之外，它到底还有什么价值？

结果。当斯坦因来到莫高窟与王圆箓谈起玄奘的信仰、精神，而不是谈书法艺术时，他就觉得斯坦因是一位懂得佛法的人，他似乎找到了同道中人。于是，1907 年 6 月，当斯坦因把那些经卷当成宝贝的时候，我们可以想象王圆箓是多么地高兴，他终于可以将其变成金钱了，他与斯坦因讨价还价时流露出"贪婪"（见斯坦因日记）的神情，他兴奋地连续七天七夜把那些宝贝拿出来让斯坦因挑选……

所以，在金钱面前，他终于没有了定力，真的贪婪起来。他不再顾及政府的政令，而将这些文物贩卖给外国人。

在斯坦因 1914 年 3 月 27 日致友人艾兰信中记录道："王道士还照样快活、宽厚。他一点也不为在上次交易中表现的贪婪放肆害臊，现在只是后悔 1907 年因胆小未让我拿走全部藏经洞文物。1908 年伯希和来访之后，所余写本全被北京派的人拿走，所给的补偿费，王道士和他的寺庙未见一文，全都进了官僚的腰包。"

4月13日，斯坦因又在给友人艾兰的信中说："当北京下令藏经洞写本东移之后，王道士真聪明，他竟隐藏了许多写本作为纪念品。我从这批窖藏物中又能获得满满四箱子写本，当然这需要多番谈判，但结果我成功了，尽管没有蒋（师爷）的帮助。"

是金钱和贪婪最后将他推了一步，他终于真的成了罪人，千古罪人。王道士死后，不知谁为他刻下墓志："沙出壁裂一孔，仿佛有光，破壁，则有小洞，豁然开朗，内藏唐经万卷，古物多名，见者多为奇观，闻者传为神物。"发现敦煌者，王道士也，然破坏敦煌者，依旧王道士也。

六祖慧能说："见性成佛。"而失性呢？

此时，我们还要询问另一个人：斯坦因。

这个匈牙利人，终身未婚，把自己的一生都献给了中亚、西亚的考古。他理想中的生活是要在英国某个大学里教书、做学问，但命运使他不经意间阅读了亚历山大的历史、马可·波罗以及玄奘的传奇。他对东方产生了兴趣。从那以后，他的命运就不停地踏往东方。尽管他几次从印度回到英国，想在伦敦寻求教职，但都未遂，他只好回到东方，这使他有机会去考察中亚。而当他一经踏上中亚的腹地，便发现了一个世界的奇迹：敦煌。

如果从文化的角度来看，第一个发现敦煌莫高窟的人并非王圆箓，而是斯坦因，因为那时只有他才知道敦煌的价值。

斯坦因所处的时期是继航海地理大发现之后的另一个地理大发现时期，或者说是历史大发现时期。这也就是考古学的诞生。19世纪

30 年代，美国人约翰·斯蒂芬斯在洪都拉斯的热带丛林中发现了玛雅古文明遗址，从此人们知道在人类历史上还存在过这样一种文明。19 世纪 60 年代，迈锡尼文明被发现，古希腊的历史得以确认。从 19 世纪末期到 20 世纪 20 年代，随着八国联军的枪炮，一批学者进入中国，"发现"中国。1868 年 9 月至 1872 年 5 月，德国人李希霍芬到中国进行地质地理考察，走遍了大半个中国（14 个省区），发现并命名了"丝绸之路"；1893 年至 1907 年，李希霍芬的学生、瑞典地理学家斯文·赫定三次进入新疆考察，发现了著名的楼兰古城和许多古代遗迹；从 1895 年起，日本学者鸟居龙藏、白鸟库吉、八庄三郎等调查和发掘了东北地区的许多遗址……1907 年，匈牙利人斯坦因和法国人伯希和从敦煌盗走大量文物。在斯坦因之后，法国学者桑志华于 1920 在甘肃庆阳附近的黄土层中发现了三件人工石制品，瑞典学者安特生和奥地利古生物学家斯丹基于 1921 年发掘北京周口店龙骨山遗址，发现了北京猿人牙齿化石；安特生还一路发现并发掘了河南渑池县仰韶村遗址……直到 1922 年，北大才成立考古研究室，中国人才对自己的文化进行"发现"。

从这个时间表上来看，斯坦因对中国的"发现"是世界"发现"中国的一部分。"发现"中国，是世界列强侵略中国后的必然命运。因此，敦煌的发现是这大命运中的一个必然环节。

也许有人会说，学术要高于政治。比如，斯坦因对文物的热爱高于那些愚蠢的军事侵略者。但是，学术常常带有政治和信仰上的倾向，也就使学术总是带有强烈的政治性。比如，李希霍芬对中国的考察给德国侵略中国提供了地理上的战略参考，他曾为德国占领胶东半岛出谋划策。斯坦因对亚历山大的崇拜使他骨子里带有天然的文化侵略性，而他在将千佛洞里的壁画铲下来送往自己的祖国时，他就带有了强烈的掠夺性，尽管那时候人们可能还没有形成"文物不可移动"的观念。在这些大肆将中国的文物掠夺带回自己国家的行动中——尽管他们有清政府的公文，有合法的借口——他们暴露了与那些列强一样的狰狞面孔。并且，他们将那些掠夺的文物在自己国家的博物馆中展出，并对着世界说："看，这世界都在我的脚下。""中国在我这里。"

仍然是与王道士一样的贪婪，他们骨子里的侵略性，使他们骄傲地做了一回强盗。今天，很多学人都对他们的治学态度给予高度评价，并在这种评价中失去了价值的立场。他们有他们的国家理念，难道我们不应该有我们的国家情感？

然而，在愤怒面前，我们依然要学会克制。因为在愤怒之上，在王道士的迷失与斯坦因的名利心之上，有更高的存在。

佛说，贪、嗔、痴乃人生难以克服的三毒。在这三种毒素的影响下，人就会走向妄为。因此，人类必须要克服此三毒，方能获得正觉。

电影《七宗罪》解读了天主教义中人类常常可能会犯的七种罪恶：贪婪、愤怒、好色、暴食、傲慢、嫉妒、懒惰。

如此来看，无论是东方，还是西方，在人类的信仰中，有些信仰是一致的。那么，从这个意义上，我们就可以来评判东方的王道士与西方的斯坦因以及一百年来学术界的恩恩怨怨了。

如前所述，王道士在一系列碰壁之后表现出来的"嗔"与在金钱面前显出的贪婪与执着，使他获了罪。而斯坦因在名利与文物的占有方面表现出一样的贪婪、傲慢以及执着，对东方文物的疯狂抢掠，其实也是暴食的另一种表现。在贪婪、执着、暴食中，他们失去了心性，偏离了正道。他们由此获了罪。

但换一个角度，佛教在英国的传播与斯坦因有很大的关系。18 世纪末，当印度已经成为英国的殖民地时，英国人自然就对印度的佛教开始关注并研究。一百多年过去了，佛教的研究以极其缓慢的脚步进行，甚至说停滞不前。但到 20 世纪初斯坦因将敦煌莫高窟以及中亚考察所盗的佛教经典在欧洲展出后，欧洲学者才开始对佛教考古学、佛教语言学和文献学产生极大的兴趣。正是学术的影响，才打开了佛教传播的大门。英国的佛教就是从那时开始传播，成立了佛教协会，并产生第一个沙门。

失盗的敦煌也以其残破之美成为人类的敦煌。

在青春中国的门口

李泽厚在《盛唐之音》开篇就写下一个小标题："边塞、江山、青春、李白。"〔1〕也就是说，他用四个关键词来解释中国古代最为灿烂夺目的盛唐特征。与许多人一样，在唐朝，他一眼看见了气象万千的诗歌。它们像天边的霞光一样，金光万道，一泻万里，那样耀眼而辉煌。它几乎遮蔽了其他艺术。云端上，站着那个手执长剑、纵情高歌的诗人李白。

人们都说，唐朝流淌着一股强烈的意气。那股意气就在李白身上。一千多年之后，西方有个叫尼采的青年热情歌颂了希腊神话中的酒神。当尼采的颂辞传至中国后，人们发现，李白不就是那个酒神的化身吗？李泽厚赞同这样的说法，他还说，那股意气同样也流淌在中外交流的丝绸之路上。那哪里是今天所说的"中外交流"之路？那是边陲之地，是"烽火连三月"的战场。在那个诞生伟大诗人的时代，

---

〔1〕 李泽厚：《盛唐之音》，载《文艺理论研究》1980 年第 1 期。

诗人们并非甘心做一文人。"宁为百夫长,胜作一书生。""少小虽非投笔吏,论功还欲请长缨。"几乎伟大的诗人都是有着战争经历的"战士",即使没有去过战场,胸中也鼓荡着猎猎旌旗。因而在盛唐诗歌中,有着武士的精神,似乎藏着一把锋利的侠义之剑,随时都有可能拍案而起,惊心动魄。"十步杀一人,千里不留行。""纵死侠骨香,不惭世上英。"便是那个时代知识分子的精神。边塞诗就此点亮了丝绸之路。

"明月出天山,苍茫云海间。长风几万里,吹度玉门关。""愿将腰下剑,直为斩楼兰。""青海长云暗雪山,孤城遥望玉门关。黄沙百战穿金甲,不破楼兰终不还。"他们替那些英雄立言,那样悲壮!"葡萄美酒夜光杯,欲饮琵琶马上催。醉卧沙场君莫笑,古来征战几人回。"多么豪迈而又壮烈的精神!没有一丝悲伤,没有一点悔意,有的是浪漫之举,有的是豪迈之情!这就是盛唐。这就是一个青春的盛唐。也只有青春,才能写下如此壮美的诗行。

当那个青春中国在丝绸之路上向西挥进的时候,她同时也敞开心胸,迎接西天的云彩。那是关于信仰的五彩祥云。从两汉开始,这条充满战争、冒险的道路上就不时地走来佛国世界的使者,而中土圣贤也不断地向西求经。他们与诗人们擦肩而过。诗人们重视的是世俗世界的功名:"昔日龌龊不足夸,今朝放荡思无涯。春风得意马蹄疾,一日看尽长安花。"他们重视的也是现实的感受:"今朝有酒今朝醉,莫使金樽空对月。"所以,他们混迹于西行的大军之中,在功名与红尘中留下响亮的俗名。而佛国世界的声音是那样神圣、安详,高于世俗。那些佛国世界的使者重视的恰恰是诗人们轻视的灵魂、死亡以及永恒。

　　他们命运交错在那条用生命开启的崭新的丝绸之路上。一个求名，一个传道。在那个时候，诗人是不折不扣的知识分子，而那些传道者呢？他们也许还不能算是知识分子。但是，如果用今天流行的班达的知识分子标准和萨义德的知识分子精神来衡量的话，情况恰恰相反，那些诗人们只能算是流行的知识人，而那些大德高僧才是真正的知识分子。在班达的心目中，那些担负拯救人类命运并愿意为此而牺牲自我的传道者，才是真正意义上的知识分子。释迦牟尼、孔子、苏格拉底、耶稣等是也。自然，鸠摩罗什、玄奘、法显以及乐僔、朱士行等人亦是。在萨义德的精神世界里，只有那些远离权力、体制并敢于批判社会的人才是其意义上的知识分子。也许还有那些站在世俗名利对立面的高僧大德才是知识分子。

　　他们是少数人。永远的少数人。但是，他们在人间开掘的佛窟是供千万人礼拜的圣殿。翻过帕米尔高原，在龟兹，在于阗，在吐鲁番，天山南北树立了无数信仰的殿堂。然后，一股比青春更为理性、比名利更为崇高的力量顺着丝绸之路向中土而来。

　　两股力量相会在一个地方，敦煌。诗人们屡屡写到的玉门关和阳关是敦煌的两个门卫。敦煌是那时中原通往西域的最后一个开放的城。所谓"西出阳关无故人"，说的大概就是这个意思。有人把敦煌比作今天的深圳或广州，全世界的风云都在那里经停、交集，而敦煌也成为西域佛教传入中原的第一个港口。自由、开放、包容、丰富是敦煌的特点，敦煌的地位由此而显现。

　　如果说凉州是诗人们喜欢的城，那么，敦煌莫高窟便是修行者的天堂，西方极乐世界的象征。当高适、岑参、王昌龄、王之涣、李益等赴边塞的诗人们聚会在凉州，尽情地欣赏西凉乐、龟兹舞，并在葡萄酒的激发下斗诗比才的时候，一群和尚便在三危山下开凿佛窟，描绘佛像。世俗的景象越是繁华，信仰的景象也就越是壮丽。河西走廊的两端慢慢在升高。一端是边塞诗情点燃的世俗凉州，一端是佛教圣地敦煌。

莫高窟在唐朝发展到了鼎盛。那时，凿窟和造像往往成了官方的行为，而个人的信仰和功德变成了另一个方式，抄经。前面已经述及，抄经被认为是礼佛的几大重要方式。当佛教走向民间的时候，抄经也就成为民间最崇高的活动，这种方式直到今天仍然在流行。当孝子要为母亲积德或赎罪的时候，便会抄写《金刚经》《地藏菩萨本愿经》等。民间的信仰浩浩荡荡，无穷无尽。一时之间，莫高窟成为佛教圣地。

今天藏经洞里发现的那些经卷大多都不是出自名家之手，那些壁画也没有留下名家的姓氏。唐代那些成名的画家也未曾留下他们在莫高窟供佛的任何记忆。一切迹象表明，伟大的敦煌莫高窟是一座民间信仰的殿堂。

在斯坦因发现敦煌时，他眼里看到的大部分是佛经、佛像。当常书鸿、张大千发现敦煌时，眼里全是敦煌壁画。书法家后来提出了敦煌书法，文学家提出了敦煌文学，语言学家在这里看到吐蕃文、回鹘文、西夏文、蒙古文、粟特文、突厥文、于阗文、梵文、吐火罗文、希伯来文等多种古代民族文字。那些关于天文、历史、地理、医书、民俗、方志、诗文、辞曲、方言、游记等方面的文书，则成为诸学科研究者所要深究的绝世文字。学者们将它们名为"敦煌遗书"，连同莫高窟的经卷、壁画视为中国文化史上的四次大发现之一。从 20 世纪初到 20 世纪 90 年代，那条曾经荒芜的丝绸古道上又开始热闹起来，又有了朝圣者的身影。与唐朝不同的是，那些身影多是从世界各地来的学者、画家，真正朝佛者寥寥无几。但是，21 世纪以来，旅游热兴起，一时之间，敦煌成了中国西北最为耀眼的文化高峰。高铁穿越戈壁沙漠，直接通到敦煌脚下。世界各地的人们也可坐着飞机直达敦煌。

如果海子还活着，他冥冥中的预言便真的能看到了。当我们闭上眼睛，要选择去看人类古老文明时，最可能跃入我们思绪的正是中国的敦煌莫高窟与埃及的金字塔。它们都高高矗立在沙漠的边缘，分别象征古老的中华文明和埃及文明。

现在，当那些熙熙攘攘、摩肩接踵而来的旅游大军群拥着三危山上的莫高窟时，我们无法冥想这些众生到底是有缘人还是无缘者。我们也无法确证，当有情众生在倾听过一个个佛教经变故事，他们是否经受了一次灵魂上的震颤。

这也许是莫高窟在今天面临的最大问题。

20 世纪初，中国从欧洲借来科学、民主、进化论、唯物主义等一系列的思想，与欧洲一样，中国经历了一个从神学时代转向人学时代的过程。神学时代需要以宗教、巫术、感性等文化体系和思维方式来维系，而人学时代则需要以科学、技术、理性等文化体系和思维方式来建立。五四时期是中国人学体系建立的初期，儒家思想得以遏制，佛道信仰受到批判。鬼神从大地上四散惊逃。这个时期是将中国文化祛魅化的初期。孔子从神降落为人，一切不可解的问题都交给了科学。

月亮在中国诗歌乃至整个人类的文化中被解构，成为一个只靠太阳之光而发光的贫瘠的星球。月亮上没有嫦娥、玉兔，没有被惩罚的天神吴刚。人类的很多美好的幻想与寄托化为悲伤，神话就这样失去了存在的理由。泰戈尔曾经不无伤感地说，他宁可要一个充满幻想并可以圆缺的月亮，也不愿意要一个被证实了的实在的冷酷的月球。但祛魅化过程是整个 20 世纪人类世界无法遏制的潮流，于是，神学时代的审美体系被解构了。一个充满了爱与善、光明与黑暗交替的世界顿时消失，而一个理性的，机械化的世界降落于人世。这就是人类世界在现代性面前的最大挑战。

神话的一切都不复存在。当人们走进佛殿，听到佛教经变图上的经典故事也没有电视剧里的故事那样让人相信。很多人都在仰首观看那些唐代的壁画，他们更感兴趣的是那些颜料是怎么回事，斯坦因是如何盗宝的，而王道士又是如何贱卖国宝的。然后，他们又匆匆去了莫高窟旁边的鸣沙山，面对那沙不填泉的神奇发一阵呆，再听一场科学解读，便匆匆离开了。

今天的莫高窟，不再是一所敬佛礼佛的圣殿，而是一所壁画艺术的实验室，是一所学术的图书馆，更是一个可供观赏可以出售的文化场所。古老的神圣之光逃遁了。游客遍地，但施主在哪里？学者往来，但乐僔、玄奘一样关心人类终极价值的真正的知识分子又在哪里？

在大众文化盛行的今天，佛的高蹈、佛的规劝、佛的戒律都显得过于崇高，过于虚幻。尽管莫高窟门前熙熙攘攘，尽管莫高窟已经矗立于世界的文化巅峰，但是，我们还是要问，这是真正的莫高窟吗？

三危山上的佛光还会再现吗？

如果再现，谁又是有缘者呢？

天水：佛道相望

从兰州出发，越往天水方向走，气象越来越不同。北方气质渐褪，南方气象渐浓。其实，它仍然是北方，但这样的错觉到天水去的每个人都有。现在大多数中国人的路径总是先预设北京、上海、广州为出发点，一路往西往北走，走到荒漠地，走到开阔处，走到心灵陌生的边疆。尤其是在盛夏，生活于炎热南方的人们，北方就成了他们乘凉和沐浴的大草场。其实北方缺水，生活于北方的人们总是向往着大海。诗人海子在为自己命名的时候，他的心灵一定非常饥渴。我也一样，在不知道海子的时候，我也曾取笔名为海子。我们都曾幻想过大海的形象。

事实上，我们曾经生活的西部，在一亿八千年前就是一片汪洋，就是大海。后来，山川倾斜，大海走了，走到了东部和南部，于是，西部人也莫名地跟着往东往南走。这是生命的脚步，没有几个人能通晓这神秘的召唤。但向东的脚步从未停止过，从游牧时的黄帝，从古老的羌狄，到秦汉时的于阗、且末、楼兰、匈奴西域诸国，再到魏晋唐宋时的诸多胡族、吐蕃王朝、西夏国等，他们用战火、用生命铺就了一条向东的道路。

他们到底看到了什么？

是绿色，是秀美，是越来越潮湿的空气，是精致的服饰，是细腻的皮肤。那是生命热爱的元素。在魏晋时期，从西域来的石匠们，沿着丝绸之路从龟兹、敦煌、凉州、永靖，他们在那些开阔的交通要道处，雕刻下一尊尊伟大的佛像，但是，当他们从永靖经金城（兰州）再到秦州（天水）时，他们的嘴角越来越湿润，眼里的绿色越来越多，而秦州的女子比任何一个地方的都要白净水灵。他们欢喜起来。但那里的土质不利于雕刻，所以他们不得不让位于当地的泥匠，但泥匠们不会塑造佛像，于是，他们便把心中的偶像与欢喜一起贡献了出来。胡汉夹杂，北风与南风交融，便成就了今天麦积山上的石窟。

我是在一个秋天的下午站在那突兀的山崖前的。那时的我，迷茫，犹豫，不知所措。我并不知道我到那佛寺里要寻找什么。那时，我对佛教所知甚少，我也不懂雕塑。所以，我久久地站立在山门口，不愿向前。与我前来的人们已经涌进了山门，在不停地叫我，但我还是站立着。我对山崖上的古代工程产生了巨大的疑惑。在那悬空的山崖上，凭空伸出来一些木桩，造了一道空中栈道。很多人挤在上面，去参观仍然站立在陡峭崖壁上的佛像。多么危险的旅行。我不记得我是否也上了那悬崖，对山崖上诸神的形象竟然没有一点儿印象，但我永远记得有一片迷茫笼罩着我。我在山门口坐了很久。

那是与麦积山佛窟的第一次结缘。之后，我再也未去过那里，但那片迷茫并未消失。许多年之后，因为从事旅游研究，不得不对天水的麦积山石窟做更多的了解。之后的了解，有来自书本的，有来自天水本地学者的，也有来自天南海北的人们对它的想象和解读的，但都与我心中的天水有很大的距离。第一次瞻仰时的迷茫始终在我心中未散。又过了一些年，我对中国文化多了一些了解，同时对佛教也多了一些亲近之时，我似乎才真正走进那座神圣的佛窟。

但这一次，不是靠身体，而是靠灵魂与智慧。那是缘。

鸿蒙开启

在我看来，天水之于中国文化，在于一个"启"字。但要理解这个字，一切得从鸿蒙之初说起。

鸿蒙之初，天地间是无穷无尽的时光。上帝说，那是上帝的灵运行在其中。但在佛的眼里，一切都是空，一切皆为茫。佛曰，相由心生。心生的世界为色相。佛又曰，色即是空，空即是色。

然而在佛教未涉足华夏之时，天水，这一化外之地其实是道家的天下。在道家看来，天地未成之前，道已存在，道就在化育。老子说，有生于无。那么，这个最初的"有"是什么呢？老子说，这个"有"在最初的样子表现为"寂兮寥兮，独立而不改，周行而不殆，可以为天地母"。然后，他又说："吾不知其名，强字之曰道，强为之名曰大。"然后，道生一，一生二，二生三，三生万物。这就是中国人最早的世界观。但若有人问，道在哪里？没有人能回答这个问题，于是，老子也说，有与无"此两者同出而异名，同谓之玄"。

从某种意义上来说，中国文化的心智是从老子那儿发育的，因为他讲了连孔子、庄子也未曾讲明的道，讲了世界的来源与运行的真理。所以，当孔子看见老子的时候，无限感慨地说道："鸟，吾知其能飞；鱼，吾知其能游；兽，吾知其能走。走者可以为罔，游者可以为纶，飞者可以为矰。至于龙，吾不能知其乘风云而上天。吾今日见老子，其犹龙邪！"

据《史记》记载，孔子见老子时，已五十有一。那已是孔子知天命的时期。于是，有两个问题就产生了：一是孔子为什么说"五十知天命"？二是孔子为什么在那时去拜见老子？

第一个问题在中国学术史上很少有人去探寻过，对它的解释都有些牵强附会。孔子说这句话是对自己人生的总结，十五向学，三十而立，四十不惑，五十知天命，六十耳顺，七十从心所欲而不逾距。那么，我们就要看看孔子在五十岁时做了什么事获得了什么感受才使他突然洞晓了天命的秘密？

从各种资料来看，孔子五十岁那一年，有很多事发生。在修道方面，有一件事一直是人们争论不休的话题，这就是孔子对《易经》的学习。《史记·孔子世家》中说"孔子晚而喜易，……韦编三绝"。意思是孔子到晚年的时候特别喜欢《易经》，喜欢到用熟牛皮编起来的竹简都散架了多次。"三"的意思在这里应该是"多"的意思。用这样一个情形来形容孔子对《易经》的痴迷。这个故事与孔子听到《韶》乐后的感受是一样的。难道孔子是晚年才开始研读《易经》？

《论语》中却有另一句话："加我数年，五十以学《易》，可以无大过矣。"（《述而篇》）很多人以为孔子到了晚年才开始学习《易经》，也有人认为孔子早就学习《易经》了，因为他们觉得孔子那么好学且无所不知的人自然很早就学习《易经》了。比如冯友兰先生以为《论语》中的那句话可以改为"五十以学，亦可以无大过矣。"他以为"易"字为"亦"字之音误。可如此一改，怎么与"十五向学，三十而立"相对应来解释呢？显然是不可以的。在孔子之时，天子失学，各种图书和学说才流到民间，但是不是意味着《易经》也流到民间了呢？要知道，在此之前，《易经》是帝王所用之术，民间是很难学习的。每有大事，帝王必用其占卜，所以《周易》中卦辞的解读大多与帝王有关。那么，孔子是什么时候得到的《易经》？或者说，《易经》是何时流到民间的？这些似乎都无从考证。但是，从先秦诸子文章及各种传说中，我们至少可以知道有四个人对《易经》较为熟悉。

第一个自然是老子。他是"国家图书馆馆长"，《易经》当然是他常常能看到的经典，而且他的《道德经》也与《易经》的思想有较大的关系。我曾经专门写过一篇文章，论述老子所看到的《易经》与孔子所看到的《周易》的不同。也就是说，老子至少看到过《周易》之前的另外两种《易经》（《连山易》和《归藏易》），而孔子没有。同时，老子在《道德经》中发挥的恰恰是《连山易》与《归藏易》中的思想。

第二个是孔子。这是众所周知的事实。但可以看出，孔子只看到过《周易》。

第三个是比孔子晚了很多年的鬼谷子。从后来民间所流传的鬼谷子的故事以及一些书籍来看，鬼谷子对《易经》有与老子和孔子不同的理解，而且鬼谷子所重视的是象数。

第四个是最晚的阴阳家邹衍。这个自不必说，他就靠此吃饭的。

真正算起来，四个人只有老子与孔子是同时代人，其他两人则要晚得多，不是一个时代中人。所以，到了鬼谷子和邹衍之时，《易经》大概已多有人钻研，但即便其散落于民间，看起来也仍然是少数人拥有的经典。

那么，我们可以设想，孔子在五十岁那一年开始研读《易经》，他得到了什么启示呢？这就不得不使我们想起孔子的两句话：

第一句话仍然是《论语》中的那句"加我数年，五十以学《易》，可以无大过矣"。今天我们很难知道这句话是孔子什么时候说的，但肯定是五十以后的事。在他看来，五十岁学习了《易经》，人生的义理就通晓了，人与天地、生与死、得与失、名利与仁义等各种关系就理顺了，做起事来就不会有大错误了。

第二句话仍然是《论语》中的，但已经到了晚年才说的："五十知天命。"大概仍然是在感悟《易经》时讲的。

两句话合起来就可以理解为：五十岁时孔子开始研读《易经》，得到了很多启示，对道，对阴阳之变，对天地玄理，对人生真谛都突然间有了通透的理解。那一年，他对自己的命运也有了深刻的理解，开始对天命有了感悟，所以，他说知天命。如果再加上晚年孔子对《周易》的解释，就更加清楚了。他之前是不语"乱力怪神"的，但在对《周易》的解释中竟屡屡提到鬼神。

那么，另一个问题是，他是从哪里得到的《易经》？这是历史的悬案，定然无解，因此我们怎么解读都得有融通的道理才行。我们再来看孔子去见老子是干什么？

《史记·老子韩非列传》中讲道："孔子适周，将问礼于老子。老子曰：'子所言者，其人与骨皆已朽矣，独其言在耳。且君子得其时则驾，不得其时则蓬累而行。吾闻之，良贾深藏若虚，君子盛德容貌若愚。去子之骄气与多欲，态色与淫志，是皆无益于子之身。吾所以告子，若是而已。'"

《史记·孔子世家》中也叙述了这个故事，当孔子告别老子时，老子赠言道："吾闻富贵者送人以财，仁人者送人以言。吾不能富贵，窃仁人之号，送子以言，曰：'聪明深察而近于死者，好议人者也。博辩广大危其身者，发人之恶者也。为人子者毋以有己，为人臣者毋以有己。'"

显然说的都是礼的问题，这在《礼记》中也有呼应，但却隐藏着一个很大的转折。这就是如何为人处世，如何转危为安。《庄子》中数篇涉及孔子问道于老子的文章几乎讲的都是这个。虽然庄子对孔子几近挖苦，但道家的道理并未变，它也与《史记》中老子对孔子说的话相呼应。

于是，有学者得出一个结论，孔子曾两次拜见老子。第一次便是《史记·孔子世家》中记载的那样，当时孔子三十多岁。这从孔子适周时鲁君的安排能看得出来，当时孔子很年轻，也是孔子刚刚开办私学之后。据历史记载，孔子办学大概在三十岁左右时，所以他说"三十而立"。那时候他年轻气盛，拜见老子，主要是问礼，老子赠以言。《礼记》中孔子回忆与老子的交往时，也看得出来是很年轻时就向老子学习过礼，且时间很长。第二次拜见老子时，当在五十岁左右。庄子在其文章中说是五十一岁。

五十一岁时，孔子在干什么？《史记·孔子世家》这样描述孔子五十岁和五十一岁时的情景：

> 公山不狃以费畔季氏，使人召孔子。孔子循道弥久，温温无所试，莫能己用，曰："盖周文武起丰、镐而王，今费虽小，傥庶几乎！"欲往。子路不说，止孔子。孔子曰："夫召我者，岂徒哉？如

用我，其为东周乎！"然亦卒不行。

其后定公以孔子为中都宰，一年，四方皆则之。由中都宰为司空，由司空为大司寇。

也就是说，孔子五十岁时被鲁定公任用，只用了一年的时间，四方就都来效法他。五十一岁时，也就是定公十年的时候，就发生了著名的夹谷会盟之事。夹谷会盟在孔子的人生经历中可算是大事。他用礼的方式战胜了齐国，不用一兵一卒，使"齐侯乃归所侵鲁之郓、汶阳、龟阴之田以谢过"。这是孔子提倡礼教的一个最为重要的实践活动。那是春天发生的事。按照庄子的说法，孔子在那一年去拜见老子。当然，史记没有记载那年春天之后孔子的所作所为。后面直接就说的是五十五岁夏天的故事了。

夹谷会盟对孔子的宣传太大了。如果真的是那年春天之后去拜见老子，孔子或许还有向老子炫耀的意思。瞧！三十岁时拜见您，您不是奚落我吗？现在，我用礼的方式胜利了，您又怎么看？这当然是小人之心度君子之腹。孔子不是这样的人。那么，孔子去拜见老子干什么？

如果真的是第二次拜见，那么，我以为，他遇到了求道中最大的难题。那一年，也是他实行仁政礼法最为得意的一年，也是他四处宣扬自己的雄心壮志的一年，似乎他可以实现文王的理想了。但他还有什么样的难题呢？

从各种情形来看，他遇到的问题可能有二。一是国家大事，仍然是礼制。这从他后来堕三都的做法能看得出来。他还是要推行礼制。同时，那一年，史料记载，他还杀了自己的对手少正卯。从这些做法也可以看得出来，他实行仁政后所采取的"春秋笔法"便是匡扶正义、鞭挞邪恶，对一切不合礼法者都进行批判与惩治。如此看来，《史记》中两次记载老子的赠言便有了明确的指向。它们都是针对当时孔子的所作所为、所思所说而言的。这无疑对孔子是当头棒喝。但对于这个时候的孔子，要能让其信服并以为老子"其犹龙邪"并不是一件很容易的事。从一般情形来看，有两种情况能让一个人信服，一是掌握的史料、知识比自己要多，二是有更为精深的思想。前者自不必说，这是老子作为周室史官的优点，但后者呢？

那时，老子还未著《道德经》五千言，但如果要告诉孔子自己的思想，大概也就是那些观点。但那些观点已经超越孔子平时所关注的历史和人伦礼制，已经是宇宙自然的法则了。所以孔子说，他不知老子能"乘风云而上天"，无法形容了。

然而，大凡学者，还有一个特点，那就是要问你这些观点又是从哪里得来的？凭什么能让人信服？除了可以感悟的道理外，一定还有可以令人信服的智慧。因此，我们可以玄想，如果真有孔子五十一岁见老子这回事的话，那么，孔子到底是怎样被折服的？

在这个时候，我们仍然应该再一次回味《论语》中一些隐士的言行。长沮、桀溺、楚狂人等对孔子多有讥讽，孔子说，如果世上有道，我就不这样做了。可见，孔子对老子的隐世之道并不认同。那么，是什么让孔子认同并心服的呢？恐怕还得从圣人之道或周武文王说起。于是，问题的症结便找到了，便是文王所修《周易》。

可以想象，当老子拿出文王所推演的《易经》并进行陈述时，孔子便茫然了，也便彻底折服了。更何况，在我看来，老子不仅熟悉文王所推演的《易经》，而且还熟悉《连山易》和《归藏易》。原因皆在于他是周朝管理典籍之人。前面也已经述及，那时，这些经典并不是向民间开放的。那么，当老子出示文王所信奉的经典时，而且演绎得出神入化时，孔子的态度便可想而知了。

现在，回头来看，《史记》中所载孔子拜见老子可能为两次之综合。"鲁君与之一乘车，两马，一竖子俱，适周问礼，盖见老子云。"此情此景大概是孔子三十岁时的样子。到定公五年，孔子四十六岁时，孔子仍然"不仕，退而修诗书礼乐"，此时，看得出来，他并未开始讲《易经》，而且，到那时，其"弟子弥众，至自远方，莫不受业焉"，并不是前面所讲的"弟子稍益进焉"。

如果这个逻辑能成立的话，那么，我们就可以设想，孔子确实是见过老子之后开始学习和研讨《易经》的。当然，也许孔子之前就知道《易经》并学习过，但他"不语乱力怪神"的特点使他没有去接触这一代表中国古代神学精神的著作。现在，他终于开悟了。所谓开悟，便是对命运有所知。这也就是所谓的"知天命"。

如此，就可以把孔子拜见老子、孔子所讲的"五十知天命"以及"五十学易"等众多疑案通通解开了。也大概正因为如此，孔子才用《周易》乾卦中所讲的龙来比喻老子。也正是因为如此，孔子在五十岁之后才常常用《易经》中提到的"道"来作为自己学说的根本。

如此，在老子的引领下，孔子才将周文王所推崇的《易经》作为自己研读的经典，并将其作为门徒所学习的"六艺"之首经。可惜的是，他直到晚年才领会其精神。

现在，再来看老子告诉孔子的那些话，恰恰与《易经》之理相通。所以，后人认为，在思想根源上，道家与儒家同出一源或许是有道理的。在我看来，老子之《道德经》是对《周易》之前《连山易》和《归藏易》的发挥，而孔子尊崇周礼，自然是对《周易》进行发挥。老子强调以柔克刚，无为而治；孔子强调，天行健，君子以自强不息，士不可以不弘毅，以礼乐治世，是谓阳道。一阴一阳才为道。所以，中国古代之学术，必须将老子与孔子结合才可以理解什么是道。德国存在主义哲学家将孔子与老子列入人类十五位大哲学家，将孔子理解为人性思想、道德范式的创建者，而将老子理解为形而上学的原创者。也就是说，孔子更多地关注了人性社会的伦理，而老子更多地阐述了宇宙真理。一个仰望星空，一个俯视大地。他们共同撑起了中国人思想信仰的天空。这也就是儒家发展到董仲舒时不得不将道家思想融入的原因。

但是，儒家到孔子之后，对《易经》的继承也多限于其理。史书记载，孔子将《易经》之数、象教给学生商瞿，而子夏等大部分学生只得义理。即使如此，《周易》之哲学部分也可经天纬地了。孔子在传文中道："易为天地准。"可见，在他看来，《易经》所代表的真理是天地的法则。周文王与孔子对《易经》的解释，既论命运、利害、得失，又论君子当如何处世，其玄理也非一般人所能掌握。但是，孔子的传文与周文王的爻辞相结合，君子就知道只要自己修身立德、依礼行事，并懂得阴阳变化，那么，人生就不会有大问题了。所以，儒家知识分子虽然没有自己的宗教，但依据《周易》的玄理，也大概能知道自己的命运与事物的变化了，也可以不用求教于鬼神了。至于《连山易》和《归藏易》中所蕴含的象数乃至中国人更早的巫术精神则流落至民间，尤其是为道家所执。于是，江湖术士得其一者，便也可知天地，论鬼神。但江湖术士往往不得其理，重利害，轻道德，所以常常陷入偏道。只有那些懂得大道的道家，才能很好地运用。中国的地葬学、中医学以及道家的理论系统，其实都出自《易经》。南怀瑾将《连山易》《归藏易》、洛书、河图以及《周易》进行对比后认为，《连山易》《归藏易》并不像学者们所讲的那样彻底丢失了，而是被道家、医士等百家继承了下来。

那么，更大的学术问题便产生了。既然老子是孔子的老师，那么，老子的老师又是谁呢？也就是说，《易经》的另外两支《连山易》《归藏易》和《周易》又来自哪里呢？中国的学术思想史从何开始的呢？

这就不能不谈到伏羲。学术界最早认为伏羲主要是在河南一带活动，并画八卦，创《易经》，只因《左传·昭公十七年》中记载"宋，大辰之虚也；陈，太皋之虚也；郑，祝融之虚也"。而汉代时陈即古宛丘，今河南淮阳也。也就是说，河南淮阳是伏羲氏的故都。但后来的考古发现使学术界又形成了另一种观点，伏羲并非简单地代表一个人，而是一个氏族。女娲也一样。他们很可能是其氏族的首领，后来女娲、伏羲便成为这个氏族的称呼。那么，伏羲氏族的活动也非此一地，而是沿着黄河一带。有些乡愿情结的学者往往要将伏羲定位于某一地，而大部分学者认为伏羲氏族是从黄河的上游慢慢往中下游活动的。基于这样一个认识，学者们便勾勒出伏羲氏活动的范围及地区。从目前的考古发现，可以确认，伏羲氏族最初活动在黄河上游甘肃天水秦安一带，后迁徙至河南、山西，又至山东。这些地方都有他们活动的痕迹。有学者还将伏羲与"三苗"联系到一起，因为三苗地区也确有关于伏羲与女娲的传说。而三苗被迁至西北的三危地区，也就是今天甘肃的敦煌一带。这都说明伏羲氏族迁徙的时间非常漫长，由此也形成了一个伏羲文化带。从今天来看，这个文化带最早形成的是西部黄河流域的大地湾文化（约公元前7000年—前5000年），之后是马家窑文化（约公元前5800—前4300年），在中部主要是仰韶文化（约公元前5000年—前3000年），最后到东部大汶口文化（约公元前4300年—前2500年）。这些文化都是新石器时代的文化，带有浓重的从母系氏族社会向父系氏族社会过渡的特点，其图腾崇拜多是半人半神、半人半兽。学术界大都认为伏羲生活的年代为距今六千年左右，如果是那个时代的话，那么，伏羲便主要生活在大地湾文化时期。也就是说，中国人鸿蒙开启在黄河的中上游，也就是今天的天水一带。

从后来出土的唐代帛画伏羲、女娲交尾图，人首蛇身即今天天水伏羲庙中的形象。伏羲扬手执矩，女娲扬手执规，代表二人手执规矩在天地间制定人类伦理，因为中国人最早的婚姻礼俗据说都是由伏羲和女娲来制定的。这也能解释战国时期天水秦安一带被命名为成纪的缘由了。帛画中二人头上为日，尾下为月，人物四周星辰罗布，白云缭绕。后来出土的汉石刻画像中，伏羲女娲的形象也是如此。这与八卦、《易经》以及河图、洛书又有些相似。《易经》的易上面正好是"日"，下面是"月"，与汉石刻画与唐帛画相吻合，这似乎也代表了乾坤二卦，而四周便是几卦的象征。此外，南怀瑾解释，八卦、河图、洛书都是伏羲观察天文、地理所得。因为太阳和月亮的运行变化会导致大地气候的变化，八卦便是对这些变化的一种不可思议的描绘。至于它与人的命运如何结合，则更是一件难以解释的事，这大概与古时巫术有关。规矩是古代巫者沟通人与神鬼的法器，因此，也可以说，伏羲与女娲在那个时候就是大巫，被认为有着不可思议的力量和神通。女娲代表了母系氏族的最后时期，而伏羲代表了母系社会文化向父系社会文化的过渡。

八卦与《易经》的真理在于，将人视为天地之一物，与天地运行的真理相通，即天人合一的思想。老子即是继承了这样的思想，才在《道德经》中说："人法地，地法天，天法道，道法自然。"所以，老子才以天地变化的道理来谈道与德。孔子在研讨《周易》后，有了深刻的认识，但他显然对此并不满足。他对人类伦理与社会的治理有另一种认识，这又与伏羲制定人类伦理的传统进行了续接。从某种意义上来讲，八卦是一种运行的机制，但伦理则是运行的正理。这就是周文王与孔子解读《易经》的意义所在。那么，我们也就能理解孟子所信仰的"天地浩然正气存焉"的真理。

从时间上和义理上确定伏羲的存在后，我们再来看看天水一带的地理与遗留下来的民间传说。

先来看大地湾。1958 年发现的大地湾遗址位于天水市秦安县东北五营乡邵店村牛头坪，距现在的天水市区 102 公里。大地湾遗址存在于约公元前 60000 年至 4800 年，中间隔着茫茫岁月。其中第 1—3 文化层形成于距今 60 000 至 20 000 年，属于旧石器文化时代。在那里发现了石英石片和碎片，说明在渭水之傍，我们的祖先已经开始点石击火。那么，我们是否就可以大胆设想，燧人氏族就在大地湾一带先开始他们的活动呢？有学者研究，得出一个与此相近的结论：燧人氏大约在 30 000 年前产生并开始活动。

也有学者认为，燧人氏是伏羲氏的父亲。这个观点在今天看来有些简单，但是，它也告诉我们一个信息，即伏羲氏就是燧人氏的一支。从燧人氏的活动来看，在那个时候，他们就开始观测星象变化，所以，也有学者认为，早在燧人氏时就已经创造了河图、洛书以及太阳历，是燧人氏将河图、洛书传给了伏羲，伏羲才创立八卦。从距今 60 000 年至伏羲活动的 6 000 年前，我们的祖先要发明创造这些文明，至少需要五万多年的时间，相当于现有文明史十倍的时间。那是多么漫长的岁月啊！

那时的黄河汪洋恣肆。今天所见的平原在那时基本上都是湖泊。地理学家告诉我们一个惊人的事实，它颠覆了我们的先天知识。古人云：

天下黄河向东流。中国的神话也非常有趣，说天地之初，地倾东南，然后河流便都往东流，这在其他民族的传说中没有。地理学家惊人地发现，现在的黄河流域在一亿八千万年前是东高西低的地势，西部为海洋，属古地中海水域，东部乃是古大陆。那时的河流都在往西流。那时没有人类存在，如果有，将会流传一句"天下河流往西流"的谚语。后来的造山运动，一次次将西部地区抬升，青藏地区逐渐隆起为高原，并成为世界屋脊。这才导致"地陷东南"，天下黄河向东流。但那时至少在250万年之前。我们的祖先是怎么知道这样的地理大变故的呢？

然后，又在一次次的地质运动中，西部的海洋渐渐裸露出一些骨头来，慢慢地，西部地区就变成了一个个大型湖盆，自西向东，玛涌、唐克、共和、银川、河套、三门、太原、洛阳、泌阳、大名、肥乡、宁晋及文安等，一直到东海。就仿佛有一只巨大的手在把地球一直往东南方向撬动。在距今240万年至150万年的冰川时代，这些湖盆渐渐变小，裸露为平原。随着冰川时代的结束，在距今150万年至120万年的这段时间里，气候转暖，冰雪消融，天上的雨水又异常丰沛，这就导致雨水将那些湖盆又一次相连，引发大洪水时代的来临。这样的洪水时期持续了很长时间，一直到数万年之前。这也就是所有古老民族的神话中所讲的大洪水时期。中国神话中也有洪水泛滥的时期，说那时女娲开始补天，其实，女娲时期已经到了洪水时代的末期。

无论是在东方，还是西方，人们在漫长的岁月里发现，这些自然的变化与天上的星象有关。在中国的祖先看来，自然的变化都与太阳和月亮的变化关系密切，同时与金、木、水、火、土几大行星的活动关系也极大。这就是最早的河图、洛书与八卦的"天机"。西方则有星象术。西方人与中国人看到的星象有所不同，他们除了中国人所讲的这些星象外，还能看到海王星等星球的移动，有十二星座。他们发现，这些星球与一定时期出生的人的命运有着极大的关系，于是，在西方也产生了古老的星象术。

这些智慧因为需要口耳相传，大概也需要一些天才继承，所以，这些智慧掌握在氏族中一些力量、道德、才华俱佳的人那里。他们就是仰观星象、俯察大地的巫者。巫者是人类最早的科学知识与人文精神的共有者。伏羲、女娲便是代表。

在古老的渭河旁边、今天水市北道区的三阳川的西北端，有一座突兀俊秀的山，名叫卦台山，海拔 1 300 米高，传说是伏羲画八卦、画太极的地方。登临山顶，俯瞰三阳川，将看到一个神奇的现象——古老的渭河从东向西流成一个 S 形，把椭圆形的三阳川盆地一分为二，形成了一个天然的太极图。古往今来，无数的学者登临此处，无不为此感叹。

在天水市甘谷县白家湾乡蒋家湾村有一座太昊山，传说是伏羲诞生的地方。那里有座山名艾蒿山，其山顶中间低凹，呈盆地状，面积在 1 400 平方米，地形呈八卦状，据说也是伏羲摆卦的地方，故名八卦山。那时的人们把伏羲还叫"风伏羲"，与《三皇本纪》载"太昊疱牺氏，风姓"吻合。

这些似乎都说明伏羲氏族曾在这里生活并开始创建八卦思想，但并不能说明伏羲氏一直生活在这里。天水过去还被称为成纪，意思是伏羲氏在这里开始有了婚姻伦理的初创。从有关伏羲与女娲为兄妹的传说中，伏羲氏族的时代正是母系氏族向父系氏族过渡的阶段。兄妹婚是母系氏族社会的一个阶段。

大地湾的考古发现，距今 6 000 年前的伏羲氏族过的是半游牧半农业的生活。这一发现告诉我们，伏羲氏族沿黄河一直在往东迁徙。相传河南有关于伏羲氏的一系列活动痕迹及相关的地名，包括洛书等，应该都是伏羲氏族的另一个阶段。但它同样也不能证明过着半游牧、半牧业的伏羲氏族就诞生于河南、发展于河南并终于河南的观点。

历史在这个时候向人类演绎了它的另一面。事实上，整个史前文化史都是值得人们无穷无尽想象的心灵史。那些口耳相传的神话被今天的历史和地理考古一件件证实，但往往又无法落实具体的时间、地点，而且一旦被确定为具体的现象，神话便立刻被去魅，失去其迷人心魄的神力，沦为平庸的现实。也许，从精神层面来讲，没有文字记载的漫长的史前史是人类最美好的时代，因为在艰难岁月里，他们拥有美好、坚定的信仰。他们的心灵犹如大地一样朴素、动物一样单纯、神明一样澄澈。他们简单、纯一。也只有那样单纯的心灵，才能与天地通灵、对话，才能拥有最为明亮的眼睛，看到星空的变化。在黏稠的时间里，他们对时间和死亡的态度定然与我们现代人有着质的区别。因为那样，他们才创造了天人合一的太初哲学，保持了天、地、人三者之间的绝对统一性。

中国人心灵的大门就在那一刻轰然开启。因此，从文明的意义上来讲，大地湾、卦台山是中国文明睁开的第一双眼睛。也因此，伏羲成为儒家推崇的圣人，同时成为道教四方天帝之一。

因为伏羲的原因，渭水之畔的天水一带便成了道家教化的故乡。老子与尹子的故事在天水一带迷漫。有说尹子就是甘肃天水人，因为天水有尹子的寺庙。三阳川也由此成了道家的发端地之一。

时间在三阳川卦台山上呼啸而过，不久就到了魏晋时期。忽然的一天，有道人站在卦台山上像伏羲那样远眺，却看见其西北方向，有片片祥云缭绕，后才知道在离其七十公里左右的麦积山上，有佛居焉。

与佛结缘

无论我们翻看关于麦积山石窟的影像，还是亲身立于那座信仰的山寺前，都不由得惊问：在那样的悬崖峭壁上为什么要塑造神佛的形象？这样伟大而陡峭的工程由谁引导、主持完成？他为什么要如此？

更为深刻的追问是：这些源自西印度的佛是怎样来到中土？他们的思想信仰对中国人的精神信仰乃至世俗生活到底发生了怎样的影响？它缔造了中国人思想信仰中的哪些部分？

回答这些问题，我们不得不回到浩茫的历史中，不得不回到佛教的建立者释迦牟尼的时世。于是，我们看到——

某一日，带着朝露的阳光轻轻地移到窗前，推醒他。那时他还是位孩童，名善慧。睁开眼，他看见一个充满了光的世界，刚刚做过的梦已然无法回想。他起得身来，吃过饭，便迎着光明出了家门。在街上，他看见一位王族女子拿着许多青莲花，便掏出五百钱买得五枝。他欢天喜地拿着五枝青莲，推开了燃灯佛的寺门，将其献给燃灯佛。佛由是动容。

又一日，雨过天晴。他在路上行走，远眺燃灯佛赤脚从对面走来。他心中欢喜，但低头一看前面有滩污水挡在了佛的前面，于是，他急忙脱下衣服铺在地上，想将污泥挡住，可是不够，便伏在地上，以长发铺地让燃灯佛通过。佛由是感动，便授记说，九十一劫后，你将成佛。

这是燃灯授记的佛教故事。那个善慧童子便是后来释迦牟尼佛的前身，而燃灯佛是过去佛。这是佛教传播中的一个本生故事，是一个前世与今生灵魂转世的故事。在天水麦积山石窟中，第133窟第10号碑上，共有十二个画面，分别是菩萨在兜率天发愿、燃灯授记、乘象入胎、树下诞生直到双林入灭等共十二个经典故事，而燃灯授记的这幅画尤为很多艺术家、学者所喜爱。学者们都认为，这幅画惟妙惟肖，看上去让人有种怦然心动的感觉，具有浓厚的世俗情怀。大概学者们和艺术家们所关心的还是"世俗"与"人性"，所以，他们对其他故事的兴趣远没有这幅多。

这幅画传达了很多佛教理念。如果将其他本生故事一一解读，我们就会发现它与我们原来的儒道文化有着极大的差异。

孔子曰："朝闻道，夕死可矣！"那么什么是道呢？孔子并没有过多解释，老子也只是将世界的真理"强名之曰道"，庄子在别人问他道是什么时反问别人"我怎么知道道是什么呢？"孟子提出了天道观，算是进一步的发挥。但天道又是什么？孟子又解释不清楚了。到了董仲舒时，又进了一步，有了天人感应的学说，将天人格化。如此，天与人合为一体。人做了坏事，老天是知道的。所以儒家说君子要慎独，为什么慎独呢？有什么人监视你吗？因为老天在上呢。基督教也有这样的教义，说你一个人并不孤独，上帝永远在你身旁。这些观念并不是一开始就有的，都是人类智慧发展的结果，当然也是对人性规囿的结果。如此一来，新的问题又产生了，那就是一个人做了坏事、恶事，谁来惩罚呢？有什么样的惩罚呢？同样，一个人做了好事、善事，又有什么样的回报呢？这些问题曾经在"五四"以来被中国人经常谈起。很多学者批评中国人的信仰中有太多的功利主义，提倡应该超功利，即不谈回报。从禅宗发展的情况来看，这些问题也是中国人思想学术中的常见问题，尤其是在魏晋玄学盛行的时候。那么，我们就不禁会想，在那个时代，中国人如何解决这些思想信仰中的问题？

儒家学者董仲舒在试图解决这些问题时，显然引进了墨家的鬼神学说，同时也引起了阴阳家的五行学说。好在孔子崇尚的《易经》中本就有神鬼一说，所以，董仲舒将天人格化，神化，与人息息相通。这是儒家常说发展中的重要一环。儒家在解决历史问题时用了五行学说，如对黄帝以来的时代用五行观念做了交代，以此来说明历史之变化规律。这是《易经》的观念。具体到个体命运时，儒家也只能用《易经》的思想来解读，而其日常行为则以礼教来规约，因此，儒家便可处于学术上的领先地位。

我们发现，孔子对《周易》的解读，其意义在于将变化无常的命运与人的道德合为一体，将功名得失与人所遵奉和履行的道德视为因果关系。这一解读已然确定了"天""神"的意志：以善为本，以中庸为原则，以圣人、君子和大众的意志为准则。这就是现在我们所看到的《周易》。南怀瑾等学者认为，《周易》之前的《易经》还有两种，《连山易》与《归藏易》，都与《周易》不同。《连山易》与《归藏易》所要提示的真理为命运之变化，按南怀瑾所说被易家、阴阳家所继承，主要运用其数、象部分，而《周易》是儒家的经典，其所要揭示的是命运之变化与人的道德行为之间的联系，因此后世之人初学时都看到的是大道理，而不会运用数和象的原理，只有当其对数与象的原理也运用得当后，再来看《周易》中的大义，则周全了。这是孔子及儒家对中国学术的贡献之一，现在的人们未必懂得这一点，后世的一些阴阳家和道士也未必懂得这一点。所以，民间有些风水师可能懂一点《易经》的数术，却不懂《周易》中的仁爱思想，终究会因为私利而受害或加害于人。

但尽管如此，中国人对命运的认知仍然局限在现世人生中。在先秦之时，从墨家的学说中可以看出，人们已经有了灵魂的观念，有了鬼神与葬礼的种种观念。也就是说，人们对灵魂永恒的探索已然开始。灵魂会不朽吗？既然鬼神存在，那么，他们如何存在？他们为什么存在？是现世的人死后之结果？他们与人世间的关系到底如何？这些问题显然成为那个时期中国人关于存在的终极追问。但是，儒家、道家、墨家、阴阳家等学说显然未能很好地解决它们。

它们便交给了外来的学说——佛教来解决。这是佛教进入中国并能够首先在民间被接受的原因。也就是说，当时人类的终极追问与回答在佛教是比较圆满的。上面所讲的本生故事中的燃灯授记便是对灵魂是否存在的回答。应该说，它比阴阳家和墨家的鬼神观念要广阔得多。它超越了现世人生，而将人放在生命流变不断的转世背景和永恒之下来观照。于是，人生再也不是短短的现世几十年，而是永远的。于是，此世的行为、善恶再也不是来去空空，而是有因果报应的。这样的入世理念在一定程度上又与儒家提倡的性善论合为一体。儒家在孟子与荀子时一直不断地探讨性善性恶的问题，孟子主张性善，所以说，人有恻隐之心，这是人的善之本，但是，荀子认为人在本性上是趋利避害，所以性为恶，主张以礼法来治世。两种观念几千年来始终争执不下，但是，在佛教那里，性之善恶是有前因的，性善者是因为前世的修为，性恶者也是因为前世的恶业。如此，它似乎在理念上也解决了人性的争执。而在劝人向善这一点上，又与孔子修《周易》时提倡的仁、礼、君子、圣人、中庸等思想达到一致。因此，从学术意义上来讲，佛教到中国影响了中国人的终极关怀思想。

如果我们从佛教的其他本生故事和因缘故事来看，我们得到的启示将更多。如释迦牟尼曾在率兜天发愿普度众生、修善成佛。如释迦牟尼舍身伺虎、地藏菩萨和观世音等众菩萨的受难与愿行，都是伟大的行为与宏愿。在先贤中，在孔子之时及之前一段时间，中国人虽也有伯夷叔齐这样的贤人，也有钟子期俞伯牙这样的高士，也有荆轲这样的英雄，但似乎都限于人情小义，只有孔子敢冒天下之大不韪而提倡仁政礼教，有拯救天下于即倒的情怀。孔子之后，学于儒家的墨子是另一个伟大的圣人。从一些理念来看，墨子虽在学术上没有孔子伟大，但在情怀上不亚于孔子，甚至比孔子更伟大。因为墨子是中国古代圣人中唯一提倡平等、兼爱的学者。可惜，他的学说因后继乏人而成为绝学。学者们都认为，后世侠客都出自墨家，而所谓侠者，就是有救世的情怀，比起那些酸儒要伟大得多。

在舍身救世这一点上，儒家不同于佛教。在佛教中，舍身救世者比比皆是。何耶？原因很简单。儒家没有关于后世的宗教哲学，佛教却有。在佛教看来，每一次的舍身，看起来是生命的劫难，但又是一次重生，且是伟大的重生。舍身成为其修行的重要理念。

在同时代的古希腊，也有一个舍身者，即苏格拉底。苏格拉底为了忠诚于律法的神圣性，不愿逃跑，自愿接受死刑。这样的信念足以使世间一切观念与行为都显得低俗，而这样伟大的信念也成为古希腊精神的重要部分。试想想，如果没有苏格拉底的向死而生，古希腊精神还有那样神圣的光辉吗?

佛教也是这样的宗教。所以,当佛教慢慢在民间流行并形成一种力量时,它便开始慢慢地影响中国原有的文化,儒家、道家及其他百家,就像一股涓涓溪流流入中国文化的山脉中。

然而,真正让帝王接受佛教并大兴佛教的原因并不在这些精神,而是另一层精神,即救赎精神。

这就不得不追溯到印度孔雀王朝的阿育王。据说,阿育王是孔雀王朝第三代君王,是印度历史上最伟大的君王。其伟大一方面在于在他统治的时期,印度的疆域达到空前广阔,印度成为当时世界上强大的帝国之一;另一方面则在于他将佛教传播到世界各地,使印度文明成为伟大的人类文明之一。据说他为得到王位,杀死了自己九十九个兄弟。这个说法虽然有些夸张,但至少说明他为了继承王位危害了自己的很多亲人。继位后,他仍然是一位残暴的君王,据说他为统治百姓专门挑选最凶恶的酷吏去设立"人间地狱",以惩治那些不守规矩的人。他发动了一系列统一南亚次大陆的战争,征服了很多小国,扩大了印度的疆域。但是,这样一个人如何信仰了佛教,又为何传播佛教?

在阿育王的征战史上,最大的一次战争是公元前 261 年远征孟加拉沿海的羯陵伽国的战争。这是孔雀王朝统一印度的最重要的一次战争。当他看到十万人伏尸成山、血流成河的血腥场面时,他突然间感到了自己的罪恶,恻隐之心油然而生。于是,他同佛教高僧优波毱多进行了多次长谈,他终于放下了屠刀,决心皈依佛门,改变统治策略。于是,他做了一件最伟大的事,即向佛教僧团捐赠大量财产和土地,大兴佛教建筑,据说他总共兴建了八万四千座奉祀佛骨的舍利塔。他还邀请著名高僧目犍连子帝须长老召集一千比丘,在华氏城举行大结集,整理了经典，编撰了《论事》。此外，他还派出王子和公主在内的佛教使团前往周边国家传播佛教。最后，作为一个佛教徒，他亲身到各地去朝礼佛的圣迹，遍访高僧大德，在大山崖上刻上佛的教诲，使众生都能受到佛的教育。

这就是一次灵魂的救赎行为。他不仅救赎他自己的灵魂，也怀着对人类有情众生的救赎之情。他的伟大在于此。当然，后世也有学者揣度，阿育王是为了统治天下，以防别人模仿他的军事征伐，对自己的后代不利，所以就吸纳了佛教里面的一些所谓四大皆空、生死轮回等观念教育民众。

事实上，佛教最伟大的地方恰恰也在于它的宽容与对现世的救赎。佛教对现世人生的鼓励还在于，一个人的罪恶，可以通过善的行为去救赎。比如，一个恶徒，若能弃恶从善，他就能在现世洗去自己身上的罪恶，不至于死后灵魂堕入地狱受苦。这样的佛教徒在佛教史上比比皆是。因此，阿育王对佛教的礼敬与传播在某种意义上也是为了洗涤自己的罪恶。

再到中国来看，佛教几次大的传播时期，都与了不起的君王与其恶业共生。唐太宗李世民是中国最伟大的君王之一，但在其继位之前，杀了自己的两位兄弟。他在政权的统治中，用的都是信奉儒家的知识分子，而在其信仰中，他奉老子为其先祖，对道教极其崇尚。然而，他对佛教也倍加推崇，大兴学佛之风，可能也包含对自己灵魂的救赎。

在李世民之前，在佛教从丝绸之路传播的过程中，前秦皇帝苻坚和后秦皇帝姚兴是两个值得多说几句的人物。

苻坚是氐族人，但对儒学极为欣赏，从小喜爱学习儒家学说，成为苻氏大族中少有的知识分子。他杀死了当时任皇帝的堂兄弟，自己做了皇帝。然后任用汉人王猛，运用儒家学说治世。一时之间，疆域辽阔，若淝水一战胜利，则大有一统中华的可能。从历史上简短的叙述，看不出他对佛教有什么特别的信仰，但是，他做的一件事足可以成为历史上的美谈。

公元 382 年，他派骁骑将军吕光去攻打龟兹，临行前他对吕光说了一番话，大意如下：我们现在去攻打龟兹，并不是贪爱那里的国土，而是为了一个人，一个怀道之人。这个人叫鸠摩罗什，他精通佛法，善明阴阳，是后学的宗师，贤哲是国家的大宝，如果打下龟兹，立即用快马把他送回来！

在历史上，为了女人发动战争的皇帝和国王比比皆是，但为了一个"知识分子"而发动一场战争的皇帝极为罕见。加上他大力任用王猛，可以说，苻坚是当时北方少数民族中深受儒家学说影响的君王，对文明的敬重在历史上堪为楷模。

因为苻坚的要求，吕光得到鸠摩罗什后便返回，结果到达凉州时，他听说苻坚已死，便自立为王。鸠摩罗什也便呆在凉州弘扬佛法，一住便是十八年。十八年后，又一位皇帝发动了一场战争来抢他。

姚兴是羌族人，其先祖本来就生活在天水一带，后被迫东迁。姚兴也是一位知识分子，能讲经论道。他对儒学也极为推崇，主张以儒兴国。有一件事能说明他的推崇程度。399 年夏天，国内天灾不断，他便用董仲舒的天人感应观念去理解这件事，他的做法是自降帝号为天王。《白虎通》曰："天所以有灾变何？所以谴告人君，觉悟其行，欲令悔过修德，深思虑也。"而自古以来，没有皇帝如此做，只有姚兴一人。401年夏天，他将鸠摩罗什迎进长安，开始了一项伟大的工程，这项工程与后来唐太宗李世民时期的玄奘译经同为中国佛教发展史上的重大事件。

这就是鸠摩罗什对佛经的翻译。这是中国历史上第一次国家组织译经的活动。

苻坚和姚兴都是十六国时期了不起的胡族君王，他们对佛教的信仰与汉族人不同。他们没有两晋学人对佛学的种种诟病，也没有汉族学者在学术上的自尊，所以，他们既可以非常推崇儒学，也同样可以推崇佛教。在他们的文化心理中，佛教与儒学都是外来学说，所以接受佛教比汉族学人要通畅得多。也因此，他们可能更容易相信佛教中的许多观念。比如，他们可能更容易相信佛教的救赎理念，也更容易像阿育王一样大兴佛教来消除他们生命中的杀伐恶业。苻坚没有等到鸠摩罗什便死了，但姚兴则得到了这位传说中的圣徒。

在大兴佛教翻译的同时，姚兴接受了鸠摩罗什的另一个建议，即像阿育王一样兴建佛寺、石窟、碑刻。姚兴对佛教的崇尚，在后世一些学者看来，甚至有些病态，因为出现了事佛的人达到"十室而九"的局面和国家财力不济的困境。

就是在这样的背景下，天水麦积山便成为佛教传播的一个圣地。在这个长期以道家信仰为主、儒家学说为辅的地方，开始有了新一种信仰——佛教。

心的礼拜

古往今来，几乎所有的信仰都首先在民间产生、扎根，将其根茎深入到世俗生活的日常中，然后才传播扩大，最后或许得经过一次与官方的深刻较量才能上升为一个国家或族群的信仰。基督教如此，佛教、道教甚至不是真正宗教的儒家伦理也如此。反过来讲，如果一种所谓的信仰，不能深入到个体生命的日常生活中去，那么，它就不能成为信仰，也就不可能真正走进人类的心灵。

从魏晋时期至唐代开凿的那些关于佛教信仰的伟大工程，在今天看来真是不可思议。沿着古丝绸之路，然后遍布中国北方及西南地区的广大山川，敦煌莫高窟、凉州天梯山石窟、天水麦积山石窟、炳灵寺石窟、悬空寺、云冈石窟、龙门石窟以及乐山大佛……此后的任何一个时代，都无法与其比肩。它告诉我们，关于幸福，关于精神的丰沛，不是物质与技术所能赐予的，它们完全依赖于一个自足的信仰体系。那个时代没有汽车、飞机、电视、手机与网络，但不能就说生活于那个时代的人们没有今天的人们幸福、自足。从今天来看，恰恰相反，生活在那个时代，也许比今天的人们更为幸福、自足、快乐，甚至伟大。

今天，我们不能想象他们为什么要在摩天崖上不惜生命代价刻下那些来自西域的诸神形象，也不能体会他们在开凿那些石窟时所拥有的内在情感。他们留给我们的只有一个体验：仰望。至于我们是否信仰则是另一回事。

今天，任何一个人，当他站在麦积山石窟的面前时，情不自禁首先要做的动作仍然是仰望，然后便是惊叹。仅仅是那样一声内心的惊愕，他便已经被征服了。芸芸众生就像河流一样在它面前流过，在它的形象中穿过，然后再流入世俗的海洋里。因此，再伟大的神祇与信仰，如此不能触及世俗众生的心灵，也是枉然。因为，真正的信仰是与泥土为伍的。

那么，佛的教育是如何与中土有情众生的生活融为一体的呢？

让我们还是回到前面那个佛本生故事。在中国禅学盛行之后，禅宗对中国学术思想的影响在于一个"空"字。实际上，道家哲学在其中起了很大的作用。万事皆空，一切灿烂情怀皆为往事。人生的终极追求不在欲，也不在情，而在玄。这是魏晋玄谈的风采。但这些影响主要在知识分子群体中间，对于民间来讲，则别有天地。佛本生故事燃灯授记在传播的过程中，有很多个版本，大多版本都有释迦牟尼在童子时期从贵族女子那里买花献佛的情景，但到天水麦积山石窟时就有了一些人间烟火。有学者解释，看上去是一对青年男女"一见钟情"的情景。我们无法知道彼时代雕塑者的心境，但此时代人们的情绪已然明了。它似乎告诉人们，有情男女的相爱也是值得肯定的，是令人向往的，但是，它只是灵魂转世的一个过程，只是灵魂在追求永恒中的一段前尘往事而已。

在这样的回眸之间、错愕之间、迷茫之间，我们看到的不仅仅是佛又在人间走了一遍，而且是我们的心又在红尘中洗涤了一次。刹那间，我们会误以为那个善慧童子就是自己，在这样的虚境中，佛便在我们的生命中了。俗世的风韵为佛走向人间和个体的灵魂深处铺设了道路。也许，这样的世俗风情更易于传播，更易于被有情众生所接受。在一些佛教大德的教诲中，我们看到的往往是对有情众生世俗生活的否定，结果使身陷俗世中的人们与佛之间形成了巨大的鸿沟。尤其是在情爱至上的今天，佛的伟大、空茫的世界离人间太遥远了，也许天水麦积山石窟的这个佛本生故事画像是值得关注的。

我们可以设想，佛是怎样通过一个个人间形象到达天水的。从印度出发，先到达于阗，然后顺着丝绸之路向西北或东北一路传播，于是，我们看到在楼兰、龟兹时，几乎都是西域风情，到敦煌、张掖、凉州一带时，已经是胡汉夹杂，而到了天水麦积山之后，其风格一变，汉文化色彩基本占据了主要地位。如果刚刚看过兵马俑，再来看站立在麦积山悬崖上的那些佛像，你会猛然发现他们之间有某种相似。从龟兹、敦煌到凉州，佛的形象与整个西北的粗犷相一致，威严、高大、英雄、粗犷。然而到了麦积山时，佛的形象顿时明显地变得俊秀起来，且拥有了一种世俗中的美——燃灯授记中的青年男女只是那些塑像中的一个情景。

不仅仅这样一个孤立的情节。在天水麦积山石窟中，还有一个更大的共相：佛的微笑。从敦煌莫高窟到凉州天梯山石窟，再到永靖炳灵寺石窟，我们看到的佛像几乎都是帝王之像，威严不可侵犯，但也难以与凡夫俗子共鸣。信仰者必须以匍匐的心态膜拜。但是，在麦积山石窟，那些巨佛同样生活在山崖上的半空中，使有情众生在疲惫的路上、在劳作的田间、在绝望的黄昏能一抬头便看见，救苦救难者站在他们的不远处，给他们以希望，以信仰，然而，当人们走近那些佛像时，会发现与站立在河西走廊上的那些巨佛不一样。他们发现，麦积山石窟中的那些佛大多都有慈悲、开怀的笑容，那笑容顷刻间将他们的苦难度化了，使他们也不禁会心一笑。

在世间，那样的人佛相遇，那样的会心微笑，那样的度化，也许唯有此处。就像老朋友几十年偶然相遇，像千年修行的恋人在此世终于一见钟情，或者像某个开怀的故事在心里激起无限的涟漪。就像诗，甚至高于诗。人世间再也没有这样高妙的相遇了。

早在 1988 年，由中国美术全集编辑委员会编辑出版的《中国美术全集·雕塑编 8　麦积山石窟雕塑》是一部全面展现麦积山石窟雕塑的摄影集。翻开第一页，是麦积山圣地在山野中独立不凡的形象。在众神离去的今天，那些众佛曾经生活的山崖显得那样突兀、陌生、不可思议。他们为什么要选择那样陡峭的生活？难道仅仅是让生活在俗世中的众生仰视吗？难道他们天生就与生活在尘世中的人间有一种隔膜？这样的疑问从正文第六页第一座佛出现时就开始悄悄发生了变化。这是第 74 号窟右壁佛像。他看上去慈祥、安宁，但从他的嘴角和面容以及放松的眼神中可以看出一种淡淡的微笑。或者说这是一尊正要微笑的佛。第七页上是第 74 号窟正壁左侧胁侍菩萨。他看上去双眼微闭，嘴角却在情不自禁地笑了起来，似乎想起了什么令人愉快的情景。

从那一页开始，一直持续到第一百页。全是北魏时期的塑像，占了石窟中的大多数。而这些塑像中的大多数，都流露出不可抑制的笑容。他们有的相视微笑，有的独自微笑。塑像中，除了释迦佛之外，北魏时期阿难的塑像至少有好几座。摄影集中出现的是 142 号窟中正壁左侧的阿难和 133 号窟中第 9 龛右壁上的阿难，都是以微笑示人。而 150 号窟的沙弥，第 101、121、122 号窟中与菩萨一起的弟子，我们不妨将其也看作是阿难的化身，他们都保持着相同的微笑。就是第 10 号窟中的供养人形象，也有着类同于阿难的微笑。

它使人们不难想起关于阿难与迦叶的故事。据说，有一次大梵天王在灵鹫山上请佛祖说法，把一朵金婆罗花献给佛祖。佛祖拈起一朵金婆罗花，意态安详，却一语不发。此时，所有弟子都无法理解，唯有摩诃迦叶破颜轻轻一笑。佛祖当即宣布："我有普照宇宙、包含万有的精深佛法，熄灭生死、超脱轮回的奥妙心法，能够摆脱一切虚假表相修成正果，其中妙处难以言说。我不立文字，以心传心，于教外别传一宗，现在传给摩诃迦叶。"然后把平素所用的金缕袈裟和钵盂授予迦叶。这便是禅宗"拈花一笑"和"衣钵真传"的典故。在麦积山石窟中，迦叶的塑像也有很多，在这部摄影集中有两张，一张是第 5 号窟中破颜微笑的迦叶，一张是第 87 号窟右壁右侧微笑的迦叶。在几乎所有的传说中，与迦叶的微笑形成对比的是阿难的庄严，但在麦积山石窟中，迦叶自不必说，阿难则一反庄严之态，有比迦叶更为慈悲、会心、传神的微笑。

看 133 窟第 9 龛右壁上的阿难，似乎有将迦叶的形象错塑为阿难的感觉。少年阿难面露憨态，细眯双眼，俯首侧耳倾听佛的教诲，会心微笑。这难道不正是"拈花一笑"故事中的迦叶吗？但是，当我们翻看所有北魏时期的那些佛的照片时，我们恰恰可能会为这样的错觉会心一笑，因为几乎所有的佛都有着一种对人间信任、关爱的微笑。

然而，奇怪的是，从第一百页之后，从西魏开始，到隋、唐、宋、明时期的塑像就再也没有这样的微笑了。我们会有一种感觉，佛开始变得庄严。隋唐时期的佛像看上去仍然高大，但有一种压抑的感觉。到了宋明时期，越来越多的是愤怒的金刚，仿佛有要将恶鬼打压到地狱里去的决心。佛对有情世间充满了责难的神情。也许编者们在编辑这部摄影集时根本就没想到会有这样的精神痕迹，大多数研究麦积山石窟的学者也没有看到这样巨大而深刻的变化深藏其中，只是有一些学者看见了阿难的微笑，称其为"东方微笑"。

我们不禁要问，为什么这样的微笑出现在北魏时期的麦积山石窟？学者们当然很少讨论微笑，他们讨论最多的是为什么泥塑会出现？泥塑又导致了什么样的文化？也就是说，学者们关注最多的是形式的变化。

学者们认为，当佛教传至麦积山石窟时，正是后秦时期。此时，一方面是鸠摩罗什传法时期，一方面又是姚兴大兴佛教时期。麦积山石窟在这样一个圣徒和帝王的手中开凿了。但是什么原因使手中的大斧变成了抚摸的双手？原因是天水的土质。

从西域来的能工巧匠面对天水麦积山上的沙土时，叹息了。他们不得不放下手中的斧头，看着来自本地的匠人们施展手艺。《圣经》上说，上帝以自己的形象创造了人，人便成为万物之灵。而现在，这些天水本土的泥匠们则要以人的形象来塑造佛。于是，佛教石窟的雕凿在麦积山上发生了巨变。一方面，我们看到，汉人——其实在后秦时期天水生活的并非汉人，仍然是胡人居多，但是，汉文化在前秦和后秦时期已经成为当地主流文化——所以更准确地应该说是汉文化形象成为麦积山石窟雕凿中的主流文化形象。加上西域来的风尚，便形成了以汉文化为主，加入了很多西域特色的麦积山石窟佛像。另一方面，那些天水的泥匠们在用他们的双手为那些佛像进行雕塑的时候，他们的信仰、宗教情感、传统文化到底是什么，为什么就会塑造出那些微笑的佛像？这是需要我们今天的人们猜想的问题。

前面已经述及，当佛教传播到后秦时期遇到鸠摩罗什这个伟大的翻译者和姚兴这个了不起的信仰者时，后秦成为中国佛教历史上最兴盛的时期之一。姚兴逼迫圣徒鸠摩罗什娶妻生子，使佛教与世俗生活在当时有了合流之势。在姚兴的推动下，当时事佛的人达到"十室而九"的局面，可想而知，在天水，这样的局面更是盛大。

是的，我们终于找到了那个时期最为根本的时代冲突：事佛的欢欣。也是在那样的欢欣情境下，无数的泥匠们在用他们欢乐的心灵塑下心中的偶像。他们用细腻的双手一遍遍地抚摸着那些可以用凡心交流的圣像。于是，那些佛像不仅像他们一样微笑，而且整个形象都那样精致、细腻、流畅。

阿难终于在那个时刻卸下庄严的面容，微笑了。所有的大佛在看到阿难的笑容时也忍俊不禁地笑了。

微笑，也许是整个麦积山佛窟散发出的最为动人、最为神圣的光辉。也因为这微笑，麦积山佛窟也是中国所有佛窟中最为动人的佛窟之一。它的伟大在于，佛在这个时候与有情众生保持了其他地方从未有过的亲近、心领神会。

心领神会的也许还有时间。当然还有曾在不远处驻足的老子。传说老子当年带着尹子在天水卦台山附近育化，然后顺着丝绸之路涉流沙而去西域。七八百年之后，从西域又顺着丝绸之路，释迦佛、众菩萨来到了天水，驻足于麦积山上，与道家遥遥相望。

何为人之尺规

　　然而，当阿难的微笑已然不在，诸佛便以严厉的面容示人。这是西魏之后麦积山雕塑的启示。宋明之后，人性被镂刻成艺术之花，也就成了装饰。

　　即使如是，在整个神明主宰的古代，有一点是最为明确的。那就是，从未有人将整个麦积山上诸佛的雕塑当成可被人欣赏和把弄的艺术。即使再精湛的艺人，在雕塑诸佛的过程中，他也会忘记自己是一位艺术家，只有心灵的膜拜。

　　当麦积山佛窟沦为一座艺术的"东方雕塑馆"时，诸佛早已离去。那时，便是人学降临的时代。那时，也便是艺术家自诩为上帝和诸佛的时代。当张大千将敦煌壁画一层层揭下来，不是看信仰的虔诚，而是专注于外在形式的颜色之时，宗教已然没落了。但艺术家并不自知。他以为找到了可以炫耀世界的技艺，却不知离道越来越远了。同样，当天水麦积山佛窟变成一座艺术宝窟供世人欣赏、把玩，却不再膜拜的时候，这座神圣之山便变得无比荒凉了。

我们看到那么多的论著都在试图论述雕塑技艺的变化何以完成，却找不到人类灵魂的完善之论。诗人荷尔德林的疑问便又一次降临：

我真想证明，

就连璀璨的星空也不比人纯洁，

人被称作神明的形象。

大地之上可有尺规？

绝无。

白马寺：信仰从这里开始

历史需要一个梦

历史需要一个梦，来改变中国的心性。

那时，在地球另一边的罗马帝国，一个瘦瘦的青年，自称是上帝的儿子，他来到此世是为了要与人类进行一个约定，用他的血清洗人类的罪恶，用他的死来为人类赎罪，以此劝导人类转离诸恶，一心向善，用爱去建立一个新的社会。他被自己的门徒出卖，钉死在十字架上。据说三天后他复活了，以种种神迹来告诉人们他是上帝的儿子。他的门徒保罗等不惧牺牲，继续传教，又遭到罗马帝国大规模的迫害。

这个人尽管死了，但他的宗教在三百年之后终于在罗马获得认可，并成为西方世界的精神家园。他为那个以世俗性为特征的古希腊文明编织了一个来自天国的梦。诗人荷马所颂扬的诸神似乎都带着强烈的世俗精神，而在诸神之上，命运并未写下永恒的诗篇。伟大的神王宙斯一直在等待普罗米修斯预言的一场新的命运。苏格拉底对此充满了疑问，他自称听到了新神的声音。他到处发问，以此来破除那些束缚人类灵魂的教条，而发现人类心中存在的善与爱。他似乎是要摒弃神族的世俗性，而创立一种形而上的信念。他被处死在广场上。他因此成了古希腊第一位圣人。

四百年之后，他所开启的理性之路随着他的鲜血在希腊、罗马以及亚历山大所征服过的地方弥漫，但是，这场被称为古希腊哲学的运动始终缺乏一个不朽的神王。苏格拉底的学生柏拉图完成了灵魂的塑造和神性观念的提升，他的徒孙亚里士多德则完成了有关灵魂与各种观念的知识。但就是缺乏一个人格化的能够主宰人类命运并能扬善惩恶的永恒的神。那不是宙斯，也自然不是苏格拉底。那是陀思妥耶夫斯基在两千年之后仍然寻找的伟大存在。

没有他，上帝就不能以那样的形象来到世间，并成为西方精神世界的主宰；没有他，上帝就不能从犹太教的崇拜中获得伟大的新生。几股思想的力量终于在公元前后相遇了。但是，要让自大的罗马人承认上帝是唯一、永恒的神并不是那么容易的事，他们遭遇了严酷的压迫、屠杀。

那是公元 1 世纪的西方。

那个时候，中国似乎也经历了与西方一样的命运。经过数百年的百家争鸣，儒家学说终于因为其仁爱进取的精神和教育的传承手段而获得政治上的独尊地位。在西方世界进入希腊化时期，恰是中国的儒家学说经历先秦时期的道家、墨家、法家和汉初黄老之术的诸多挑战，终在汉武帝时用董仲舒之大才"罢黜百家，独尊儒术"之时。一般人都以为，董仲舒真的只尊儒家，而将其他各家消灭了。其实不然。儒家在孔子之时，提出仁爱思想，不语"乱力怪神"；在孟子时期，发展了义和天道学说，但仍然不语"乱力怪神"。孟子与荀子的论战将儒家学说直指人性深处，互相不能说服。学术似乎走到根本了，但终极问题并没有得到回答。此外，儒家学说也没有形成自己系统性的纲领。在众多的争论中，墨家的兼爱思想与儒家相通，而墨家的鬼神思想与阴阳家、道家的一些观念补充了儒家不能深入到民间的短处。法家的治国之术也是儒家所缺少的。董仲舒正是吸取了以上诸家之长，并广纳其他百家之术，而将儒家发展到一个新的阶段。这就是他的"天人感应"学说。他用墨家、道家、阴阳家等的学术嫁接到儒家的天道之上，赋予天以神性和人格的力量，天能够感知人世间的一切，天不再是无动于衷的空虚。天成了中国人的"上帝"，皇帝不再是自我命名的人间之王，而是天的儿子。从天地开始，再给人伦确定秩序，于是，三纲五常的伦理纲纪就此确立。大自一个国家，小至一个家庭，甚至具体到一个个人身上，它们都成为支撑天空、大厦和灵魂的柱子。

从理性的角度来看，到了这个时候，中国才真正地确立了起来。所以，董仲舒对于中国儒家学术乃至整个中国古代的学术发展来说，是一个里程碑式的人物，是一个集大成并承前启后的重要人物。他比子思、孟子等的作用要大得多。但历史没有给予他足够的地位，盖因其罢黜百家的原因吧。

然而，董仲舒的"天"仍然是模糊的，对于人类来说，他还缺乏具体的形象和人格化的一些内容。人们总觉得，天有人的样子就好了。那样的天就能与人息息相通了。人们不需要一个只讲三纲五常却没有人性的天。这与陀思妥耶夫斯基在《卡拉玛佐夫兄弟》中探讨的多么相像啊！

如此便走过了一百多年。那中间经历了王莽篡位。用当时占统治地位的儒家的观念来看，那位争议颇多、被很多史学家誉为"中国历史上第一位社会改革家"，并被胡适认为他是"1900年前的社会主义皇帝"的王莽，恰恰成了非"天子"学说的一个例子。而代替他的是以儒家学说为根本的天子刘秀，他既是汉室血统，又以兴汉为己任，还大兴儒风，他自然成了真正的天子。但无论如何，这个天子仍然有人为的道理，三纲五常也无法取得根本的信仰。董仲舒所确立的这套理论还不能真正深入人心。

在一个重视祭祀、巫术，同时又信鬼神的时代，什么才能真正深入人心，并使这套理论拥有无上的权威呢？《周易·观·彖》云："圣人以神道设教，而天下服矣。"答案是清楚的。但如何做到呢？

那个时候，中国自身的文化资源已经被董仲舒用尽了。只好借助于外部的力量了。但外部的力量在哪里呢？

正好在那个时候，汉室皇帝明帝刘庄做了一个梦。他梦见一个金人，身形很大，且头顶有光明，绕着大殿。第二天早朝时，他问大臣们这是一个什么梦。有博士傅毅上前说，这是西方之神，名曰佛。汉明帝于是便派使臣蔡愔、秦景等十二人前往西域迎接这位"大神"。

就是这个梦，连通了中原与西域，这一次要比之前的政治、经济上的往来与军事上的杀伐要深刻得多。这是精神上的往来。那个时候自称为"中国"的汉朝帝国，虽然也知道在西域及东海之外有些小国家，但认为要么是"牛头马面"，要么就是"人首蛇身"。他们不知道与此同时在大海的另一面，有一个同样强大的罗马帝国正在到处抓捕上帝的使者，他们也不知道在西域高原的另一侧有一个非常强盛的印度王国正在把他们的佛教传向世界各地。

佛陀灭度后的几百年，是佛教的学术走向成熟的时期。当亚历山大的大军进入印度之时，孔雀王朝的第一代君王旃陀罗笈多因势而起，他赶走马其顿军队，自立为王。希腊化运动未能流入印度。当旃陀罗笈多的孙子无忧王即位后，他不仅统一了印度，将佛教立为国教，而且派王子、公主到世界各地去传教，使佛教真正地成为世界性的宗教之一。

到公元前后，整个世界基本是三足鼎立。希腊、埃及、北非及中亚的一部分地区由罗马帝国统治，希腊化运动已经历几百年，正好遭遇基督教的兴起；中国则经历了战国时期而重新获得统一，并凿开西域及丝绸之路，儒家学说集成各家之长成为中国的正统，正在向外传播；印度则自成一体，正将佛教传向世界。这三个帝国此时并不清楚另外两方的实力，但已经彼此有一些传闻和接触。世界的风云似乎在这时应该有一些交集。马其顿的军队到达印度时，他们以为到了中国，但不久就被印度人赶走了。中国虽然无法猜想罗马帝国的强大，但以"大秦"来命名罗马足见其在汉朝的影响。有学者从文献中考证得出，在公元前 2 年时，有西域米的使者曾向中原的学者传授过佛经。

但史料确凿记载的只有一个梦。从梦出发，汉朝的使者们终于在月氏（今阿富汗一带）遇上了来自佛陀之地的印度传法高僧迦什摩腾和竺法兰。犹如亲人在黑夜里相遇，他们立刻觉得这就是佛陀的安排。于是，蔡愔、秦景停止了西去的脚步，而迦什摩腾和竺法兰则应佛的启示踏上中土之地。他们的愿望达成了一致。三年后，他们用白马驮载佛经、佛像，千山万水来到京城洛阳。

从佛教的角度来说，这就是佛法之缘。最大的有缘人当然是汉明帝。汉明帝对两个僧人礼遇有加，让他们先住在当时的"外交部"，即鸿胪寺。后来，专门在鸿胪寺附近仿天竺式样为两位高僧修建住处，存放佛经，讲经论道，并纪念驮经来的白马，便将那住处命名为白马寺。从此，寺院也就成了佛教修行说法的地方，而白马寺也便成为中国第一个官办寺院。

至此，中国开始了吸收外来宗教的第一步。

开放的视野

应当有一支颂歌从历史中站起，并兀立于中国思想学术的码头。

应该有更多关于他的记忆。

但他的几位先祖太伟大了——汉高祖刘邦、汉武帝刘彻、汉光武帝刘秀——以至于遮蔽了这位了不起的伟人。他被淹没在以军事和政治为主的历史泡沫中。他的了不起，不是他治世的清明，也不是他再次远征匈奴，而是他在中国学术史上的伟大。他为中国的思想学术引进了佛教。

中国的学术史在诸子百家时期可谓英雄辈出，而到了西汉时期，便成了一儒独大。东汉建立，仍然延续儒家治国的思想。可是，汉明帝刘庄对佛教的引入一则改变了"独尊儒术"的局面，二则使中国的学术有了向宗教方向发展的趋势。近现代以来，人学思想的突起，掀起了对神学思想的反抗，但是，从历史上来看，神学思想的发展是古代人类社会的必然结果。犹太教的一个故事足以说明它的重要性。当摩西带领犹太人往圣地行进时，他们来到了西奈山下的旷野。此时，摩西要与上帝进行一次会晤，那也就是上帝与人类的第一次约定，即《摩西十诫》的产生。当摩西离开众人去上西奈山时，山下的人们在旷日持久的等待中终于不耐烦了。他们开始信仰起自己古老的宗教。他们重新用首饰等铸造了金牛的图腾，用舞蹈来信仰、崇拜它。人们的思想纷乱了。当摩西从山上回来看到此情此景时，大怒，便立下十诫，杀了几千人。《摩西十诫》的第一条便是：

> 我是耶和华——你的上帝，曾将你从埃及地为奴之家领出来，除了我之外，你不可有别的神。

它的意义与价值恰恰就在于对多神教的统一，一神教在那时诞生。希腊的文化是诸神共同铸造的文化，因此，当罗马文化发展到后期在遇到基督教文化时，便被一神教所征服了。从意愿上来讲，罗马文化也需要一神教为乱象丛生、欲望崇拜的自身进行一次清理。

中国文化发展到汉武帝时期，也需要一个综合。新的儒家便产生了。但是，与罗马不同的是，罗马将外来的基督教、犹太教视为仇敌，给予严厉打击，采取了驱逐的措施。而汉明帝采取了向外开放，积极寻找精神资源的政策。此种广阔胸襟在历史上是第一人。没有他，便没有中国学术的进一步发展。

他的胸怀，绝不比汉武帝和唐太宗逊色多少。在他之前，只有"黄帝问道"和秦始皇派人到东海求仙的故事，但都没有什么结果。他的重要性和可贵性在于，在汉武帝"罢黜百家"之后，他以一个梦的方式将新的一家学术引了起来，且是西域的一家。那个时候的中国何其自大。从《山海经》起，从周穆王起，从丝绸之路起，西方都不过是比狄戎好不到哪里的蛮夷之族耳。神鬼之地，大概如此。中国要向这个地方学习，要向一个比自己还要弱小、蛮荒的地方引进学术思想，得是怎样的胸怀？怎样的胆识？

在他之后，唐太宗，这位天可汗又一次怀着汉明帝一样的胸襟，派玄奘去西方取经。唐太宗之后，中国的学术思想又走向聚合的道路。近现代中国向西方学习已经是迫不得已了。垂老的中国被自己发明的火药打得千疮百孔。即使那样，中国似乎仍然拥有汉明帝和唐太宗时期的基因，所以，"五四"又呈现出一个百花齐放、百家争鸣的学术景象。向西方学习仍然是中国思想学术发展的重要路径。

西方，古代中国人认为地势最高的地方，有神人存在。所以，古代中国便不断地向西方去取经。从汉明帝到唐太宗并一直到北宋，这条路径没有断过。

而东方，是中国人认为仙人存在的地方。秦始皇求仙的东海，李白梦中的天姥山则是世界的另一边缘。从宋代开始，当西方的道路被阻断之后，中国人又开始向海上开放、寻求新的精神资源。谁也没有想到，最终，中国人仍然到达了西方。

我们有一种错误的认识，即中国的农耕文化从来都是自给自足的，它不需要向外侵略，也不需要向外寻求帮助，因此，我们总是把中国的文化定义为保守的、封闭的。事实上，中国的思想学术是世界上最开放、最愿意向外学习的文化之一。也因此，它才拥有合和的胸襟，也因此，它才始终没有从历史上消失。

白马寺的意义

那匹白马自然也是有缘者了。它驮来佛经,功莫大焉。于是,专门以它为名建立了中国第一座佛教寺院。它也有了与佛一样的待遇——塑像,供人瞻仰。一千多年之后,它再次复活于吴承恩的《西游记》中。它今天仍然活着。

与它一起来到中国的两位僧人迦叶摩腾和竺法兰,也是有缘者。他们成了佛教在中国最早的传教者。据说,他们带来的梵本经典,有六十万字左右。有生之年,他们共同翻译了《法海藏经》《佛本行经》《十住断结经》《佛本生经》《佛说四十二章经》等,合计一十三卷。第一部翻译的经典,就是《佛说四十二章经》。到现在,保存下来的也只有这部《佛说四十二章经》。

《佛说四十二章经》第四章《善恶并明》章云:

佛言:众生以十事为善,亦以十事为恶。何等为十?身三、口四、意三。身三者:杀、盗、淫。口四者:两舌、恶口、妄言、绮语。意三者：嫉、恚、痴。如是十事，不顺圣道，名十恶行。是恶若止，名十善行耳。

假如我们把《论语》《中庸》《大学》《礼记》等经典中的章节与此进行对比，就会发现很多相同又不同的地方。《礼记·礼运》篇除了对大同世界的想象，还有对一些伦理的简单确立：

> 何谓人情？喜、怒、哀、惧、爱、恶、欲，七者弗学而能。何谓人义？父慈、子孝、兄良、弟弟、夫义、妇听、长惠、幼顺、君仁、臣忠，十者谓之人义。讲信修睦，谓之人利，争夺相杀，谓之人患。故圣人之所以治人七情，修十义，讲信修睦，尚辞让，去争夺，舍礼何以治之？饮食男女，人之大欲存焉；死亡贫苦，人之大恶存焉。故欲恶者，心之大端也。人藏其心，不可测度也。美恶皆在其心，不见其色也，欲一以穷之，舍礼何以哉？
>
> 故人者，其天地之德、阴阳之交、鬼神之会、五行之秀气也。

显然，在孔子之时，主要是对人与人之间的伦理进行了大致梳理，而到了孟子与荀子时，便对人性善恶进行了争论，这是儒家学术史上的一次飞跃。因为争论，一些细节开始确立。到了董仲舒时，儒家对伦理的确定就上升到国家纲纪，也就是三纲五常基本伦理的确定。但是，我们仍然发现，儒家没有像佛教详细地历数人的善恶，对人的日常生活还缺乏详尽的确立，自然也没有讲如果做了恶事会如何处罚。

佛教也对人性进行了长时间的观察，但佛陀对这些讲得更清楚。比如，上面所讲的"两舌"，是犯了"无间罪"，死后，要把舌头拔起来，堕到"拔舌地狱"。连舌头都有专门的地狱等候。从这个意义上讲，佛教对生活的指导意义更细致，也更有威严，因为人一旦有罪就要在地狱里受罪。佛教走得更远一些。

再比如，佛教对妻、子的认识与儒家的大不同。孔子讲礼与仁，又以中庸之道一以贯之，所以，在很多地方，讲求适可而止，而不绝对。在面对人的性与欲时，孔子曰：饮食男女，人之大欲存焉。其门徒告子也曰：食色，性也。孔子对人性是很尊重的，所以，两千多年后，西方的存在主义哲学家雅斯贝尔斯将孔子、耶稣、苏格拉底、佛陀定义为人类思想范式的创建者，而将孔子定义为人性道德、思想范式的创造者。在轴心时期的历史上，再也没有一个人不靠神，只靠自己对人性、天地万物的观察与思考而得出关于人类如何生存和相爱的一套哲学。儒家对治家非常重视，将家与国在一定意义上并列，并有三纲五常护持，后来还诞生了一系列家规、家训，成为中国文化的一部分。佛教是反抗这些的。《佛说四十二章经》第二十三章《妻子甚狱》章云：

佛言：人系于妻子舍宅，甚于牢狱。牢狱有散释之期，妻子无远离之念。情爱于色，岂惮驱驰！虽有虎口之患，心存甘伏，投泥自溺，故曰凡夫。透得此门，出尘罗汉。

第二十四章、二十五章又云：

佛言：爱欲莫甚于色。色之为欲，其大无外，赖有一矣。若使二同，普天之人，无能为道者矣。

佛言：爱欲于人，犹如执炬逆风而行，必有烧手之患。

在这里，佛教成了儒家的对立面。在学理的层面上，儒家对人性和现世人生是持乐观态度的，既尊重人性有不足的一面，也顺应人性有好的一面，但它强调有个度不能过，这就是中庸之道。但何为中庸？孔子说，刀山可以赴，火海可以下，中庸之道难以达也。就是说这个度很难去把握。中国人的生活哲学中强调既要合乎情，又要合乎理，便是这个把握。众人都认为好了，连鬼神也安宁了，那就是达到中庸了。至于法，也是由中庸之道来调节。这与佛教和基督教详细的规定有所不同。佛教的十善、十恶带有绝对性。这在基督教中也有相同的论述。比如，电影《七宗罪》中形象地讲述了天主教规定的七宗罪：饕餮、贪婪、懒惰、淫欲、嫉妒、暴怒、傲慢。再比如，《摩西十戒》既是犹太教的教义，也是基督教的教义。

人类社会在公元前1000年之内是极度黑暗的，但也是人类文化草创的黄金阶段。我们的祖先为我们积累了生活的诸种经验。雅斯贝尔斯将公元前800年至公元前200年这段时期定义为人类的轴心时期，意思是在这段时间里，人类古代的几大文明同时出现，并且创立了各自地域所依赖的学说。时至今日，这些学说仍然发挥着基本的作用。事实上，应该将其时间再推后两三百年。因为在公元前后的一两个世纪里，欧洲文明发生了真正深刻的变化，在希腊化的基础上与基督教结合，印度文明中的佛教也趋于完善，中华文明中的三股力量（儒释道）开始融合并确立了以儒家为主流的学说体系。也是在这个阶段，所谓的几大帝国才正式从文化上得以确立，而且共同趋于宗教的完善阶段。

也是从这个意义上，佛教的进入中国，可以说为儒家、道家还没有深入的日常生活、人性的深层次进行了一次全新的阐释。这也许是民间所需要的信仰。佛教对儒家的革命还有政治上的。当儒家成为皇帝、知识分子安身立命的途径后，底层民众便只有通过这一条通道才能成功。佛家则反对一切不平等，提倡有情众生皆平等。这也许是佛教首先在民间兴盛的原因。唐朝的韩愈在反对佛教时曾言："佛本夷狄之人，与中国言语不通，衣服殊制。口不言先王之法言，身不服先王之法服，不知臣君之义，父子之情。"从这一论述中可以看出佛教与儒家的不同以及当时儒家知识分子中一部分人对佛教的反对。

最后，儒家在孔子时期就重视祭祀，但孔子又不语乱力怪神，这就为人类的终极问题留下了巨大的疑惑。祭祀谁呢？人死后还有灵魂吗？现世的善恶有回应吗？这正是董仲舒要解决的大问题，但是，他似乎并没有完美地解决这个问题。佛教却解决了。佛教毫无疑问地肯定人是有灵魂的，灵魂是要轮回的，善恶是有因果的。于是，中国人学术中的一些终极价值问题就这样在佛教这里得到阐释。佛教在中国便渐渐立足。

这就是白马寺在中国学术史上最重要的意义。

白马寺的天空

历史的幽冥之处，往往因为两个漏洞无法说清：一个是大的，整个民族思想学说上的转折；另一个则是小的，某个个体的生命体验，甚或是其个性的彰显而导致历史的变化。

白马寺的建立，便是一也。历史上很多学者都不大愿意说出儒家学说的不足，所以，对于汉明帝的做法也没有一个学术上的正当理由，仅仅将其当作一个皇帝的梦，一个手握大权的皇帝不理性的一个举止。这难道是真正的理由吗？中国人总是说，水到渠成，佛家说，机缘成熟，说的都是一个意思。所以说，白马寺的建立是中国学术史上的一座丰碑。

但也正是它的建立，刺激了中国的学术界。

首先是儒家对自身的修正。儒家被称为儒教，是佛教传入中国之后的事。汉代末年，儒者蔡邕正式使用作为名词的儒教："太尉公承凤绪，世笃儒教，以《欧阳尚书》《京氏易》诲受四方。学者自远而至，盖逾三千。"（《蔡中郎集》卷五）魏晋之时，"儒教"一词流行起来。隋唐以后，它就真正成了国家的宗教。王维在《和仆射晋公扈从温汤》诗中道："王礼尊儒教，天兵小战功。"佛教对儒家的影响主要在于各种体系的建设。如礼制到隋唐时更加完备，祭祀也从祭祖到祭"昊天上帝"，同时，唐代每个县都建有孔庙祭祀孔子，历代王朝都有对孔子的加封，至清代，孔子祭祀一度成为最高级别的"大祀"。再比如对经典的重视，有"六经"之说，有"四书五经"之说，也有"十三经"之说，这也便是"神道设教"的具体体现。这都可能受到佛教的影响。这种影响一直到了北宋时期的理学，才完成了如同佛教一样的日常伦理教育体系，如对善恶的论述，对各种礼教的确立。

其次是直接催生了本土道教的创立。中国的古代文化是巫史共存。就拿《易经》来讲，从《周易》始，不但易理得到儒家的阐释，成为儒家经典之首，而且其象、数也被儒家继承下来。南怀瑾在《易经杂说》中讲道，孔子时，其学生商瞿四十岁时还没有儿子，商瞿母亲便去问孔子，孔子掐指算了一下，说商瞿以后会有三个儿子，果然如此。所以，人们认为，孔子传《易经》给学生商瞿。商瞿传下来的主要是象和数。孔子的学生子夏后来也讲《易经》，有学生问他，明天下雨吗？子夏说，不下，结果下了雨。子夏传下来的是易理。从那时起，《周易》就分野了。历史也从那时起，分为两种传统，一种是所谓的正统历史，即由各王朝记载的正史，容易被人相信；另一种则是民间相传的野史，野史是有巫的部分，自然也有象和数的部分，所以就有很多地方存在争议，不容易让人相信，但冥冥中又觉得不可全不信。把这些都加起来，就是真正的历史。历史其实一直都没死，还活在那儿，只是等待我们去发现，重新去解释。后来，易理的部分被儒家继承了下来，朱熹注《周易》，讲的只是理，并不讲象与数，所以南怀瑾认为，朱熹没有继承《周易》的另外一部分。象与数的部分被道教继承了，再与之前的巫结合起来，并吸引墨家的鬼神崇拜，在佛教到来后，便应运而成长为道教。所以，道教的历史源远流长，最早可以追溯到黄帝问道之时，其实也可以追溯到中国最古老的巫术崇拜那里。但这是有了佛教的对照才促使其完成自身的血脉。然后，在佛教的对照中，道教很快就创造了自己的神学体系。到了宋明理学之时，三教合一，彼此认可，神佛也可以坐在一起论道了。

从一定意义上来讲，汉时道教的产生是中国文化在外来佛教文化面前的一种文化自醒。后来的《老子化胡经》虽然有些杜撰的部分，但也显示了中国文化不愿落后于印度文化的一种微妙心理。佛道两家在历史上的种种恩怨，也是中国文化与外来文化之间的微妙心理而造成的。然而，中国有一种精神是了不起的，那就是对外来文化的宽容接纳。儒家始终是正统，但这并不影响道家的存在，更不影响外来宗教佛教的传道，所以，佛教虽产生于印度，却在中国昌盛。这种文化心理在其他地区很难找到，只有古罗马还有那么一种胸怀。但古罗马文化在接受希腊文化和基督教文化后，其自身的文化基本上就消失了，它成了外来文化的殖民地。

最后，佛教与中国文化心理相适应，成为了当时中国人的宗教。关于这一点，白马寺的功劳是巨大的。

白马寺的第一代主人迦叶摩腾和竺法兰翻译的《佛说四十二章经》，当时在中土并没有多大的影响。这些胡人在中国有一个被接受的过程。但一晃很多年就过去了，他们似乎也没做多少事就埋骨于白马寺。佛经在寂寞地等待有缘者的手将其翻开。那匹白马也一直在向西张望。八十年很快过去。白马寺的院落里落叶飘飞，时间堆积成尘埃。这个佛教向中土传教的码头有些破旧了。忽然的一天，有一个叫安世高的人推开了白马寺的大门，将这个码头上的灯火又一次点亮了。

这已经到了汉朝的末端，桓帝之时。安世高是安息王嫡后之子，"捐王位之荣，安贫东道……宣敷三宝，光于京师"。可见，那时佛教在安息多么发达。据说，这位王子通晓"外国典籍及七曜五行、医方医术"。历史需要传奇，因为只有传奇才是最好的传播方式。佛祖何以立教？不仅是有非凡的见识，更有其种种传奇的经历。佛教在中国民间的传播首先是佛陀的种种圣行经变故事。那么，佛的使者呢？他应当也有种种非凡的能力。安世高便具有这样的能力。从公元148年至170年的二十多年内，他不但译出《安般守意经》《阴持入经》《百六十品经》等95部共115卷佛经，比迦叶摩腾和竺法兰的功德还要高，而且他用自己的奇异之术证明了佛法的高超。他对中土人士宣扬坐禅法，以此来引导人们进入佛教的世界。安世高的来临吸引了很多人，他还登坛讲法，将这个传教的码头变成了一座圣地。它在不断地崛起，升高。很快，中土信佛人士一眼就看见了它，而西域那些有志传教的僧人也能瞭望到它的圣火。

又一天，又一个西域僧人推开了白马寺的大门。据说这个人博学渊妙，才思精微，被人们称为"月氏菩萨"。他就是月氏人支娄迦谶。可喜的是，这个菩萨懂汉语。更可喜的是，他把大乘佛教带到了中原。迦叶摩腾、竺法兰、安世高翻译的佛经都是小乘佛经，是关于个人修行的佛法，而支娄迦谶的大乘佛教则是关于普度众生的佛法。

简单来看，小乘佛教与中国的道教有一些共同的地方。它们都是关于出世的哲学和信仰。即将个体生命的觉悟及修炼作为第一要务，把证得"阿罗汉"果作为修行的最高目标，并且信仰有最高的神。道教是太上老君，而小乘佛教则是释迦牟尼。但大乘佛教超越了这一切，它有积极入世的特点。它讲求自度度人，以"普度众生"和成佛作为最高目标，这与中国的儒家和墨家有共同的理想。它还强调，在三世十方有无数的佛，释迦牟尼只是一个有觉悟的佛，在他之前、在他之后都有与他一样的佛存在，所以，便有人人都可成佛的道理。这也与儒家人人都可成为圣人的观点一致。由于这样的观念，所以，大乘佛教就有了各种各样怀着宏大愿望的菩萨。如地藏菩萨发下"地狱不空，誓不成佛"的宏愿，观世音菩萨发下"解脱一切众生之苦"的宏愿。这些菩萨对人世间都怀着巨大的同情心、爱心和怜悯心，与儒家的圣人有共同的情怀。

那么，一个有趣的问题便产生了。为什么先前三位高僧不直接传授两种佛法呢？一个很大的原因是小乘佛教产生早，迦叶摩腾、竺法兰以及安世高所习的都是在孔雀王朝时所讲的佛法，他们并没有接受大乘佛教。大乘佛教是大约在公元 1 世纪左右，印度佛教内形成的一种新的思想学说和教义教规，也是对小乘佛教的革新和发展。可以说，支娄迦谶在中国传授大乘佛教使中国拥有了最新的佛教学术成果。

大乘佛教的产生，使佛教拥有了再生的力量和空间，也使佛教真正成为一个世界性宗教。有意味的是，在此前后，从犹太教中诞生的基督教也是对犹太教的一次全新的革命。犹太教只爱护犹太人，而基督教则要爱整个人类。由是，佛教和基督教便成为公元前后在人类世界扩张最成功的宗教。

所以，对于以儒家为主的汉室天下来讲，大乘佛教的来临无疑更为妥帖。儒家的仁爱思想和积极入世的态度与大乘佛教不谋而合。这也许是大乘佛教后来在中国普遍流行的主要原因。

所以"月氏菩萨"支娄迦谶的来临，使佛教在中国拥有了新的天空。白马寺的天空也变大了。当时的东都洛阳，可以说是世界上最繁华的大都市之一。丝绸之路的开通使西域诸国的商人、僧人都有到洛阳来传教的理想。于是，印度的竺佛朔、安息的安玄、月氏的支曜、康居的康孟祥等都不约而同地来了白马寺，使这里一时之间成为东都洛阳最奇特的地方。

灵魂的依怙

在儒家学说中，有一个问题始终没有回答，即人死后到底去了哪里？人在现世的种种行为，无论善与恶都会有价值的回报吗？

翻开《论语》，我们看到孔子对祭祀非常重视，把孝道提得很高。孔子说，"自古皆有死"，"死生有命"，但"未知生，焉知死"？还说，"朝闻道，夕死可矣！"当他站在黄河边上，看见滚滚之流叹道，"逝者如斯夫！"《史记》中记载，当他突然感到自己要死亡之时，发出悲鸣的呼号，"弗乎弗乎，君子病没世而名不称焉。吾道不行矣，吾何以自见于后世哉？"《礼记》中又载：孔子临死之前感叹："夫明王不兴，而天下其谁能宗予，予殆将死也。"说完，他就闭上了眼睛。

先秦道家似乎也没有回答这个问题。老子说，有生于无。庄子说，人生于道，死的时候又回到道。但道是什么呢？庄子说，他怎么能知道呢？又说，也许一万年之后有一个聪明人能回答这个问题。有时候，庄子又说有些方式接近于道，如荒野之大树，江湖之瓢。

世俗之大众如何能接受这些终极回答呢？显然有大问题。就在这个时候，佛教进入了中国人的视野。在迦叶摩腾、竺法兰的时代，历史记载，只有楚王刘英信佛，其他皇室子孙及知识分子还没有信佛。到了安世高和支娄迦谶的时代，已经有好些汉人开始追随于他们翻译经典，如受教于安世高的严佛调，洛阳人孟福、张莲等十多人。到了西晋之时，已经普及到老百姓了。但是，对于佛教来讲，一个最大的问题便是：只有真正遵守佛教戒律，才算是入了佛家之门。那么，中国人是如何跨过这一关的呢？

第一个剃度为僧的中国人，叫朱世行。给朱士行施戒的是昙柯迦罗。这位印度来的高僧，在白马寺开创了佛教在中国的新篇章。他把佛教的戒律翻译到了中国。戒律之于佛教，就像肉体之于灵魂。佛教有戒、定、慧三学，戒为其首。有戒方有定，有定方有慧。据说，他出生于大富人家，青年时期表现出智慧过人，"读书一览，皆文义通畅"。但是，有一天，当他看到一本佛经时，竟然不能懂，于是便去请教，结果就信了佛。那一年，他二十五岁，信了，便出了家。之后，来到中国传法。所以，在他看来，戒律是第一位的。他来到白马寺，为中国翻译了第一部佛教律典《僧祇戒心》，也是第一个为中国人授戒的印度僧人。而这第一个人，便是他在白马寺收的徒弟朱士行。

从各种史料来看，朱士行在少年时出的家，没有家室。但为何出家？没有地方记载。从其师昙柯迦罗的出家来看，大概也很简单。就是真信了，也有"远志"，便出了家。世界上除了那些一生下来就处在宗教区域的人们毫无条件地信了该地宗教外，其他人要信仰宗教是非常艰难的。除了从理论上证实之外，一般都有个体难以解说的经验。朱士行的出家也许两者都有。今天我们已经无法再去探知他当时的心路历程，但有一点是确信无疑的，那就是，他是真的信仰佛教。于是，他成为中国第一个剃度为僧的沙门。

出家，意味着将世俗人生的一切烦恼抛之脑后，置之度外。世俗世界的名利场、情爱仇恨、华服美食，他都超越了。其灵魂飘飞于众人之上。这对朱士行来讲，定是奇妙的感受，一切都寂静下来。他唯一要做，也是立志要做的，便是信仰佛教，传播佛法。于是，他做了两件不可思议的大事。一是开坛讲法，他成为中国历史上第一个弘扬佛法的汉人。但是，在他宣讲佛法之时，发现了译经中最大的问题，即翻译带来的断章取义，还有最早的翻译者用道家的理论和词汇来翻译佛经，总之，佛理不通。他从师傅那里知道在西域有第一手的佛经。于是，他做了第二件事——西行求经。他从洛阳出发，经雍州，涉流沙，经过千辛万苦，终于到达西域的于阗，也就是今天新疆的和田。在那里，他看到了真正的大乘经典，派人送到了洛阳，而他当时知道自己大限已至，索性不再回国，便埋骨于他乡。他成为中国历史上第一个西行求经的人。

朱士行的意义还在于，从他开始，中国的僧人不再由皇帝派出，而是为了自己的信仰和传播佛法信念，自愿走上西行取经求法的道路。从他之后，西行者的身影便不断地闪现在古老的丝绸之路上。法显成为历史记住的第二个西行求法者。从昙柯迦罗、朱士行，再到法显，中国的佛教才完成对戒律的学习。

在白马寺之后，洛阳成为当时中原佛教传播的中心。白马寺建成三年后，在离洛阳东南约 65 公里的嵩山玉柱峰下，建成了大法王寺。在此前后，在山西五台山台怀镇北侧建成显通寺（原名大孚灵鹫寺）。到了晋代，洛阳有佛寺四十二所。而到了北魏太和年间，洛阳的佛教活动呈现空前兴盛的场面。据《洛阳伽蓝记》记载，当时洛阳佛寺竟达 1 367 所，"寺夺民居三分之一"。北魏末年，江北地区已有佛寺达三万余所。

从朱士行开始，真正的信仰也便从那时开始。到了西晋时，剃度为僧者达到三千七百多人，北魏末年时达两百多万人。而接受了佛法教育的民众与知识分子就无法估量了。真信了，便剃度为僧，而那些半信半疑的人们呢？在他们的生命中，佛法已经种下了。那么，对于那些已经信仰，但又因为种种现世的缘不能出家的人呢？这就是居士产生的原因。

就这样，佛法以白马寺为中心在诸多寺院中落地生根，它开始真正地影响中国人的精神生活。然而，寻求佛法必须要出家吗？这是那个时候世俗中人在信仰面前最大的疑问。直到今天，这个问题仍然在问。基督教、伊斯兰教与佛教有一个很大的不同，即如何在更为广大的民众中传教的做法。佛教是自愿的，愿意出家的称为僧人，这是佛教的开明之处。这样就慢慢产生了一个问题：怎样做才算是真正的开悟呢？

这是中国佛教发展到魏晋时期必须要解决的一个学术问题。

在朱士行出家两百多年后的一天，从北印度来了一位僧人，名佛陀扇多，受到了魏孝文帝的推崇。孝文帝特为他在嵩山创立少林寺。而他在公元 525 年至 539 年，先后在白马寺和邺教金华寺翻译了十一部佛经。与此同时，另一身怀大法与绝技的印度僧人，凭一叶扁舟来到中国。他先去了南京，见到了梁武帝。

武帝问达摩："朕继位以来，营造佛寺，译写经书，度人出家不知多少，有什么功德？"达摩说："并没有功德。"武帝问："为什么没有功德?"达摩说:"这些只是人天小果,有漏之因,如影随形,虽然有,却不是实有。"武帝说:"怎样才是真功德呢?"达摩说:"清净、睿智、圆妙,体自空寂。这样的功德,不是在尘世上追求的。"武帝又问:"什么是圣谛第一义?"达摩说:"空寂无圣。"武帝又问:"回答朕的问话的人是谁?"达摩说:"不知道。"武帝没有领悟。于是,达摩来到了洛阳。

达摩来到洛阳,参观洛阳的各大寺院,自然白马寺不会错过。他对洛阳的佛寺宝塔极为赞赏,感叹"极佛境界,亦未有此!",因而"口唱南无,合掌连日"。他最终选择了嵩山少林寺,在那里面壁九年,并收弟子慧可,禅宗从此确立。

禅宗的确立,使佛教与中国儒道真正地融合,也使擅长玄谈的中国知识分子意会,在内心深处接受了佛教。佛教由此在中国学术界得到真正的认可。

一个假说

今天，宗教似乎已到学术的边缘。科学、哲学、历史、艺术以及后来诞生的人类学、考古学、心理学等成了真正的学术核心。但在古代人类的学术史上，宗教是核心学术之一。它回答着人类的终极追问。它的使命和价值在于，在法律和社会制度尚不健全的时候，它代表公共道德、信仰价值，它还指导人类的具体生活，成为人类灵魂的依怙。

今天，人类靠科学发明、创造财富，靠哲学、艺术以及形形色色的大众文化娱乐自己的灵魂。用西方一些哲学家的话说，人类"杀死"了上帝，自己开始成为自己的主宰，宗教，便成为一部分人的信仰。在中国，尤其如此。它已经不能像在古代那样占据人类的精神空间。

在儒家将《易经》作为首经之时，儒家的思想中已经有了天人合一的整体观念。孔子说："易为天地准。"按南怀瑾先生的研究，《易经》是中国古人关于天体和大地的学说。它不仅诞生了儒道两家，还诞生了中医。据说，孔子到了五十岁时才学《易经》，到他七十三岁去世时，他仍然在感叹，如果再给他几年，他就能将《易经》完全理解了，可见《易经》之难，非常人所能学。但孔子之后，能真正传承《易经》之玄学的没有几人，大部分都是解释其易理，到朱熹时更是如此，所以南怀瑾认为朱熹虽创了理学，但也基本丢了玄学，只得了孔子之学的一半。王阳明对此有疑问，终在龙场悟道，创立了心法。

让我们再回到佛教初建并发展的西汉及魏晋时期。那时，中国的学术界出现了一派新的气象，要对过往一切学术进行一些新的解释。这场解释的结果又导致了一个新的学术现象，即清谈玄学之风。从历史的行间，我们能看到郭璞是当时继承《易经》最明显的一个大师，据说，还是中国风水学的鼻祖。《晋书》记载，郭璞在国家大事中屡卜屡中，所以在当时为传奇人物。到了西晋末，他被镇东大将军王敦任为记室参军。324 年，王敦一心想谋反，就请郭璞占卜。郭璞便卜了一卦，想以礼教来劝说王敦，并说卜辞不吉，谋反必败。王敦便问，那你能卜出自己的命运吗？郭璞说，当然知道，你要杀我。王敦说，既然知道，为何还要来？郭璞说，这是命数。那一年郭璞 49 岁，刚刚到孔子学《易》的年龄。

谈玄是魏晋之风。伴随玄学的便是佛教的深入。这是中国学术史上的一大景观，中国文人之风骨在那个风起云涌的时刻表现得淋漓尽致，风采无限。一部《三国演义》将魏晋之前中国知识分子刻画得星光灿烂，多姿多彩，而一部《世说新语》又使魏晋名士风采跃然纸上，叫人拍案称绝。中国历史上，除了诸子百家时期外，魏晋时期便是中国最富美学意味的时期了。《三国演义》和《世说新语》基本都是描写儒家知识分子的历史命运和生活细节，那么，道家和佛家的存在又在哪里？

鲁迅把魏晋之风归结为药与酒、姿容、神韵，李泽厚补充说："还必须加上华丽好看的文采词章。"这哪里能够？这只是对竹林七贤、王谢诗文、名士之风、陶潜出世、二王书法的形容。他们仍然没有重视那个时代道家与佛家的行动，尤其是佛家。中国学术从汉开始进入尊孔之后，就进入一个"我注六经"的学术时代。像孔子一样的高峰不可能再有了。道家和佛家却人才辈出。

读史可以看到，三国和两晋也面临着战国时期的纷乱局面，皇室崩裂，诸侯争霸。它也正好像春秋战国时期一样，知识分子可以著书立说，开创新知。乱世给知识分子强加了一种使命和强力，迫使他们走出书斋，直面乱世。这就是三国时期以曹操、诸葛亮等为代表的知识分子群体。但是，乱世更替，命运无常，知识分子又不得不苟全性命，便导致他们以侠、邪、怪、傲等形态出世，以谈玄避世或喻世，这就有了《世说新语》中的名士之风和玄学之风。

然而，一个非常重要的问题是，是玄学影响了佛教的发展，还是佛教的引入刺激了中国本土玄学的产生及发展？长期以来，学术界普遍的看法是因为政治上的动荡和社会的变迁导致了玄学的产生，而玄学又正好可以解释佛教的义理，因此，佛教得到很好的传播。我们是否可以有另一种假说，即佛教的传播导致了魏晋玄学的产生，玄学与佛教是互相影响、互为因果的关系。因为早在魏晋之前，佛教已经传入，到魏晋之时已经有一百多年的传播和影响。

首先，中国思想学术发展到东汉时，需要回答一些形而上的问题，一些终极价值问题，佛教应运而至。但是，佛教的到来也刺激了道家，道教应运而生。道教产生于西汉末年。如果从这个事件来看，佛教对儒家的影响也是极大的。儒家知识分子是当时的士人阶层，佛教与道教还都是在民间传播，且那时佛教人士大都被认为是方术之士，与当时被边缘化的道家人士有些类同。然而，从汉明帝开始，历代一些皇帝和王侯都非常推崇佛教高僧。比如，早在汉明帝迎西域高僧迦叶摩腾和竺法兰时期，楚王刘英就好黄老，崇佛陀，说明在那个时期的楚国就已经有了佛教的传播。此后经年，不断有西域高僧到东土传法，这必然会刺激当时的知识分子对佛教的关注和研究。《后汉书·陶谦传》记载说，东汉末年献帝时，丹阳人笮融"大起浮屠寺……可容三千许人……每浴佛，辄多设饮饭，布席于路，其有就席及观者且万余人"。曹魏之时，曹植喜读佛经，魏明帝曹睿尚佛，曾大起浮屠（塔）。据《佛祖统记》记载，自东汉至东晋共译出佛典近千部，信徒日益增多，到西晋已有寺庙一百八十多所，僧尼三千七百多人。这足以说明佛教在当时的影响甚巨。再比如，前秦苻坚派大将吕光西征，其中一个目的是迎取圣僧鸠摩罗什。当他攻克襄阳时说："朕以十万之师攻取襄阳，唯得一人半。"此一人指的正是一代高僧道安大师。皇室王侯如此，下士民众必当重视。佛教宣扬的色空学说和灵魂轮回学说以及因果报应学说在乱世中产生了巨大的吸引力。从上至下，佛教的思想开始在士人们心中传播，也使乱世中所有人的灵魂依怙。因为这样的影响及学术上的成就，佛教对儒家的正统地位便产生了威胁，儒家学说便不得不向佛道两家寻求学术上的融合。玄学就此产生。此其一也。

其次，从当时儒道两家的心理上来讲，主张文化自信，必将对自身文化进行一次新的解释。所以，一方面要驱除佛教，这种事情在魏晋时期多有发生。如南北朝时期周武帝灭佛诏中云："佛生西域，寄传东夏，原其风教，殊乖中国。"到了唐时，韩愈上书灭佛也是此理。另一方面，要用自己的文化来解释一切现象，要表现出佛教中之理，其实在中国文化中早已存在。这就是玄学也讲"无"的道理。这也同时把儒道两家推动了起来。当时的情形是，佛教主要在北方两京和河西地区传播，而南方相对要差一些，南方主要是南迁的世族们的清谈。于是，我们便能看出一种文化心理，即南迁的王公世族们虽然也受到佛教的影响，但是，出自文化的自尊和对儒家的革新，以及对佛教的调和，便有了谈玄之风。此其二也。

最后，佛教和道教在这种情况下借势发展，对佛教的解释常以道家的理论为工具，这样既是对道家的尊重，又很好地解释了佛教，调和了佛道两家的矛盾。儒家在面对佛教的挑战时也更认同道家，所以，当时那些谈玄的名士们大多都是儒家出身，但也都有了道家的外衣。因此，我们可以得出一个结论：佛教的参与，使魏晋时期的思想学术得到了更新，使汉以来独尊儒术的学术局面发展成为多元融合的构架。

至此，佛教真正地成为中国思想学术的重要组成部分，并在中国得以长足发展。如果我们能够承认这样一种观点，那么，我们就可以重新来解读那时三教发展的历史和一系列历史细节。而这一切，都离不开白马寺的建设与传法。因此，古人将白马寺称为"祖庭"和"释源"。

凉州：荒原问道

重新擦亮大西北

一

小时候，冬天的早晨，我和二弟从被窝里爬起，便哈着热气跑到院门前看日出。仿佛太阳在召唤我们，我们都应命而起，而出。小时候的习惯真可谓天人合一，但后来我们被城市俘虏，远离大地，远离自然，甚至远离太阳。不分昼夜地作息，每天在头痛中醒来，眩晕，恶心，伴随着隐隐的愤怒。我父亲至今还保持着我们小时候那样的习惯，很少有过头痛。他睡醒的第一件事就是在大地上漫游，去看看他的庄稼，去看看四野的变化，然后回来吃早饭，开始新的一天。现在每次回老家，我都要睡个自然醒，但也正好是日出的时间，醒来时头脑清醒，从未头痛过。所以我常常对父亲说，那院房子就一直放着吧，等我退休后再住，重返大地，重返自然。我还想应太阳的命令起床，去像小时候那样哈着气等着它的伟大出世。

记忆中，二弟总是飞速地冲进厨房，在水缸里扳上一块冰放到嘴里，一看祖母在厨房里做饭，便往外跑，祖母追出来，要他吐掉冰，怕伤了身体，他箭一样飞到了院门外。然后祖母好像被什么劝止住一样，并未追出来。

我们便看到火红的太阳从神秘的东方迅速跳到大地上，整个凉州大地被一片绯红的色彩掠过，然后就暖和了起来。

这时，一队骆驼从北方缓缓走来，穿过巨大的太阳轮廓，向着凉州城缓缓走去，形成记忆中的剪影，也与无数的摄影作品在漫长的记忆中复制、黏合，重新勾勒，永远变动不居。

下午的时候，那个驼队会从凉州城出发，再经过我家远处的那条路，往北而去，消失不见了。那个时候，骆驼走过的那条道还是土路。几年后就开始铺石子，又过几年，便成了柏油马路。在铺石子的时候，驼队突然间就好像没了，不知道到哪里去了，代替它们的是一辆辆卡车。很多青年看见卡车过来，就跑去扒车，因此丢了性命。大人们总是成群结队去围观丢了性命的人，回来描述人的身体如何被卡车辗过后的惨状，但就是不让我们小孩子们前去。愈是这样，我们就愈是要冒险。小时候，我们队里的小孩子都曾跳上过卡车，但还活着。

许多年之后我才知道，那条驼队走过的路是从凉州城出发，穿过民勤周围的沙漠，往阿拉善右旗，最后汇入阿拉善戈壁那条隐秘的古丝绸之路的一条小道。我曾穿过那条古道一直到额济纳旗。一路上，除了戈壁，还是戈壁。

也是在民勤和阿拉善，我吃到了当地人的美食：驼掌。我吃着吃着便想起了童年的骆驼，温暖的骆驼，古老的骆驼，丝绸之路的骆驼，带着某种神迹的骆驼，原来都是被吃了。我在喝着那带着酸辣味的驼掌汤时，我的心里五味杂陈。我们是吃着自己的童年长大并老于世故的啊。我们只能如此。生态的延续并不以我们的情感为纽带，这就是"天地不仁，以万物为刍狗"的天理。我父亲养的羊长大后，他看着那肥大的身材赞叹说，呵，这个羊吃起来一定很香。他的赞叹是由衷的，我甚至能听到他的胃也高兴了一下。但我的女儿，他的孙女就有些听不下去了，说，爷爷，你怎么能舍得吃自己养大的小羊呢？父亲诧异地问她，养它就是为了吃啊。那只小羊是父亲的牺牲，也是天地的牺牲，女儿不明白。但我明白。父亲代表的是古老的自然的律令，而女儿动用的是人的情感法则。我无法解释，只能各自去体会。

在青土湖畔，我看见广袤的沙漠将大地淹没，一条新修的公路通向陌生的北方。我问朋友，这条路通向何方。朋友说，阿拉善右旗。我的目光消失在遥远的北方，心里喃喃自语，阿拉善，阿拉善，苍天般的阿拉善，到底是个什么模样呢？

也许是因为这好奇，也许是因为这念想，那年秋天，我就去了阿拉善。一个笔会给予了我这个机缘。从阿拉善左旗出发，我们一行十几人顺着一条原始古道往阿拉善右旗奔去，然后又到额济纳旗，一天之内我们跑了六百多公里。一路上，几乎没有别的车。很长时间才能碰到一辆车相向而行。额济纳旗据说是匈奴和西夏最早的首都。若从匈奴和西夏人的生活场域来看，这条荒道倒是他们无障碍的天然通道。当我站在中蒙边境策克口岸遥望蒙古国那茫茫荒野时，我便想起古中国那些策马扬鞭的往事。

那是一条很少有人提及的古道。原来它就并列在河西走廊绿洲的北边戈壁上，不为人知，古老而蛮荒。很多地方被雨水冲断，年久失修。跑了很久也遇不到一辆车或一个人。偶尔看见一棵树，孤零零地站在路旁，像是等候多年前失散的情人。有时远远地能看见一两间房舍，姑且称其为村庄，到跟前才发现早已人散园芜，一阵野风占领了它们。

那时，我才意识到，我童年时看到的那些骆驼都是从这条古道上走来的，我们并不知道。直到去阿拉善之前，我一直以为丝绸之路是从我家凉州城穿过的那条大道，另一条小道便是沿着黄河与草原的一条通道，人们称其草原丝绸之路，但是，它们从景泰开始仍然要回到凉州这个大通道上。我们从不知道在戈壁深处还有一条生命的通道。

但是，阿拉善人和蒙古人知道这条道，我的先祖们知道这条道。他们曾在这条荒道上谋过生。由此我明白，丝绸之路绝非一条官办的线性之路，而是由无数条民间支流构成的带状之路。

二

河西走廊的西端有一条河叫弱水。第一次听说时，就感叹于古人命名的诗意。大概的意思是它流得很弱，不能载舟，然而又绵绵不断。它们从祁连山上生发，一路柔软地漂流过来，喘着息，似乎要断气，然而又活过来，终究在下游积成一片湖泊，一片令人惊叹的生命。人们叫它居延海。

我在居延海上泛舟时，便想起在东海上泛舟的情境。你绝对不会担心东海会突然蒸发，你只会担心东海会侵犯大地，它有时令人恐惧。但是，你站在这片叫海的水上，你时刻会担心它突然间蒸发，只剩下死寂的沙漠。这靠祁连山上的积雪融化成的水域因此而显得无比珍贵，仿佛祁连的鲜血，只是它没有鲜红的颜色而已。

它的四周仍旧是沙漠、戈壁，全是亘古的敌人，从来都是孤立无援，从来都是单枪匹马、孤身犯险，然而又那样情愿，一意孤行，故而它也是沙漠、戈壁的美丽新娘。在对抗中联姻，在握手时相搏。所以，平等，自在。

你不得不相信，额济纳旗成为匈奴发家时的首都，也是情理之中的事。因为在整个河西走廊绿洲以北，确实也只有这里有如此广阔的水域。上世纪在这里出土的汉简，像是专门从地下站出来证明这里曾是繁华的要冲。

我深深地遥望着北方，很久，很久，我不知道那一无所有的茫茫北方是一种什么样的风景。

后来，我便去了那里，坐着车到昭苏草原上瞭望。那样辽阔的草原，那么多仍然低头吃草的马匹。那里的人们像是中世纪的遗民，不知有现代文明，仍然慢条斯理地过着游牧的生活。在那里，我们看见汗血马，我才知道整个中国的北方是一片亘古以来的草场，只是地质的变化使一部分地区形成了戈壁、荒漠。

在张承志动情书写过的夏台，我又一次看见一条古老的丝绸之路通道。只是，那是一条冰大坂。那是北疆通往南疆的重要通道。由是我根据我所知道的少有的知识，画出了一条古代异常广阔的草原之路。我不知道它的东部在哪里结束，但我猜想它的西部一直到了美索不达米亚平原的边缘。

回来在地图上查看，在历史中摸索，便知道这就是古代欧亚草原，也可粗略地称之为古亚欧大陆。我看见 2 世纪的古亚欧大陆的地图，东端是汉帝国，西端是古罗马帝国。中间便是迢迢古大陆。古大陆上飘着一条华丽的"丝绸",它来自中国。

三

我在复旦读博士的时候，非常关注人的主题。我以为中国自现代以来，就开启了一个人学的主题，神学随着孔家店的被打倒和科学观的确立而覆没，然而，没有了神学的背景，人学的主题一再地进入虚无主义、物质主义或欲望主义的泥淖。文学也一样，文字所指往往为欲望或虚无。人成了一个空洞的符号。

但我的导师陈思和先生希望我研究西部文学。那些年，包括到今天，他对西部文学的关注在中国仍然是众所瞩目的。他说，中国的西部，地域辽阔，容易产生悲壮之情，精神也会在那里容易生发，文学有大气象，所以，从某种意义上讲，那里是中国文学的希望之一。我便把博士论文的研究对象确定为西部文学。

老实说，因为当下论文写作体例的要求，我只好将我大量的想法暂时搁置，整个博士论文的写作是令人颓唐的，沮丧的。然而，我还是有所收获。

在我再一次清理西部文学，我很清楚，它同时也是清理我自身的思想场域，确立我自己的精神维度。我清晰地看到了一种当下中国文学很少去提及的现象，那便是在整个的西部，恰恰由于经济落后、山川阻隔，古老的原生态文明还历历在目。中国的西北是旅游大开发最后一片风景。浩瀚的沙漠，无边的戈壁，空旷的中国。我看见现代性思维从东南沿海登陆中国大陆，像光晕一样一圈圈向中国的中部荡去，又向西部扩张，但到西北的时候被当地的原生态文化有力地回击着。

那是从民间生发出来的一种回声。我以为，那就是古老中华文明的回音。儒家文明、道家文化、佛教文化成了西部文学一片独有的情怀，而这或许正是中国社会所呼吁的传统信仰和精神维度。

它保存了中国文化的元气。可以说，西部是中华文化一块栖息地，原生态的文明还散发着它纯正的袅袅青烟。

它也是中国传统文化的"托命"之地。之所以如此说，是因为在这里，有一些作家自愿认领这样的使命。孔子乃周代文明的托命之人，不是哪一个人给过他权杖或什么戒指，也不是像耶稣一样说自己是上帝派来的救世主，而是他精神的自觉。

也许只有文学如此显征地表现了出来。如果说路遥的作品是现代性思维的表现，那么，贾平凹就是道家发出的声音，而陈忠实则是来自儒家的反抗。陕西的文学仍然很模糊，它与中原文学捱得太近。但到了西北偏西，在昌耀、杨显惠、张承志那里，我们仿佛看见中国文学被撕裂的伤口。他们把蒙在西北社会现实之上的那层纸捅开了。

他们为我们呈现出一个突兀的西北部——一个黝黑的几乎很难让人接受的西北部。

在甘南草原上有一个女人叫恩贝，她的丈夫被杀害，杀人者依照法律被关进监狱里，很多年之后又放了出来。恩贝不认同这样的法律。她认同的是古老的律例。于是，她让三个儿子在长大后去了集市，在光天化日之下，将仇人杀了。儿子进了监狱。她一点都不后悔。别人问她为何如此，她反问别人：难道你们忘了古老的律例？杀人必须偿命！

　　这是杨显惠笔下的甘南。恩贝有她的信仰。这篇小说让我想到梅里美的一个小说《马铁奥·法尔哥尼》，主人公因为其独子不守信义而向官方把土匪出卖了，便毫不犹豫地把独子枪毙了。

　　那枪声一直到今天还没有消失。我的心跳还在加速。他们为什么要这样写？原因只有一个，那就是他们对那个道德丧尽的社会充满了批判。所以，那枪声，那刺杀的行动，也是向着那个不义的时代的。梅里美所生活的时代是西方资本主义初期，人们对道德都视若无睹，而视利益为上帝。

　　然而，这些书写仍然是在现代性下徘徊的步伐，它仍然拘囿于中国的现实与地理。张承志却不是。他是中国第一个把目光从大西北向着中亚、西亚、东亚、欧洲、非洲而投放的作家。他也是第一个站出来与欧洲中心主义文化进行对抗的作家。他由此而确立。但他也同时成为大多数知识分子的敌人，因为那些知识分子是靠现代性的单只乳房哺育的。

　　在中国，这样的作家和知识分子太多了，一说到西方就犹如找到了主子，而一旦说起中国的传统就恨不能在过去的毁庙行为之上再烧一把火，彻底地将其燃烧殆尽。他们对孔子、老子嗤之以鼻，仿佛一说到孔子、老子，就是不要平等、民主、自由，又要回到专制的社会似的。西方文化的二元对立思想在他们的头脑中已经扎下了根。

　　然而，我没有见过几个作家敢于站出来说传统是好的，几乎一个都没有。有那么多作家梦想超越《红楼梦》《金瓶梅》，他们的梦里面只有技巧，却毫无传统文化思想的影子。

　　张承志是一个异数。顺着他，我看到了从中国西北开始向西不断延伸的古丝绸之路。先是中亚，越过帕米尔高原，然后向着伊朗高原，向着黑海，然后伸入整个欧洲和非洲。

一条中国的古道就这样在尘封中被打开了。

中国人的元气、自信乃至古老的血性全都在那里一一地闪烁，发出奇异的光彩。但有多少人认识那光焰呢？

四

在黄河以西，便是祁连山脉，古代匈奴人也将它叫天山。它的南麓是青海北部，北麓则是甘肃西部的河西走廊，而整个的河西走廊，又牵制着宁夏和内蒙古的部分地区。这些广大的地区在中国古代几乎统属于一个大的范畴：凉州。整个五凉时代，这些地区的人们你争我抢，不断地描绘着这片变幻不定的地图。如今，那些王侯将相在哪里？他们的子孙又在哪里？

谁知道呢？

我就是从凉州开始认识中国和世界的。十八岁那年，第一次出门，就往西去，顺着古丝绸之路，去看天马，去看古道的辙痕。无边的忧愁便吹进了我的胸膛，那一年我写下不少的诗。然后往东，去看现代性支配下的当代中国。再后来，我不断地向东、向南，再向东、向南，看遍了中国。甚至从那里再去看世界。

我看见我在中国的边缘向着中心不断地徘徊着，就像卡夫卡《城堡》里的那个主人公一样，终究进不了中心。但也就在这个时候，因为研究丝绸之路旅游的原因，我开始往西跑。

在废弃的古中国最大的马场上，在被风雨冲蚀得快要消失了的汉长城旁边，在凝固的天马前，在恍如隔世的彩陶前，我曾黯然神伤。它们的声音微弱，甚至在我面前沉默着。有那么一刻，我天真地想唤醒它们。

那尊被确立为中国旅游标志的天马，就是在离我家几公里的地方被发掘的。是我出生的第二年发掘的，但我直到十五岁那年才知道这件事。在很长一段时间，它不曾对我的家乡产生过什么作用。即使在今天，它也未曾真正地在精神上启示过那里的人们。

它飞翔在古老的中国，但它凝固在今天的西北。

我曾久久地坐在山丹军马场那个废弃的军营里，试图在精神上遭遇一些什么奇迹。我失望了。后来，我躺在那无边的荒凉中，想像小时候那样再看一次雄鹰的翔飞，竟然也失望了。汗血马早已成为传说，难道连我小时候常常追跑的雄鹰也忽然间藏到天空的深处？我在那里写下一首颓唐的诗，回到兰州。

兰州自命为中国地理版图的中心，可谁认你这个中心？它仍然是边地。直到2010年的时候，我在上海仍然碰到有人这样问我：你们那儿有电吗？我忍住些许的愤怒说，没有，我们还点着煤油灯。他又问，你们还骑着骆驼上班和上学吗？我就笑着说，不是，我们骑着猪，骑着豹子。他更好奇地问，真的吗？我没有回答。他又说，你们是不是还是几个人穿一条裤子？我无言了。

世界从来都是如此，这就是势。抱怨和愤怒是无效的。你必须重新寻找新的支点，从而确立你自己的世界观。你不能被别人的世界观所覆盖。由是我明白了张承志为何那样愤怒，明白了为什么他要以西海固为自己世界的中心，而不是以北京、上海或是纽约、巴黎为中心。

在河西走廊的中部，在祁连山北麓的草场上，徜徉着一个稀有少数民族，裕固族。这个只有一万四千多人的少数民族像一朵鲜花绽放在干涸的河西走廊上，过着与河西原住民完全不一样的游牧生活。随着教育的同质化、旅游的全球化，这个民族的内里正在消散。散文作家铁穆尔是那个民族的文化旗手。最近我们开会又住到一起，他送给我一本台湾出版的裕固族人当代生活的口述史。我对这本书暂时还没来得及看，但我对他近来的工作却极感兴趣，他从河西走廊出发，去寻找裕固族族人的故乡阿勒泰，然后，从那里，他又寻找到了更为广阔的先祖空间：阿勒泰语系和欧亚草原。他给我介绍了很多这方面的知识。

这一次，我清楚地知道了在我们的北方，其实有一条自古以来就有的文明运河，它与中国从古至今一直发生着各种各样的接触，但我们很少去认识它。我是在新疆的几次考察中隐约认识到它的巨大存在，但因为自近代以来世界的中心在欧美，从海上而来，所以，我们会不自觉地把目光总是匆匆收回，越过大洋，往彼岸看去。

去年春天，我邀请文化学者朱大可先生携他新出版的《华夏上古神系》来西北，就他的这部新作与甘肃的学者们进行了一次对话。在朱大可先生看来，整个人类的神话与人种一样，也是从非洲走出来的。它分第一神系和第二神系。第一神系在走向全球的过程中衰减，与当地的文化结合形成第二神系。在亚洲便产生了属于亚洲的第二神系。他认为中国人的神话是从河西走廊这个端口走向中原的。

他的这个观点令研究先秦文学、文化见长的甘肃学者颇为惊讶，我个人也颇受启发。我倒觉得大可先生的观点我们不一定完全去认可，但他将中国文化引入世界文化的思路彻底地启发了我。

　　我和他后来有一个对话，我认为，我们要打破过去关于中国古文明的诸多意识形态的东西，要把中国文明在世界文明史上的再造作用找出来，参与世界文明的创造，也只有那样，我们才能将中国真正地融入世界。

　　长期以来，中国的学者有两个观点深刻地影响着我们每一个中国人，一个是我们中国的文明是自给自足的，它诞生时就自在地产生，存在时也自在地融和着各种文化，像大海一样绵延不断，不会干涸，所以，当四大文明中其他文明都消失或中断了的时候，只有我们的文明始终延续；另一个观点是我们从地理上来说与世隔绝，所以始终拒绝文明西来说，但也从未说我们的文明影响过除东亚、南亚、中亚之外的世界。这与我们保守的文化心态和与西方对峙的意识形态有关。它一定程度上阻碍了中国人的文化想象，从而也妨碍了中国人的文化创造。

　　但有趣的是，被认为最具全球视野观的斯塔夫里阿诺斯在其巨著《全球通史》中也是如此认同的。

　　2006年，我在给学生上"西方文化史"时，曾经打开过若干本关于世界文明史的书籍。几乎没有一本是中国人写的，而且写得最好最通俗的书是欧美作家或学者写的。有一本《全球文明简史》是英国一位作家写的，我在里面几乎看不到多少中国文明的叙述，似乎那位作家偶尔抬头时，想到今日之中国，便从虚空里把中国拉进来说一下，完全言不由衷。我较喜欢斯塔夫里阿诺斯的《全球通史》。他与雅斯贝尔斯一样，是真正想放开欧洲中心主义（但实际上在骨子里仍然是），从全球文明的角度来对整个世界进行新的叙述的。

　　他的这个叙述最重要的倾斜在于，过去西方人看世界是以东欧为中心，再向全球演化的，而他的叙述抓住了一个重要的地理位置，即欧亚大陆，尤其认为公元 1500 年之前的历史就是以这个地区为中心而展开的。通过他的叙述，整个世界会看到一个完全不同于过去的中国。

他说，那时的世界，一端是中国，另一端是罗马或另一些不断崛起的帝国。但中国这头是稳定的，像是风筝的线头，另一端便是不断在飘荡的西方帝国。

他对中国自周以来至明时的文明也了如指掌，且给予充分的肯定，他说的话与我们中国历史学者说的话似乎没有多大的出入，然而，我最终发现，他对中国其实一无所知。我说的一无所知指的是他对我们的文化基本没有切肤的了解，但我们正浸淫在他们的文明论中而不自知，因此我们敢于说我们对他们的文明是了解的，体验着的，而他没有。他也从未来到过中国，所以，他对中国的了解仍然属于纸上谈兵。

他一方面想说明，中国在汉以后参与了整个世界文明的再造，尤其是三大发明（他们不承认我们的造纸术是第四大发明，但承认造纸术是中国人发明的）对世界的影响简直就像阿里巴巴的钥匙，打开了近代历史的大门。但另一方面，他又始终强调中国地理上的相对封闭导致中国与世界运动相对脱节。

很长一段时间内，我无力驳倒这样的全球视野下的中国观，但是，我又每每觉得不情愿。这不愿，多少有些非理性，也充满了无奈。

在这个时候，我便知道，之所以有那么多人不愿承认文明西来说，是因为内心的民族自尊心在起反作用。当然，也有很多留学回来的人支持文学西来说，是想从他们认为的全球史的角度来解释中国，是另一颗中国心在起作用。只是这另一颗心的跳动与过去欧洲中心主义本质上是一致的。

这是中国与世界交流的一道心槛。

五

2006 年，我去临洮考察老子飞升之地，在当地听到很多关于老子的传说。当我站在临洮县城附近的岳麓山上时，我就在想，老子为什么要往西走？他为什么要来到这里？他果真是在这里终了的吗？

《太平广记》上说，他涉流沙，要去安息国，为什么要去那里？

按朱大可先生的推测，老子要么是要回到故乡，要么是按雅利安人创造的婆罗门教的方式去隐居，等待死神的到来。那么，他也有可能隐居到当时还属于西秦的西戎之地来。至于老子化胡说，现在看来，纯属道家学者臆造。

那么，老子是真的终了于临洮吗？也不见得。这也仍然属于民间传说。

但是，那一次我参观了在临洮的马家窑彩陶。那些至今仍然闪闪发亮的釉彩和先民画下的符号震撼了我。我专门去马家窑村看了一下那里的遗址。除了无边的风和远处的山岚，一切都消失了。这里曾经在公元前 5800 年至前 4100 年间产生过世界上无与伦比的彩陶。今天我们将其称为艺术，事实上，在先民时代，它们就是先民生活的一部分。我们是否也可以说，在中原文明向西发展的过程中，遭遇了世界文明向东的发展，于是，在临洮的马家窑附近产生了世界文明的一个中心?

但我没发现有这样的论点，学者们都强调马家窑彩陶是中原的仰韶文明向西发展的一个突变。但谁能解释为什么会有这样的异彩? 从文化学的角度来讲，每一种新的文化的产生或者发展，都是与异质文化交汇的结果，那么，除了中原文化向西发展的这个脉络，来自西方的文明又是什么?

事实上，在那个时候，在公元前 5000 年左右，临洮这个西北偏西的地方到底属于哪个国度，我们现在根本很难确定。那么，原有的小不点的中国难道不是在向四方扩展吗? 难道她不是在参与谁也不知道的全球文化运动吗? 我们为什么要否认历史?

从今天来看，很多人都说彩陶产生于美索不达米亚平原。这仍然是欧洲中心主义之论。因为美索不达米亚不但是西方"两希文明"之一希伯来文明的发源地，而且是自亚历山大以来一直被希腊化的地方。原有的文明就这样被消灭了，今天我们只能看到那文明的残骸: 楔形文字、古老的史诗、最早的法典等等，但是，是不是要把人类最古老的智慧全都集中于《圣经》诞生的地方呢? 这至少应当被强烈地质疑。

在过去，历史学家不大重视欧亚大陆的演变，所以对古老文明的研究便都集中于美索不达米亚平原，然而，我们不要忘了，那片大陆也正是亚洲文明与欧洲、非洲文明交汇所在。也就是说，整个世界的文明在那里得到交汇、交流并发展。它确实是人类文明的摇篮。

然而，我们也不要忘了，欧亚大陆也是全球文明交汇的另一片大陆，只不过它比美索不达米亚平原要大得多，而且它的四周确实是环境艰苦的自然屏障，所以，这片平原上的文明再造便显得过于简单，而且也过早地显示了它的统一性和稳定性。这种全球化运动在历史学家那里被忘记了，或者说被今天的现实遮蔽了。

或者是否可以说，历史学家们过于把战争放大，将战争的符号当成历史了呢？难道中国文明过早地统一是历史的灾难？也许对于文化再造来说，文明常常需要动荡和冲突，但对于人类的追求来看，和平才是永恒的主题，难道它是历史学家的敌人？或者说历史学家不太重视人类的内在追求，而只是片面地描述历史的势力？

这也许是我一个作家的天真疑问，会被历史学家嘲笑，但我总觉得历史学家就是因为重视历史的势力而常常陷入历史虚无主义，因此便看不到生命的真实和宇宙的真谛。历史若是这样，它便是非正义的。这样的历史，我以为必须反抗。

沿着马家窑彩陶，我们很容易看到另一片文化的原始之地，即天水伏羲文化区，再从它出发，再往前摸，便看到了大地湾文化。在那里，我们还是会看到彩陶。考古学者认为，这里至少有六个文化层，第1至3文化层形成于距今六万年至两万年，他们在地层中发现石英砸击技术产品，如石英石片、碎片等；第4文化层距今两万年至一万三千年，他们在那里发现了陶片；第5文化层距今一万三千年至七千年，他们在那里发现了大量的陶片；第6文化层距今七千年至约五千年，主要文化遗物为半坡和仰韶晚期陶片。

如果我们从这些发现出发，就可以断定，这里的先民至少在距今一万三千年前就开始制作陶器，甚至可以追溯到几万年之前。但是，我们千万不要设想这里是最早开始制作陶器的地方。我们会看到，在世界各地都有一两万年前使用陶器的考古发现。哪一个地方都不敢轻易说是陶器的第一个发明者，这也毫无意义，但是，一个问题便产生了？为什么会在世界范围内产生这样的革命？

它充分说明，在我们自以为是地球上的中央帝国的时候，世界其他的地方，尤其是我们的西端一直到美索不达米亚平原，再到克里特岛上，正在发生着一场"全球化运动"。

在大地湾遗址上，我抬头便看到一条早于丝绸之路之前的古大道。那是先民们在古欧亚大陆上行走的古道。事实上，从《穆天子传》和《山海经》等记载来看，早在丝绸之路被汉武帝开凿之前，周穆王就在开凿玉石之路。那时，玉石是很昂贵的东西，是神圣的祭祀圣品。周穆王在西域会见了西王母。这是我们能看到的文字记载。那么，那些没有文字记载的历史呢？难道不可以言说吗？

在玉石之路开凿之前的几千年，在中原与整个西域乃至中东，是否存在一条浩浩荡荡但无比艰难的"彩陶之路"呢？人们将食物装在陶器里，运送到遥远的东方或西方，于是，不仅仅是彩陶技术远播世界，而且粮食的种植技术以及粮食的种子也传至海外。就像风将一些植物的种子送至世界各地一样，人类曾经也一定将粮食的种子、植物的种子送至人迹罕至的地方。生命就是如此流转并得以繁衍。

考古在这个时候是无效的，且是盲人摸象，南辕北辙，离题万里。想象在这个时候显得无比重要，且为人类带来一个诗意的过去。想象是多么美好！

但有一种想象极不美好。那便是以欧美中心主义的方式去想象遥远的还没有被认清的中国。

我过去读好几个版本的全球史时，每当看到伯罗奔尼撒战争和斯巴达三百勇士的故事时，我就深深地为中国鸣不平。在那些史书里，穆天子会见西王母、黄帝和炎帝的阪泉大战固然很难有考古证明而写入历史，但是，春秋时期的那么多战役以及陈胜吴广起义、刘邦项羽大战等这些在我们看来具有里程碑意义的战争都未写进全球历史。好吧，如果说这些战争只是中原王朝争夺王权的斗争的话，那么，汉武帝与匈奴的战争可以说是世界性的吧，我们也很难看到几笔，更不要提少年英雄霍去病了。

意识形态的对抗充分地体现在文化的对抗上。想象在这里显得极为荒唐。从某种意义上说，不是中国需要世界史，而是世界史需要中国。从雅斯贝尔斯的《大哲学家》和斯塔夫里阿诺斯的《全球通史》就可以看出这一点。试想想，如果从《大哲学家》中把孔子、老子去掉，世界会是一个怎样不平衡的世界。再想想，如果斯塔夫里阿诺斯在《全球通史》中不描述中国，那么，他的这部巨著可能将无法完成。因为它的一半的历史是在与中国发生关联时产生的。

然而，世界就是如此地不平衡。我们的历史被简单地处理。在夜深人静之时，我们已经没有自己的故事陪伴孩子入睡了。当我在讲亚当、夏娃、普罗米修斯时，我拼命地想搜索女娲、盘古一类的故事，可是，我发现孩子在幼儿园里接受了西方的神话，所以，她对亚当、夏娃的兴趣明显高于女娲、盘古。他们玩的游戏也多是以古希腊神话为题材的内容，他们看的动画片或动漫书则是日本的，而他们崇拜的明星又是韩国的。等到他们大一些可以看电影时，他们当然地选择了美国大片。整整一代人在集体性地接受西方文化，而有选择地集体遗忘了中华文化。

是的，我说的就是这种全面的沦陷。所以，当西方的历史学家对中国的历史置若罔闻时，我未曾听见几个中国的历史学家为自己的历史鸣不平，恰恰相反，我听见很多学者对我们的四大发明充满了质疑，对古中国曾经在世界上与古罗马等帝国遥相对应的地位嗤之以鼻。最近，就有一位历史学家在大谈丝绸之路，他说，中国从来都没有主动地开发过丝绸之路。难道他不知道丝绸之路之前有一条玉石之路吗？那不就是周穆王西征而打开的一道通向西域的道路吗？汉武帝打击匈奴，获取西域宝马，中原与西域通商之路自然洞开。他又说中原从未跟西域进行过经贸活动，没有通商港口或海关。那也许与我们当时的国策有关，但是，难道官方如此，民间就没有通商吗？他也许应该去重新看看敦煌的文献，重新去看看敦煌附近的悬泉置——那虽是一个驿站，但它简直就是一个百科全书式的古代图书馆。在那里，他会重新思索古代中国的一切，他就不会以今天的思维去要求古人了。

当很多人把西部仅仅作为一种景观和符号大加赞赏的时候，我知道他们的心里是多么地高高在上。我曾经做过一段时间的旅游考察，我发现很多地方的旅游规划都是北京、深圳的专家们来做，他们匆匆在当地观赏两三天，回去后就规划好了，而那些规划大多不伦不类，与地方文化多有脱节。我还参加过很多文学、影视方面的会议，那些从北京、上海来的专家学者想当然地要对西部的作家们进行扶贫时，我都默默地退出了会场。他们滔滔不绝，一谈就是半小时甚至一个小时，从不给西部作家、学者充分发言的机会。是的，他们是来布道的，不是对话的，我深知这一点。但是，有两次我可以发言，便莫名地冲动，动情地辩护。然而每一次辩护的结果都使我觉得无比孤独，我总是疑心自己可能是错的。

但是，我要告诉曾经与我激烈争辩的朋友们，我不是与你们为敌，而是与你和我心中都曾有或正在有的欧洲中心主义情结斗争。有人问为什么，我说，为古中国的尊严，为我们自己的尊严。我在黄河以西的这片土地上生活了几十年，我也曾经全盘接受西方的文化，对传统进行过批判，但是，慢慢地，我发现，我们并未得到自由，并未得到我们想象中的信仰，相反，是虚无，是无边的孤独。是命运让我重新踏上古中国的路程，向西，去寻找儒家、道家向西的脚步，向西，去迎接从西方来的佛教。我知道，我们也应该像汉唐时期迎接佛教一样去迎接欧美的文化，然后将它与中国原有文化融为新的世界文化，那正是世界文化的未来，汉唐时期人们并没有失掉我们自己的文明，现在，我们也要如此。我以为，我们应当明白，当我们开放国门最大可能地迎接世界的时候，我们还应当反身向古，试着去重新理解我们的传统。我们应当对世界说，也应当对所谓的欧美世界说，我们所在的地方，也是世界的中心。在这个意义上，我们应当重新去构建新的世界文明史，而不是我们必须去欧美那里，站在远处看中国和整个世界。

我们为什么不能站在中国看世界？

六

2011 年冬天，我坐着飞机从上海飞往兰州。由于劳累，在窗户边，一坐下便睡着了，根本来不及察看天上到底有没有神仙。快到兰州时，我醒了，就听有人看着下面说，这怎么没有一点草啊，光秃秃的，好荒凉啊。立刻有人附和着说西北有多么不适宜人居。

我却莫名地热泪盈眶。出去一年多时间，回来时竟然如此地想念我的荒凉的山川。我听到一位朋友给我讲过一个故事。有一位诗人第一次去青海，当车子在无边的戈壁上奔跑时，他突然对师傅说，请停一下。他下了车后，立刻跪倒在戈壁上，然后，他深深地亲吻着戈壁，久久未曾起来。当他上车时，眼里都是泪水。有人就笑他，你真的太性情了。他说，我从未见过如此的大美。我相信那位诗人是真诚的，因为我也是第一次体会到我对荒凉竟然有这样深入骨髓的爱。

年龄是非常微妙的。四十岁以后，我就不再那么陶醉于青山绿水了，而是倾心于荒漠。我看见大漠、戈壁以及那些光秃秃的山梁时，便格外亲切。我再也不认为青山绿水是生态，而荒漠就不是生态。荒漠是另一种生态。世界上信仰多是诞生于荒漠与半荒漠地带。

故而我认定，在中国，唯有西北这样辽阔而苍茫的地理才能产生伟大的精神。恰恰是，也只有在西北，在丝绸之路上，佛教、伊斯兰教、基督教从西向东传来，而儒家文明、道教又从东往西而去。在五凉时期，河西走廊不仅是中国儒家文明最昌盛的地方，而且是佛教翻译中心之一。从敦煌文献可以看出，在汉唐时代，中国与整个世界的来往就是通过这条丝绸之路。

我家的门前就是它的一条斜岔古道。我一直觉得在九十年代之前，凉州人还过着魏晋隋唐时代的生活。如果当年不把凉州大地上的那么多寺庙拆了的话，那么，你会疑心来到了古代中国的某个门口。即使到了今天，凉州人的生活节奏依然很慢。一个酒场从前一天相约，第二天十点就坐到一起，然后边喝边吃，喝到下午五点，然后再要吃的，继续喝，直到夜里四五点。不把每个人喝倒似乎是不能离场的。"葡萄美酒夜光杯"，"胡人半解弹琵琶"。我每次回家都怕喝酒，但好在大家都知道我不胜酒力，所以常常是看客。

我一直在想，秦岭以西，尤其是黄河以西，就早已是西域了。整个河西其实与西域的关系更加密切。它是整个欧亚草原以南最为富庶的地方，所以，历史上那些强悍的少数民族一定要首先将这块地方打下来，才能问鼎中原。匈奴如是，西夏如是。我们家乡的风俗一半是汉文化，另一半则是西部文化。我们家乡的人从古至今一直在西部盘桓，很少去东部的。这种现象直到今天仍然存在。

每次回老家，总会遇到我那些没有好好读书的侄子们。我问他们在哪里打工，他们几乎是异口同声地回答，新疆。于是，我便知道，他们是依着古道在行走。我在新疆昭苏去考察天马的时候，发现那里生活的人们两千多年前便是生活在凉州和整个河西走廊的。

而我们这些读书人，是向着东部，向着北京、上海、广州……这种向度是在北宋之后就有的，进京赶考，去遥远的中原或江浙做官，是我们这里读书人的理想，但是，自北宋之后，长安以西就基本上不出文人了。我的家乡凉州算是甘肃出状元、进士或文人最多的地方了，但比起江浙一带来讲，就是那里的一个小乡镇的水平而已。有人统计过，到了清代，整个甘肃的进士不如江浙有些地方的一个村子。但我们还是不断地向着北京、上海的方向在读书，在行进。

准确地说，应当是在三十六岁之前，我的目光一直在向着东部，但三十六岁之后，我就开始不自觉地把头转向了西部，那条我的先人们自觉迁徙的大路。那是我开始研究丝绸之路旅游的时候。十多年来，只要有机会，我就莫名其妙地想去更西的地方看看。

一大半的中国人从未踏上过兰州以西的土地，所以，他们根本无法体验中国之大。如果斯塔夫里阿诺斯能踏上古丝绸之路畔的半个中国，他对世界的感受就会是另外一个样子。东方世界的历史从来没有被欧美历史学家看作是世界文明的一部分。这是因为，他们从来没有把中国文明当成另一个中心来看待，他们仍然是将中国看作是欧美中心的一个还没有被认识的边缘地带。即使是近些年来影响很大的萨义德的东方主义概念中，他也没有把中国纳入进这个文化概念中。他的东方仍然是中东与印度。这是因为他生活在美国，他仍然是以美国为中心点来划分世界的。

我一直觉得，在汉唐时代，世界是有两仪存在的，一仪在西方，即古罗马帝国。另一仪在东方，即汉唐帝国。它们的中间不断地有一些帝国出现，但都未曾将世界的这样一种平衡打破。即使是到了伊斯兰世界的崛起，基督教文明仍然与中国文明横亘在东西方，而中间地带是伊斯兰文明，世界仍然是平衡的。然而，自现代以来，世界慢慢地向着欧洲倾斜，整个世界的平衡被打破了。

这是可怕的，对古中国文明也是不公平的，对整个世界也是不负责任的。因此，我始终在想，我们还能不能寻找到世界的另一仪，从而保持世界的平衡。而那另一仪，必然是对古中国的重新思索、评估，重新叙述和抒情。

这样做的结果并不是像有些人所担心的我们不要自由、平等、民主等这些人类的普遍价值。那是二元对立思维的结果。恰恰相反，我们是要在这些价值的基础上，重新改造我们的古代文化。

而这一切的开始，就是从重新认识古欧亚大陆或欧亚草原开始。

寻找天马

一

十八岁之后，我就执拗地认为，我的祖先一定是马背上仗剑生存的。十八岁那年秋天，我第一次出门远行。天空变得高远，仿佛是被鹰的翅膀一下一下抬上去的。绿色开始撤退，田野上铺陈着一曲旷古的歌子。我不懂那大地之歌，我太年轻。顺着祁连山粗粝的北脊，一路向西，我第一次坐着火车，第一次看见在凉州平原之外，有如此浩大而旷古的风景。那是亿万年的光阴，始终不动，任何什么伟大的事件发生，也不过是在那里瞬间化为乌有。我是新鲜的光辉，闪动着翅翼。我来不及品味那时空，只是看到火车把大地和时间远远地甩向身后，就有一种莫名的眩晕。很多年之后，我还记得那十八岁的眩晕，记得那莫名的兴奋与恐惧，记得那浩大的悲伤。

我去的是山丹军马场，是武威的邻县，实际上相距一百多公里而已。但已与我之前生活的平原两重天地。雪山、草地、碧蓝的水库、凉爽的山风、古老的被荒草盖住的丝绸之道。第一次知道汉代名将霍去病曾在那里养马，并在那里与匈奴大战。据说，那也是汗血宝马奔腾的地方。原来，天马就诞生在这里。我出生的第二年，我家南边不远的地方，挖出来了一匹青铜铸就的马，人们称之为天马，因为它脚下踏着一只惊恐的飞燕，于是取名为"马踏飞燕"。那匹马的故事一直沉寂在我的生命里，现在它被激活了。但是，让我无限伤感的是，马场的人都说，汗血马早已消失，马场已经难以为继。我失魂落魄般地回到故乡。天马再次在我的生命里沉睡过去。

那一年，我生命中一个未知的世界轰鸣般洞开。原来我脚下的每一块土地，都有历史的细节与英雄的鲜血。它的辉煌曾经染红了夕阳。不知道是什么时候，我向往在马背上狂饮高歌，刀剑纵横，心藏正义。

二十岁，当我第一次在兰州看见黄河时，我失望之极。我久久地立于那可以横渡的河流面前，欲哭无泪。它与我十九年的期待相差太远了。我又一次感到天马不在的那种彻骨的荒凉。那一年，我写下很多文章，最多的主题是怀念英雄。

二十一岁那年，我写下很多诗，取笔名为"海子"。四月时分，诗人叶舟来到我的宿舍，告诉我，一个叫海子的诗人在昌平卧轨自杀了。我便不再用"海子"这个笔名。海子就这样进入到我的生命里。他是最后一个想当英雄的诗人，但他自杀了。他是引导我真正思考生命的意义与价值的诗人。天马的失去，诗人的自杀，对于我来说，是那个年代最大的两个事件。那是一九八九年。

二

2004 年，我又一次造访山丹军马场。那时，我开始研究旅游。当地政府请我们几位专家去考察山丹军马场。昔日的草场已经成了无边无际的油菜花地。远望过去，盲目的花海从天边漫过来，一直粗暴地冲向祁连山的腰间。正午的阳光将祁连山上的雪峰映照得像一团被冰冻的光芒，在阳光下闪着寒意。一些羊群在漫无目的地游荡，像曾经战死的英雄的魂魄依然眷恋着这丰美的洒过鲜血的草场。那浩大的繁花先是让我无比地惊喜，但很快地，我就又一次陷入寻找天马的失意中。

马场已经彻底地衰落了。自从有了汽车、火车与飞机，马的存在就成了疑问。这个曾经是中国最大、历史最悠久的马场，现在拥有的马已经很少了。马的功能被工业社会消灭之后，就变成了卖血和卖肉的牲畜。她的血能用来制药，她的肉则是美味。这是多么残忍的事实。

当我坐着越野车在几个小时都跑不出去的油菜花海中奔驰的时候，我的眼前立刻出现万马奔腾的古老景象。那时的马背上立着少年英雄霍去病和飞将军李广，可现在呢？多么广阔的一片草场啊，曾经是诞生英雄的地方，现在变成了被人欣赏的花海。马场和山丹县的领导都在极力想将其开发成一个旅游景点。后来，当我登上高高的焉支山时，我的耳边便想起那首响彻历史的悲歌：

失我祁连山，使我六畜不蕃息。

失我焉支山，使我妇女无颜色。

那一刹那，我又被一种来自历史甚至浩荡宇宙的狂风顿时熄灭。我的思想突然间停止了。我不知道如何来消化这历史。只有悲伤是不够的。因为我的耳边立刻响起疑问：你为什么悲伤？

但我的确有种悲伤。在这座有生命的山上，匈奴人曾在这里载歌载舞，匈奴的妇女们曾在这里采摘胭脂。但我徘徊于焉支山上时，竟找不到一种花朵可供人施粉。

我仍然是被一种无名的悲伤裹挟着回到了兰州。开发那里的念头没有继续。后来我又去过那里数次，每一次，我都从永昌县的一些小路上直接穿行去马场。马场的路总是不平，车在颠簸中奔跑。远处是汉长城的影子。它立刻将我唤进古风浓重的汉唐岁月里。然后在扁渡口去祁连县，至青海，进入唐蕃古道。文成公主的传说到处都是。悲伤逆流成为倒淌河，思乡之情幻为日月山。无边的油菜花是很多人的美景，我也以此来给友人介绍，但我每一次去那里，似乎不是为那花海，而是为着天马之魂。

在祁连山的那一侧，也是同样的景象。高高的大冬树山上，牦牛们垂挂在危险的山崖上吃草，我总担心它不小心掉下山崖。旅客们纷纷用相机拍下它们的剪影。就是没有马。没有了马，还会有英雄吗？

三

后来我算了算，在我十七岁那一年，也就是 1985 年，从我家附近挖出来的那匹铜奔马被学者和艺术家们认定是天马的艺术再现，并被国家旅游局确定为中国旅游标志。但我不知道，在乡下没有人告诉过我。

那一年，我上了武威师范。我骑一辆自行车从九公里外的乡下平原，迎着金风来到武威县城。有一天，我们去了一个类似于博物馆一样的地方，我第一次看见很多古老的宝贝，但到目前为止，我的记忆里非常奇怪地只剩下两样东西：一把生锈的宝剑，一匹空缺的铜奔马。那把宝剑后来我再未看到过，那匹马那天也未曾看到，因为马到国外展览去了。

我的心似乎动了一下，或许根本未动。我现在怎么也想不起来。直到去了山丹军马场，我才知道，我家乡出土的那个文物就是传说中的天马。但在我的印象中，老百姓从未因这匹马而有任何的骄傲，至少我没听到任何一句开心的话。直到我上大学后，每次从兰州回到武威时，我才知道，荒原的凉州始终凝固着。它有一个自己的传统，人们在那个固有的文化系统里繁衍生息，自我循环。它与外界似乎不愿意发生联系，也少有冲动。那个时候，我才对家乡的落后萌生出悲哀来。

不知道是什么时候，武威的广场上开始树立起一尊天马的雕塑，那也许是武威动起来的时候。兰州火车站的广场上也很快有了一个很大的天马造型。直到那时，我才真正意识到，武威出土的那匹天马代表了某种精神。我逢人就说，那是我家乡出土的。可是，我对它又知道多少呢？说真的，它对我来讲，是一片知识的黑洞。直到 2010 年，当我第一次有意识地对天马文化进行研究时，我才发现一个悲哀的现状。这个代表中国向外输出的文化艺术形象，居然没有几个人去认真地解读它的文化内涵。天马文化的解读者始终都是几个具有乡愿情结的武威作家，它的文化圈还是凉州那片土地，中国一流的学者、作家都未曾去认真地解说过它。它曾远赴海外，它曾四处访问，它据说价值连城，但谁曾在乎过？谁曾解读过它背负的中华精神呢？

也是在那时，我才认真地去研究为什么中国从周穆王到汉武帝一直都有一个关于天马的情结，为什么从武威出土的这样一匹青铜奔马能成为国家精神的象征？它到底象征什么？

对天马的研究开启了我对丝绸之路这条文明运河朝拜的第一步。我像浮士德博士一样，从书斋里走了出来，向西部逆行。那时的整个中国，无论是政治、经济、文化，还是学术，都是向着东南沿海，向着海拔最低的地方高速迈进。我又一次发现，我所要面对的是荒芜很久了的丝绸之路的浩荡长河，是逆流而上。这条荒芜的大河，是中国在南宋之前甚至可以说是明代之前一条辉煌的精神之路。一路向西，海拔慢慢升高，而信仰也越来越纯。在那里，你先是发现在几次政治运动中仍然被保存下来的民间文化和信仰，萨满教的影子随处可见；然后你会发现世界文化的几条大河都在那里汇集：佛教、伊斯兰教、基督教、儒家文化、道教，它们在西北的边陲之地被命运之神保存着，涌动着，在民间焕发着力量，等待着原积薄发的新的文化命运；最后，你会在昆仑之丘发现中华文明的起源地，那里诞生了西王母和创世神话。

站在西北民间的立场上来看，它与上海、北京、广州等地的热闹、繁华形成了巨大的落差。那条曾经背负着中华民族腾飞过的丝绸裹身的巨龙，在黄沙中睁开它难以捉摸的眼睛，打量着整个世界。当我在被视为荒原的西北大地上行走时，我不时地能感觉到它在苏醒，在发出低低的怒吼，在抖动身上厚厚的尘埃，在开始蠕动，我便不自觉地担负了某种使命。我知道，在如此荒凉的古道上，不止我一人在逆行，也不止我一人接受了神秘的使命。

从2004年开始至今的十年间，我不停地驱车向西，不停地寻找着天马的神韵和汉唐时代乃至上古先民的神迹。越是寻找，就越是感到那条道路上埋藏着众多秘密，也就越是痴迷。我与一些专家探讨，在丝绸之路开通之前，中国与中亚、西亚之间肯定有交流的通道，于是，我从周穆王拜访西王母的传说中发现了玉石之路。后来，我发现，我的想法早就被一些学者印证了。但是，那些陶器从哪儿来？世界上最美的彩陶产生在中国，而目前发现的第一个制陶器又在美索不达米亚平原。那么，在玉石之路之前有没有一条彩陶之路呢？还有，在我与朱大可先生交流时，我们同时在想，世界上的神话有些是共同的，只不过在传播的过程中发生了诸多称谓上的变化，那么，在上古之时，有没有更为古老的文化之路，也就是神话之路呢？

虽然这些研究我都未能写成文章，我总是想以文学或其他艺术的方式来呈现它，但是，这样的研究与玄想让我对这条大道越来越有了难以自拔的迷恋。今年，由于一些原因，它终于促使我开始书写，于是，我的第一站便选在凉州，而这个文明的码头的第一个文化符号便是天马。天马成为我启开丝绸之路的钥匙。我将研究的成果写成了四集纪录片解说词，我想告诉人们天马代表了中华文化中最为浪漫、最具神采的美学精神，那就是天马行空的哲学意蕴。

就在写完的那一天，我动身准备去北京。在飞机起飞的刹那，收到友人邱华栋的一条微信，邀我去新疆伊犁的昭苏采风。我通过手机在网上迅速查了一下，一行字赫然将我攫住：牧歌昭苏，天马故乡。

四

我们的知识总是很有限。我竟然不知道还有昭苏这么个地方也有关于天马故乡的说法。正好昭苏附近的巩留县有我唯一的姑妈。我父亲只有这一个亲姐，再无兄妹。父亲常说，有时候遇到事连个商量的人也没有。我不能体会他的那种无助。我姑爹和姑妈是 1970 年左右去新疆的，四十多年来他们只回过一次武威，当时我正在上师范。他们走后，我祖母便去世。祖母去世后不久，我姑爹也在新疆去世。留下我父亲和姑妈，一个在武威，一个在几千里外的新疆。早些年姑妈到武威时跟我们说，他们生活在中国的边境，夜里一眼就能看见苏联人的灯火，那时苏联还未解体。所以，我觉得非常非常遥远，此生花很大的力量能去一次就不错了。他们来武威时据说先坐了几天时间的车到乌鲁木齐，然后又坐了几天几夜的火车，总之花了七天七夜才到武威。到武威时，人都傻了，坐在我们炕上时，还一直摇晃了好几天。

我一直好奇，在我们武威，有很多人都去了新疆。据说，我们家本来不姓徐，也不是本地人。从老人们低得不能再低的谈话中，我听说我的祖先武功高强，在中原一带或是哪里杀了人跑到武威徐家老庄子隐姓埋名生活了下来。我的曾祖父那代人都有很高的武功。传说我一个排行老三的曾祖父，在当地都叫他三爷。那时，村子与村子之间常常为浇水而战斗。他能一个人把一个村子的人打败，能把三百斤重的石碾子夹在腋下架到老树上，能一跳就跳到房顶上。在看了《少林寺》之后，我一想起我的祖先就异常怀念他们，但我们都不会武功。据说，他们都坐着大马车顺着丝绸之路那条大道去了新疆。后来，我读了一些文献才明白，河西走廊与西域之间就一直有一种难以割舍的情感。遇到困难时，甘肃河西的人便会往新疆流动。这种自愿的迁移在两千年来始终未断。我在复旦遇到一位研究历史的学者，他说他在新疆发现，有一个地方的人说的话完全就是武威话。他非常好奇。他的发现进一步印证了我的一些猜测。我母亲告诉过我，1970年，武威又遭遇一次大饥饿，那时她刚生下我和二弟，肚子饿得不得了，父亲脾气又暴，经常打她，她便好几次想抱着我和二弟往新疆跑。我们周围有很多人在那时都去了新疆。我三叔的大儿子和二女儿就去了那里。几十年里也来过几回，每一次他们走时，亲人之间互相抓着手不愿意放开，泪水流了一地，于是，全村人都站在村头流泪。

我三叔在七十多岁时想念大儿子和二女儿，觉得无论如何要去看看他们到底生活得怎么样，于是，他坐上了火车。到了鄯善时，火车停了一下。他看见一群美丽的女子一边跳着舞一边来叫他，他就下了火车，跟着那群女子走了。越走越远，火车什么时候走的，他也不知道。他看见一位女子给他水喝，他就拼命地喝，后来发现他在拼命地咬着芨芨草或什么植物的根。他迷途了。他在戈壁滩上一个人绝望地走着，不知道哪是北，哪是南。大约第四天的时候，他终于走到了一条大路上，挡下了一辆大卡车。谁也不清楚他是怎么从新疆回到武威的，他后来多少次想给子女说清楚，都未成功。他看到了真正的海市蜃楼。总之，他在子女们发疯般寻找他的第七天下午，回到了家里。光着脚，头发像蒿草，身上的衣服千疮百孔，脸上全是污泥。他的老伴也就是我的三娘，一见这个讨饭的就转身回去给他拿吃的，却见他跟着她径自往上房里走，就喊他。他们这才相认。三叔自从那次之后，就神情恍惚，没过多久就过世了。

　　我父亲下了很多年决心终于在 2000 年左右去了一趟新疆的巩留县，去看他的亲姐姐。我父亲对风景不感兴趣，他回来只是说，新疆很富饶，姑妈他们的地很多，不用我们发愁。从武威到我姑妈家就相当于到了北京或上海那里，甚至更远。没有到过西北的人不可能意识到中国的辽阔，在他们的意识中，兰州、敦煌、乌鲁木齐这些地方就像北京与天津或上海与杭州那样在一个地区，所以我的那些朋友们常常在喝上一些酒后，高兴地说，什么时候去兰州，顺便去看看敦煌，我只能说，好，一定。他们哪里知道，从兰州到敦煌，相当于从兰州到北京的距离。

　　但距离再遥远，也阻挡不了亲情。我父亲在我买车的那年就说，什么时候你们学好了车，我们就去趟新疆。我说，好啊。我也真的那样想。可一算路程，那得开多久啊！从兰州到乌鲁木齐近两千公里，乌鲁木齐到巩留县又是近一千公里，总共近三千公里的路程。第一天到张掖，第二天到敦煌，第三天才到哈密，第四天到乌鲁木齐，那还得拼命去跑，第五天、第六天去伊宁，第七天到巩留县。在那里玩个两三天，最多也就两三天，再往回开。得半月以上的时光。遥想当年我的曾祖父们不知用了多长时间才到达那里。一个半月？不止，恐怕在两月左右。路上还不知死了几人。我常常感叹古人总是有大把的时间，那时路程那么遥远，他们总是能到达，现在，我们总是没有时间，现在我们的交通多么方便啊，可我们始终未曾达到那一个目的地。

　　父亲的这个心愿我一直想帮他实现。前年暑假我曾想过这个方案，后来轻易地被否决了。这一次我一个人去。坐飞机去。我告诉了父亲，他立刻就把新疆那边表兄表弟表姐等人的电话让小弟给我发到了手机上。我取了五千元钱，准备去给我的姑妈。

五

在乌鲁木齐的机场上，我还在想，在中国六分之一辽阔的版图上，曾经是多少民族、文明弥漫的疆场，它的命运说变就变了。我们任何人也无能为力。历史就是这样吊诡。

牧场。天马。与我父亲说的巩留县的大片田野似乎不一样。但昭苏与巩留的最大特点，仍然是马，是草原。从资料中可以看出，昭苏原来就是巩留县的一部分，后来分出来成为一个县，也就是，它们本就是同一地理板块。我想起多年之前看过的诗人周涛写的散文《巩乃斯的马》和诗歌《野马群》。写的可不就是汗血马，可不就是天马吗？可不就是我要去的这两个地方吗？我想，父亲大概是被贫穷吓怕了，他的心里只有土地，没有草原。可我的心里为什么草原大于土地呢？我的梦里为什么始终有匹马呢？

在往伊宁的飞机上，我始终在观察伊犁的旷野、群山、草原。天山山脉仍然横亘在这片天地中，雪山从高空中往下看有些凄凉。那一刹那，我对飞机这个交通工具产生了厌恶。小时候，我们在晴天的早晨，总是向南遥望祁连山的雪峰。那是我们生命中最为洁净最为崇高的一部分。现在，它到了低处，我变成了崇高的那部分。这是多么荒谬的一件事！

天山！天的山？可以与天比高的山？最接近天的山？祭天的山？要知道天在古代中国是多么重要的存在。在西北，几乎所有少数民族都崇拜天。有学者认为，天山是指祁连山。祁连山可能是匈奴语，确是天山的意思。也有学者认为，腾格里和阿拉善也是天的意思。还有学者认为，黄帝就是从天山上下来，征服了几个少数民族后才向中原地区进发的。因为那时都是游牧民族，将黄帝局限于一地肯定是有问题的。如果传说中的天山指的是我身下这座山，它原是多么神圣。它活在崇拜中，活在神话里，可现在……我突然想，黄帝时乘什么马？

"时有神马出生泽中，因名泽马：一曰'吉光'，二曰'吉良'。"《轩辕黄帝传》里是这样说的。虽然此书出自唐，有伪作之嫌，但仍然可以玄想，黄帝之时，马已是最为神速的交通工具了。马是人类最早驯服的动物之一，是游牧民族最亲密的伙伴。如果说黄帝真的是从天山上游牧去中原的，那么，他所得之神马也许真是从天山这儿来的。

我闭上了眼睛，睡了过去。还没睡着，就到了。九百公里在空中只是刹那间的事。昭苏县委宣传部的小冉在那里等我和湖北著名作家陈应松老师。我们在县城的一个小餐馆里吃一种当地的面食，叫手擀过油肉拌面。一进门，一个五十岁左右的男子就冲我说道，这个饭馆里饭特别好吃，面有劲道。我对他的热情多少有一些戒备，有一句没一句地应酬着。但他始终说个不停。他问我从哪里来，我本来不想说，后来一想，说了也无妨，就告诉他甘肃的兰州。他一下更兴奋了。他说他去过甘肃的平凉，还去过张掖。他清楚地记得去平凉经过了靖远。我知道他走的是哪条道了。那条路我也走过无数遍，因为我岳父家在靖远。我觉得他的口音很熟悉，便问他是哪里人，他说他父母是陕西人，他很小的时候就到新疆了。这一下我再也不怀疑他了。我们聊得很开心。他热情地向我介绍昭苏的吃的、玩的以及各地的风景。这是我多少年来第一次遇到如此好客的人。我想起周涛笔下伊犁草原上帐篷里的人都是这样。他临走的时候对我说，这个饭馆里的饭真的不错，也便宜。

我们坐着小冉的车从伊宁往回走，那时已到晚上八点半了。随行的有他的爱人和岳母。他告诉我，部里没有车，让我们委屈了。不多久，我们开始爬一座山，但也下起了雨。小冉的岳母非常遗憾地对我们说，如果是白天，这座山可美了。我问是什么山。小冉说，乌孙山。

噢，这就是传说中的乌孙山，乌孙国不就在此吗？我的眼前立刻出现张骞第二次出使西域的情境。乌孙国献上良马数十匹，汉武帝一看，大喜，赐名"乌孙天马"。难道这就是真正出天马的乌孙？

我一下也遗憾了起来。从《史记》《汉书》等史料可以看出，我出生的地方武威在汉武帝时代属于匈奴之地，据说现在的武威前身名姑臧，姑臧是匈奴人建的。其城址一说就在现在的武威，一说在民勤。两者相距一百公里。不算远。说明那时祁连山上的雪水非常丰沛，整个武威和民勤都是好的草场。在民勤还有苏武牧羊的传说，有苏武山、羊道等地。与武威相邻的张掖和更西的酒泉也是匈奴人的所在地。

再往前说，匈奴人来这儿之前呢？是谁在居住呢？有学者认为，先秦之时，张掖以东属于月氏人所居，也就是说，如果我的祖先是武威人的话，他们先秦时的先人便是月氏人。他们就曾放牧在山丹军马场。那时，乌孙国、月氏国也是西域诸国中的大国。但月氏人又是从哪里来的呢？

据一些学者认为，月氏人属印欧语系。我想起 2011 年参加的永昌县罗马村的一个学术会议，在那次会议上，来自永昌县的一些作家、学者们认为，罗马村就是罗马时代的一个军团在西亚的战争中失败而逃难到中国最后被安置在永昌的罗马人建立的，他们列举了大量的资料，其中还有现在人的脸谱证据。但是，兰州大学的一些历史学家认为，这个说法不科学，当时在永昌、武威、民勤等地生活着月氏人，而月氏人就可能是印欧语系。我当时并没有去研究他的这种说法，可是现在我突然觉得，也许他说的是有道理的。

我突然觉得月氏人、匈奴人甚至乌孙人也许就是我们的祖先。当然，这不能说生活在永昌县折来村的那些人就不是罗马人。也许恰恰是罗马人觉得生活在武威、张掖一带的人与他们有共同的一些容貌特征后，就愿意留在那里。也许汉代的皇帝也觉得那些罗马人与河西走廊上的匈奴、月氏、乌孙人有某种渊源而将他们安置于那里。这都是历史的悬案，谁也难以说服谁，可是，另一个共识倒是达成了，即广大的武威一带人与月氏、匈奴和印欧语系人种有某种联系，不然，他们的长相为何如此相像？

匈奴人将月氏人从广大的武威地区赶往伊犁河流域后，又将乌孙人迫至酒泉以西。他们在陇西最富庶的地方居住了下来。人类本来同出一源，后来在不断迁徙的过程中产生了团体、部落、国家，有了不同的文化、信仰，最后这些不同的文化群体被我们今人命名为民族，同样，不同的民族又是在不断的迁徙中融合、混同。霍去病首次打败匈奴人就是在这附近。武威就是武帝向匈奴和西域三十六国耀武扬威而定的地名，酒泉是霍去病首次破匈奴后将武帝赏赐的御酒倒在一泉水中，和战士们共同庆祝胜利而得名。那时的乌孙、月氏与匈奴之间与三国时的曹魏、蜀国、东吴一样，常常相互征战，又相互联合。在公元前 177 至前 176 年间，在冒顿做单于时，匈奴进攻月氏，失败的月氏不得不迁至伊犁河流域。此后，匈奴又与乌孙合力再次进攻迁往伊犁河流域的月氏，月氏被迫再次南迁大夏境内。乌孙便乘机摆脱匈奴的控制，从敦煌一带迁往伊犁河流域。相比之下，水草丰茂的伊犁河流域比流沙之地的敦煌就富饶得多了，也辽阔得多。

这就是传说中的乌孙国了。《汉书》（卷九十六下·西域传第六十六下）是这样来记录乌孙国的："乌孙国，大昆弥治赤谷城，去长安八千九百里。户十二万，口六十三万，胜兵十八万八千八百人……东至都护治所千七百二十一里，西至康居蕃内地五千里。地莽平。多雨，寒。山多松。不田作种树，随畜逐水草，与匈奴同俗。东与匈奴、西北与康居、西与大宛、南与城郭诸国相接。"

这段简练的文字说明，乌孙国的地盘在当时很大，其首都赤谷城在今吉尔吉斯斯坦伊塞克湖州伊什提克城，说明乌孙国至少是今天昭苏的数倍之大。

史书上，天马与汉武帝、张骞、大宛、乌孙、匈奴的关系最为密切。张骞第一次出国访问，走的是丝绸之路的南向。这是一次极为有趣的出行。他本来的目的是去出访月氏国，想与月氏国共同对付匈奴。那时的月氏国正好就在伊犁河流域，是强国之一。但他走到河西走廊附近，可能就在我家附近，就被匈奴人抓住了。他被送往王庭，也就是现在的呼和浩特附近。在那里，他被迫娶妻生子，待了十年。十年内，国际局势发生了大变。月氏国被乌孙国大败，去了大夏国的地盘。也就是说，乌孙国代替了月氏国的位置。于是，他后来从匈奴逃跑后，没有北上去乌孙国，而是经天山南麓，过和田，逾葱岭，来到了一个叫大宛的国家。

在那里，他看见了世界上最好的马，汗血马。这似乎成了他此行的最大收获。他回来给汉武帝最大的信号便是，那里有一种叫汗血马的宝马，不但能日行千里，而且它奔跑时肩膀附近位置会流出像血一样的汗液，非常神勇。这信号仿佛今天所说的航空母舰一样。因为在那时，匈奴在军事上的最大法宝就是拥有良马。汉朝要胜过匈奴，马是首要的军事要素。

早在刘邦之时，汉朝就有"白登之围"的国耻，之后不得不对匈奴采取和亲的政策，并且每年送给匈奴大批棉絮、丝绸、粮食、酒等，以换取边境的安宁。"文景之治"虽然使国家变得富裕，但并不强壮。所缺的那就是良马。十六岁登基的汉武帝雄心勃勃，对匈奴的欺负早就意气难平。过了六年，在公元前 134 年的一天，二十二岁的汉武帝又一次召集群臣，商议如何和亲。大臣王恢献上"马邑之围"的良策。血气方刚的武帝立刻采纳了这一计策，决定利用一位商人引诱单于到马邑，然后进行围攻，但这一计谋在半路上就被单于发现，而且大将王恢临阵脱逃，致使这一计谋失败。马邑之围的结果导致匈奴对边境的骚扰更加猖獗。

汉武帝的意气与匈奴的强势形成了对峙。他深深地知道，要打败匈奴，英雄良将是必须的，但战马也是必须的。于是，他将飞将军李广调至边境，一边守卫边疆，一边开始养马。他还出了一系列政策鼓励养马。

就在那时，张骞回来告诉汉武帝大宛国藏着世界上最好的战马，汗血马。汉武帝不禁又一次将头转向西方。汗血马在世上并不多见，但它可以来改良中国的战马。它是世界上最好的种马。它是西域的精气神。

要得到那匹马，首先要扫清通往西域的道路。这进一步激发了汉武帝的雄心。当马匹养足的时候，汉武帝得了那个时代世界上最了不起的英雄：霍去病。英雄出少年。霍去病那时才十七岁。他随舅舅卫青直入漠南。那股青春的鲜血将少年及其率领的八百骑兵带入无法想象的神勇之境。那是英雄的荷尔蒙在草原上驰骋，像旋风般灿烂。他的胜利被鲜亮地载入史册。十九岁时，英雄已完全成熟，被拜为骠骑将军。他胸腔里的鲜血一直在往西怒吼，和汉武帝的胸腔产生了共鸣，于是，汉武帝迫不及待地命令这位天造的英雄，率领骑兵向陇西驶去。

英雄不负众望。一剑挥去，他砍断了匈奴的右臂。汉武帝大喜，将凉州之西命名为张掖。汉朝的臂膀终于张开。

但那匹马仍然远在大宛。它的背上仍然空着。它仍然在等待一位英雄。汉武帝也许认为，他应该就是那位英雄。所以，在霍去病打通河西走廊之后，就立刻派张骞再次出使西域，这次的目标是乌孙国。张骞也深知英雄之心。他回来时带回来数十匹好马，汉武帝大喜，命名它们为"乌孙天马"。

六

我们去昭苏的时候，昭苏的天马节刚刚结束。我们一行很多人都有些遗憾，尤其是我，没有看到万马奔腾的情景。要知道，我可真是奔着天马而来的。

第二天，我们就开始了寻找天马的旅程。一出昭苏县城，就是天大地大的景象。刚走不远，就到了一块叫喀拉图拜的湿地。在一座大桥时有人叫停，我们被那里辽阔的湿地吸引。我看见远处似乎有马的影子在动，隐约一点一点闪着。为我们解说的是临时找来的一位文化干部，她说现在县上还没有专门的导游解说员。但这也更好，说明她的解说会更具原汁原味。那条河的水很大，河面也较宽。我问那位文化干部，这是什么河。她想了半天才想起来，是特克斯河。她说，在昭苏，这样的河很多，有二十多条。于是，我玄想，在一片巨大的戈壁上，有二十多条很大的河纵横交错，戈壁也就变成了草原。但事实上，在两千多年前，在乌孙人占领这里时，它已经拥有如此众多的河流了，说不定比这还要多。这才是游牧人追逐的"水草丰茂"的草滩。也只有这样的地方，才能产出良马。

我们每个人都穿着外套，都觉得天还是有些凉。我却心想，这样温差大的地方才能有天马。天马一定生长在高海拔且天凉的地方，这样才可能飞跃葱岭，驰骋天山。传说当年康熙皇帝带领大军征伐噶尔丹，骑的是蒙古马，那些蒙古马在翻越天山时就开始吃不消，纷纷吐血。那时，康熙皇帝就想起了汗血宝马，只可惜汗血马在元代之后就消失了。昭苏在清代属于准噶尔部，定然也是康熙平定的地方之一。这不，到了乾隆之时，准噶尔部达瓦齐再次叛乱，乾隆再次派大将平乱，并在昭苏的格登山上立下一块碑。

那时，据说天马已失传。伊犁河流域奔跑的是天马的子孙伊犁马。可现在乌孙山下的昭苏怎么会有天马呢？这里又怎么成为天马的故乡？

我查了一下百度，"昭苏县地理坐标东经80°10′~81°30′、北纬42°~43°15′之间，为中亚内陆腹地的一个高位山间盆地，海拔在

1 323～6 995米之间，属大陆冷凉型气候，冬长无夏，春秋相连，被誉为新疆有名的'避暑山庄'。地势特征为西高东低。特克斯河横贯全境"。这气候是符合天马生存的，但它的马种又是哪里来的呢？

这就不得不又使我们回到历史中的那场战争中，为了一匹马而进行的两场著名的战争。

汉武帝在乌孙得了马，虽也名唤天马，但他仍然相信张骞的信息：真正的天马的种马藏在大宛的一个名叫贰师的城中。我们不得不猜想，在当时整个的西域，也许流传着一个关于马的传说，即汗血马的种马在大宛国，其他各地的汗血马都是它的子孙。这样，汉武帝便得陇望蜀，一心想得到那匹种马。

我在昭苏时，听一位当地的人说，当地人若得到一匹种马，将像对待亲人一样对待它，给它最好的吃的，喝的，即使到了它不能配种时，也要给它养老送终，像对待自己的父母一样。人们是绝不会杀了种马吃它的肉的。

于是，汉武帝先是派使者车令带黄金二十万两及一匹黄金铸成的金马，长途跋涉，涉流沙，越葱岭，到达大宛国，求取汗血马。大宛国王叫毋寡，他怎么可能把国宝汗血马送给别国，再说，他想大汉国远在天边，来一趟也不容易，便断然拒绝。我汉朝使节一看一个小小的国家竟然敢拒绝大汉，便破口大骂，并把金马击碎，掉头想离去，这一下激怒了毋寡。他不但杀了使团，还夺了金银财宝。汉武帝大怒，立刻命小舅子李广利任贰师将军，发兵数万远征大宛。李广利是位纨绔子弟，哪里懂得打仗。但武帝还是把这个事交给了他。

关于这一节历史的悬案，史家们论争了很久，小说家们也演绎过很多次。人们不解，为什么汉武帝一定要让这样一个不懂打仗的人去做这件事呢。原来与李广利的妹妹李夫人有关。关于李夫人，这里不说也罢。总之，汉武帝对其宠爱有加，李夫人死后，汉武帝还要请巫师将其灵魂招来与其相聚，其死后以皇后之礼进行下葬，后来还追封为孝武皇后。李夫人死时，对汉武帝托付了两位哥哥，一定要让他关照。李夫人的一位哥哥受了宫刑，再也无法提拔，还剩一位哥哥就是不会打仗的李广利。

汉武帝或许心想，区区一大宛国，探囊取物而已。于是便有了私心，派了李广利率三千骑兵和几万步兵，向大宛国进发。一路上，李广利不懂用兵之法和外交政治，所以，路过一些小国时竟然也被人家拒之门外，有辱我大汉威名，兵士们饿死病死无数，到了大宛国时，就剩下几千人了。他们先是攻打大宛国的都城郁城，但攻了两年也攻不下来，便撤回，走到敦煌时，却被武帝按住马头，不准入关。此时，正值赵破奴失利，朝中大臣不愿意再打仗，但是汉武帝是何等帝王，他岂能受如此之辱！他将反对他的大臣入了狱，然后增兵数万，将所有能打仗的囚犯、强盗等人都派了去，竟然也有七八万人。这还不够，他又用了一系列方式，动员全部国力在河西驻兵数万，以便随机进发西域。第二次，他让小舅子带领庞大的军队冲入西域。汉武帝如此动作，吓坏了西域诸国，他们纷纷打开城门，送食送水，加以慰问。大宛国见势，举国皆惊。先是紧闭城门，然后便觉得这样也无望，贵族们起来把国王杀了，牵出宝马送给李广利，说之前是国王的错。李广利此时也已损兵近半，赶紧见好就收。他让人选了数十匹汗血宝马和三千匹中等良马，浩浩荡荡往回走。

天马归来，大汉威震西域，四海皆服。武帝高兴，作诗《西极天马歌》：

天马来兮从西极，经万里兮归有德。

承灵威兮降外国，涉流沙兮四夷服。

武帝得了大宛之天马，做了一件非常有意思的事。《史记·大宛列传》上载："初天子发书《易》，云'神马当从西北来'。得乌孙马好，名曰'天马'。及得大宛汗血马，益壮，更名乌孙马曰'西极'，名大宛马曰'天马'云。"

也就是说，武帝对天马有两次命名。乌孙也是天马，但不及大宛天马壮，便改名"西极"。于是，有一个问题便出现了，西极是不是天马的一支呢？也就是说是不是天马的后代呢？

马史专家研究得出，今天世界上有三种纯种马：汗血马、阿拉伯马和英国马，而阿拉伯马和英国马都有汗血马的血统和基因。汗血马从古至今繁衍生息，并未消失于历史，在今天的土库曼斯坦、俄罗斯、哈萨克斯坦、乌兹别克斯坦都有它的身影，据说全世界它的总量为三千匹左右，其中两千多匹都在土库曼斯坦。昭苏县委宣传部邓副部长说，中国境内此纯种马约十匹左右，都在昭苏。

可以看出，汗血马的血统虽然在世界各地都可能有，但它的纯种只能生活在中亚地区。在中国，元代之后它就基本上消失了。究其原因，一是它乃中亚地区之魂魄，所以适应于中亚地区。相反，在中亚地区，那些体形大而壮的马可能不适宜生存，比如前面所说的康熙皇帝率领的骑兵在翻越天山时，他们骑的蒙古马就有些不适应了。二是它数量本身就少，往往都是为了改良内地的马而存活，而且体形不壮，最后不得不让位于蒙古马和其他的马。也就是说，它不适于在内地生长。

从这个角度来看，昭苏被重新命名为"天马的故乡"也是实至名归。

七

辽阔的昭苏，是一个天然的马场。到处都是一望无际的草原、油菜花，以及一唱三叹的群山、暮霭、白云。白云之下，山峦之上，总有一匹马在悠闲地吃草，瞭望，呼吸，思想。每一次，我都不由自主地问，这是汗血马吗？回答是否定的。

第三天傍晚，我们住在了夏塔古道上的一个温泉宾馆。张承志在那里采风并写下著名的《夏台之恋》。我在昭苏的很多地方都看见一张照片，在汗腾格里雪峰之下，一群马在那里或奔跑，或散步。腾格里已经是天的意思，那雪峰也就是天山雪峰。雪峰是神圣的，天马也是神圣的。它们成为整个昭苏的名片和最美的风景。但第二天一早我们赶到雪峰下的一个草场时，竟然没有看见马。我们都有些失望。在回来的途中，才看见几个人骑着马奔驰而去。我还是问别人，那是汗血马吗？回答仍然是否定的。

据说，汗血马只能到马场去看了。那是在昭苏的第四天下午，我们来到了马场。马场上修了一个很大的看台，看台的前面则是一个比我们操场大一些的赛马场。在一楼的围栏里，我们去看将要出来向我们展示的名马。有两匹马被介绍说是汗血马。一匹有些灰，一匹则是枣红马。我站在那匹枣红马前，看见它一双明亮而清澈的眸子在看着我。它一动不动地盯着我，仿佛在向我诉说着什么。我被击中了。我从来没有如此亲近地看一匹马。它不是那种健壮的马匹，而是拥有俊美的身姿，健美，有力。我们曾在前两天看过它的一些变种。人们称其为伊犁马。在去水帘洞和看草原石人的路上，曾经有几匹马闪电般掠过我的身旁，刹那间已经到了远处。它们奔跑的时候，身子微微侧斜，像是故意给我们展示它的飘逸似的。但那些马都与我无缘，它们都与我擦肩而过，不做任何交流，这一匹不一样，它比那些马要俊美得多，也要亲近得多。

别的人都走远了，我还站在它的前面。一刹那间，我真的有一种与它像是失散多年的兄弟般的感情涌出。我从来没有对哪一种动物产生过如此的情愫。顿时，我确认自己的血液里一定有游牧民族的血统，也许我就是月氏人的后代，也许就是匈奴人的后代，也许，我就是乌孙人的后代。我是来寻根的。

我很想摸摸它，很想再近一些看看它的眼睛，也许，在那明亮的眼睛里，藏着什么我与它的秘密。但我们中间隔着文明，隔着无数荒废的岁月。我不再是英雄了，我不会骑马。而它，似乎还在等待一位英雄。刹那间，我为自己不能善骑而深深地失落。

同来的一位女记者把手伸了过去，轻轻地抚摸着它，而它一直在看着我。我突然间想哭，不知为什么。幸好，多年来的矜持使我将泪水轻轻地咽了下去。大概是它对我失望了，转过了头。我不知如何办。我站了很久，但它再也不转过身来。我失落之极，但又深感无奈。我落寞地往前走去。还有很多名马，有两匹看上去非常强壮，也有特别小的走马。我都不喜欢。

看过了所有马，就知道汉武帝为什么那样喜欢汗血马了。它代表了一种美的高度，一种其他的马无法企及的单纯之美。

我是怀着一种难以名状的失落之情离开马场的。不是因为没看到盛大的赛事，没有一睹马的风采而失落。那些对我来讲已经不重要了，我不是来看其他的马，我是来寻找天马的。可是，我不是看到它了吗？它也不是那样忧郁地看着我吗？对，我突然间觉得它的眼睛里有一种难以觉察的忧伤，甚至是忧郁。它转身的刹那，那忧郁之情便突然间弥漫开来。那情绪影响了我。

我想，它也许并不喜欢以这样的方式来展现自己。它喜欢荒原，喜欢孤独地在草场上闪现。它并不喜欢人类。人类喜欢它多半是因为战争，是要让它打仗，或是做种马。昭苏的一位领导向我们介绍，天下的种马都在昭苏，每年有无数的人拉着马来这里配种。这自然是新的马产业了，也是昭苏发展的新机遇。但是，这样的天马，它现在只能做种马了吗？在没有英雄的年代，它只能如此荒诞地活着？它眼里的忧郁代表了什么？

我想，它也许是在等待一个知己。它的美，它的力量，它的天生的高贵，并不一定要在战争中显示，而是在孤独中，在传说里，在与英雄的相恋里。

我不是那个英雄，我们这个时代也没有那样的英雄。他辨认了我一阵，便决然转过身去了。但是，从它的眼神里我不断地在发问，难道我们这个时代不需要英雄？

我本来还想去看看我的姑妈，去看看巩留县的巩乃斯马，但没有时间了。我不得不返回。但它也使我有了再去伊犁的念想与缘由。

在从昭苏回到兰州的二十多天里，我一直在问自己，我所见的那匹汗血马真的就是汉武帝见过的天马的一匹？它与西极到底有什么不同？还是它就是西极？它还可以被称为天马吗？

如此一问，我便明白了一件事，从十八岁之后，我一直在寻找两个意象：一个是英雄，一个是天马。二十岁不意间看到的那柄生锈的宝剑似乎一直背在我身后，我从未将其拔出过。我没有找到真正的天马，即使汗血宝马就站在我面前，那样忧郁地看着我，我仍然因为自身的不足而无法认定它就是天马。即使它就是汉武帝所说的天马或西极天马，可因为历史赋予它太多的想象，以致我很难这样轻易地确认它就是我心目中的天马。最重要的是我还在寻找英雄。

汉武帝寻找天马，是要打通中原与西域乃至整个世界的道路，是要开疆拓土，征服西域。他得到了天马，并为其命名，因为他是大汉天子。而我呢？我如此长久地寻找天马，是要做什么呢？那天，那匹被认为是汗血宝马的天马就站在我面前，而我又失落返回，到底是什么原因呢？从周涛的诗文，从今天难以计数的写汗血马的小说，以及从武帝之后无数人对天马的想象中，我们已经培养了一匹想象中的天马。凉州的那匹青铜铸就的奔马也是想象的天马。

我忽然间明白，天马已经活在历史中了，活在我们的想象中了。它不仅仅是一个个体的精神之梦，还成了整个中国的国家理想。过去，它生活在中亚，代表了中国最为强盛的意志与美学，代表了中国向西开放的自由奔放的姿态，从此之后，它越长越美，越来越难以描述，但是，天马之梦在每个西部人的梦中，也在中国每一个英雄的梦中。

我又一次想起武帝的那首诗：

天马来兮从西极，经万里兮归有德。

承灵威兮降外国，涉流沙兮四夷服。

荒芜之心

一

那年夏天，我坐在从阿拉善到额济纳旗的车上，一路盯着几百里的黑戈壁，没有一点睡意。不知为什么，四十岁之后不再爱青山绿水，只喜欢这荒芜之象。读博期间，每次从上海飞到兰州，看到那连绵不绝的大荒山时，从我内心的深渊里便突然涌上一股古老的泪水来，仿佛不是来自我的肌体，而是从那荒芜山河里生发的，被我硬生生咽下去。是的，我竟然爱上了这荒芜。人世间真有我这样的感情？所以，当众人遇到死海一般的黑戈壁时都昏沉沉睡去，唯有我在欣赏它的孤绝之美、空无之美、荒芜之美。

黑戈壁，多少民族湮灭的海洋。匈奴、西夏、月氏……李元昊的影子若隐若现。每一座荒芜的山头都能让人浮想联翩，跌入迷惘。

我们行走的这条小道据说也是古老的丝绸之路上的一条小径，从汉唐到明清，僧侣、胡客、商贾、土匪不断地像时光的黑影一般闪过，就像空中的飞鸟一样划过，留不下丝毫的痕迹。偶尔能看见一棵或两棵最多也就三棵树立于浩茫的天地之间，孤独，悲壮，然而也平凡，渺小，心中涌起莫名的感动。想起庄子笔下的那棵无用之树。中途，忽然有人睁开了眼，说，太荒凉了。我却在心中说，太美了。

司机害怕自己也睡着，便放起《苍天般的阿拉善》。我流泪满面。在复旦读书期间，我日夜在写一部长篇小说《荒原问道》。每当我要休息时，便放起一个女生唱的这首歌。那个女生比德德玛唱得更让人动情。在听那首歌时，我便觉得整个大西北都是荒芜的戈壁、沙漠，一个村庄都看不见，一个生灵都看不见，突然间，驼队出现了，父亲出现了，女儿出现了，但都那样古老而孤独。有几个夜晚，我一边听，一边跟着唱，而泪水在我这个四十多岁的老男人脸上纵横汪洋。

但我还是不能让司机看见。我把眼睛闭上，把在巴丹吉林沙漠买的帽子扣在脸上，借以遮挡我不争气的脸。多少年来，我都一直在克服这感性的脾性，也的确在人面前从未流过一滴泪。但在无人的夜里，在这荒凉的途中，我竟然不能自已了。

然而，我不知这是为什么。

二

在那之前，我们去了巴丹吉林沙漠看海子。我们坐着吉普车，在沙漠里奔跑。小时候，我生活的凉州的西北部是一片戈壁。青色的细碎的小石子密密麻麻铺到天边，无边无际。那时候以为，整个世界都是戈壁。后来知道，在这些戈壁的北边，就是无穷的沙漠。刚开始听说的时候心中怀着颤栗，但等到看见沙漠时，又觉得亲切。那细细的沙子可不就是我们小时候最心爱的玩具。我们将它们捧到手里，然后捏住，看着它们从拳头的最下面一点点流走，最后竟然一粒沙子都握不住。无论多大的力量都做不到。那是我们觉得最神奇的地方。老人们说，这就是生命。我的理解就是时间。

有一年秋天去敦煌，我坐在鸣沙山上看夕阳西下，不愿离去。手里捏着一把沙子。回来后发现身上一直有沙子，洗了很多次衣服，还有。找不出它们藏在什么地方。仍然觉得它神奇。

二十岁那年听说有人徒步穿越腾格里沙漠，便与人相约去试一下，结果未遂，心中一直有个遗憾。现在，坐着汽车奔跑，虽然有些变样，总想下来跋涉，我不想轻易地就把沙漠穿越，但听说沙漠无边无际之时，就放心了。吉普车以时速三十码左右的速度颠簸时，就感觉已经像高速公路上的一百八十码了。沙漠啊沙漠，也许我上辈子曾在大漠里做过土匪或是放牧者，此生便一心对你念念不忘。连绵不绝的沙山，偶尔有几株绿草。司机开始耍起了技术。他突然间加大油门，飞速冲到一座很高的山顶。在山顶，我看见整个世界都是沙漠，寸草不生，蛮荒无际。但我喜欢。这时，司机告诉我们，再翻越过几座沙山后就能看见海子。我渴望。于是，他高兴地从陡峭的山顶冲下山去。我们都觉得车要翻了，但他自信满满。车里的女人们尖叫着。

然后不久，我们来到了一个海子旁。沙漠中的一小片汪洋。干渴中的救星。生命的奇迹！人们都下来跑到水旁边，将手伸进那清澈的水里。我则徘徊于远处，盯着它看。我想看出它的一些本质来，但我看到的是一片片小小的涟漪。从远处看，它一片寂静。它在这广大的沙漠里处女般宁静而又诱人。

　　但司机说，这不算最好的海子。在整个巴丹吉林沙漠里，这样的海子大概有一百多个，最大最美的海子在沙漠深处。我说，那就去看吧。他笑了笑说，这次不行了，那个海子还得走一百多公里，过去汽车进不去，人们都是坐着骆驼进出，一个来回要六七天。

　　我不禁好奇，问道，那个海子旁有人生存吗？

　　他说，有啊。

　　我问，多吗？

　　他笑道，肯定不多，有几户人家。

　　我迷惘地嗯了一声。司机又说，那个海子旁，不仅有人家，还有座庙，叫巴丹吉林庙，那个海子叫庙海子。

　　我惊问，庙？几户人家还有庙？

　　他说，是啊！人都需要信仰嘛！

　　是啊！信仰。即使是几户人家，也需要安顿生死。我又问，那是什么时候建的呢？

　　司机说，有一些专家去过，考查了一下，据说是乾隆时期建的，但让他们惊叹的是，那个庙是怎么修建的。因为沙漠里没有修庙的那些材料，而去一趟那里至少要坐着骆驼三四天，又是为了那几户人家。

　　我也惊叹道，那是怎么修建的？

　　他说，听那些专家说，修庙的人是从巴丹吉林沙漠周围的银川、武威等地雇来的，有木匠、画匠、泥匠，很多人，石头是从西边的雅布赖山运来的，木材是从遥远的新疆驮来的。问题在于，用骆驼运送石木非常艰难，他们的骆驼并不多，是怎么驮运的？用吉普车跑，也要整整一天的时间才能到达。

我也好奇。他说，牧民中流传着一个说法，说牧民赶着羊到沙漠以外的地方购得水泥、石料后，让数量庞大的羊群驮到一百多公里的沙漠深处。

我说，这得几天啊？

他说，可能也得三四天吧。

我还是好奇，便问道，为什么要住到沙漠深处？是为了躲避什么？

他说，不知道嘛！据说以前那里人还是很多的，寺庙鼎盛时期就有六十多个喇嘛，现在的人都不愿住在那里，搬出来了，所以，现在就剩下几户人家。

那天，我们要赶路，便没能去成庙海子。回去的路上，我不断回头遥望沙漠深处。那个海，是生命需要的，而那个庙，也一定是生命所需要的吗？如果那些人是因为避世而去了沙漠的深处，但已经没有战争，没有灾难，可他们仍然需要信仰吗？

三

巴丹吉林沙漠的南边，就是民勤。一个被沙漠快淹没了的人类故乡。二十多年间，我曾去过五六次。几乎是每三四年就要造访一次。刚开始是因为我的朋友许斌和邱兴玉在那里的缘故。

大学刚刚毕业时，我感到孤心难守，必须去一个遥远的且有朋友的地方，一方面把心放牧到边疆，另一方面则是边疆的陌生带来的莫名的冲动和兴奋感能浇灭我生命中燃烧的诗情。对我来讲，民勤就是一个心的边疆。于是，揣着几块钱，从兰州出发，颠簸过高高的乌鞘岭，昏昏欲睡中已到了武威。走了整整一天。武威是我的老家，但我此刻心里全是逃避，一点都不想回到家里。在武威城里找了个朋友家休息了一晚，第二天便坐车去民勤。所剩的钱只能买一张汽车票。但很早之前就已经书信告知朋友，我会在哪一天到达民勤，让他在车站等着我。我确信他会等我。

去民勤的路上，我第一次看见那么大的沙漠，也是生平第一次看见那么多的沙枣树和红柳丛。太阳显得格外炽热。正午一点钟时，我终于到了车站，远远地看见许斌在那里等我。我握住了他的手，他则激动地对我说：我昨天就到了城里，今天早早地就过来等你。

然后，我们坐着车去他家里。一路上，没有从武威到民勤路上那么荒凉了，但仍然无比荒凉。快吃晚饭时，我们终于到了他家。伯母给我抱来一个西瓜，让我就着馍馍吃。我第一次吃，觉得那样美味。但不幸的是，我的肠胃受不了，一小时后就上吐下泻，去了附近的诊所。晚上停电，我正好睡觉。那一晚睡得很实，没有做一个梦。第二天起来后，肚子好了，许斌又把我带到瓜地。我忍不住又一次在西瓜地里吃起了瓜。那是我生平吃的最甜最凉爽的西瓜。仿佛把大地最凉最甜的那部分吃进了胃，很多年来一想起来就觉得胃里凉凉的。

忘了下午是如何度过的，似乎是帮着干农活。但晚上又停电。我第一次觉得那里的傍晚是那样重，那样稠，真的感觉到了人类的边疆，再往外走一点就会走到非生命的地域，突然间感到莫名的恐惧。我不断地走出许斌家的院子，到院外去呼吸一阵再回去。大概许斌觉得我是无聊，他没法感受我那种心的憋闷。于是，我和他走出了村子，去附近的村子找另一位朋友。我们在沙地里走了很久，还是看不见村子，但远远地能听到狗的吠声。我叹道，你们村子与村子间的距离太远了。他笑道，是吗？我没觉得。

我们终于到了另一个村子，找到了另一位我听说过的朋友。那位朋友据说也在写诗。于是，我们像亲人在黑夜里相遇。但那个村子也停电。大家似乎都没有点灯或蜡的习惯，总之，我们在黑得不能再黑的夜里谈着海子、骆一禾以及昌耀。黑夜里，有人在炕上睡去，打起了呼噜。突然间，我们觉得该分手了，于是，我又和许斌在黑夜里往回走。记不起来是怎么走回去的，但就是觉得很漫长，到处是沙丘。奇怪的是小小的河流也随处可见，我们不停地绕道而行。

第三天下午，我和许斌骑着自行车去看望诗人邱兴玉。黄昏时的夕阳将一个个沙丘照得红红的，又将它们的阴影处照得格外神秘，我们的身影也被拉得很长很长，竟然能盖住好几个沙丘。我突然想撒尿。我们俩把自行车扔在沙漠边缘，解开裤带撒尿。一瞬间，我双手丢开裤子，任凭裤子掉在地上，而解放双手，让它们在空中挥舞。我甚至觉得应该赤裸着身子在沙漠上撒尿，奔跑，一切服饰都显得多余，羁绊。沙漠解放了我。也只有那一次，此后多少年我撒尿都规规矩矩，一副文明人的举止。

我们走了很远的路，才到达诗人邱兴玉家。他正在收拾麦子。他们家也停电，屋子里全是黑夜和西瓜。我们谈着诗，不停地吃西瓜。现在，我再也想不起那一晚是在哪里度过的，但我想起那些黑夜比我过去和后来经历过的黑夜都要更黑更浓更令人惆怅。我在谈话的中间总要不停地走出院门，瞭望无垠的夜空，倾听四野的蛙声，确认我还在人间。

那是我第一次体验到荒芜之重。

四

因为许斌，我在第二年又一次去了民勤。没有什么事，就是彼此想念了。他写信说他在那里很孤独。我觉得他需要朋友，而那个朋友非我莫属。这一次，我刚刚毕业，每个月的工资远不够花，仍然空手而去。那个时候的朋友，真的是以心换心，任何心外之物都似乎多余。

那是 1992 年春节前的一个下午。我前脚到了民勤，风后脚也就到了民勤。我是从南边去的，它是从北方沙漠里来的。在那之前，我认识很多风。在凉州辽阔的大地上，我度过了无边无际的童年和青少年时期。现在，我想不起来多少学习的痛苦经历，能想起来的全是在戈壁和大地上的奔跑，天上的雄鹰，散漫的羊群，无边的油菜花，新垦的散发着潮气的大地，高高的杨树，清凉的溪水，熟睡着的村庄，永无止境的游戏，黑夜里对于鬼神的询问，等等。再就是风，各种风。有一种风已经成为空气。那是冬天和春天时，在旷野上行走，阳光明亮，但仍然有一股强大的风在大地上运行，轰隆隆地走过，但你看不到它吹起任何的尘土。早年时以为那就是天底下一样的晴朗天气里的一种表现，后来在外地生活了多年回去后才发现，那是一种在高空中夜以继日运行的风，只有在中国的河西走廊上才有的风。也是后来才知道，凉州以西的安西原来是世界风库。但即使是那样的风，我们也习以为常了。

然而，在民勤的那一天，我感到了陌生的风。

本来晴朗的天空突然间刮起了一阵风，刹那间，那阵风便带来更大的一场风，一下子把街上吹乱了。接着，所有的人都像战争期间那样突然间忙乱地收拾着往家里跑。我看见年轻人纷纷骑着摩托车，裹着军大衣，在街上拼命地打着喇叭。喇叭声响成一片，使街上更乱。我看见风把那些小商小贩们的摊点粗暴地掀翻，瓜果滚满了街道；把那些店商们摆着的锅碗瓢盆一脚踢翻，任凭店商们满街乱拾；把孩子的双眼突然吹眯，呼喊声凄厉一片。然后，风把街上所有的自行车都踹翻，把各种纸做的、塑料做的东西扔到空中，四处乱飞。

也许，寒冷的风让我们感到恐惧之外，这场风则让我们感到陌生和疑惑。它像一个大盗一样，把整个民勤城顷刻之间抢劫了。我问许斌，怎么会这样？他告诉我民勤的冬天总是那样。

1993 年的一个春天的下午，诗人许斌看到，在民勤城的北方，突然间天黑了。大家都不知为什么，正在议论中时，那黑暗已经裹着风沙将他们包围。那比我曾经感受到的黑夜还要黑暗的白昼，他们竟然看不到两米之外说话的人。他们这才意识到是一场从未见过的黑暗。他们只好摸索着回到家里，并摸到手电，但那手电也只是照到两三米之内的地方。他们终于恐慌了，一生都没有遇到过这样的恐怖。那时，正好是孩子们放学的时刻。兴高采烈的孩子们被这黑暗吓哭了，他们看不到前方的路，只好摸着黑暗一边哭一边走。就这样，很多孩子走进了不远处的水渠里，没有多久，稚嫩的双手和绝望的哭声便消失了。

那场黑风越过民勤，不久便吞没了武威。那时，我父母正在武威乡下的家里干活。母亲觉得好好的白天怎么突然黑下来了，就在心中疑惑。说时迟，那时快，只见那黑暗顷刻间就把整个天空吞没了。母亲觉得什么都看不见了，就像眼睛突然间瞎了一样。她恐慌地往一间屋子里摸索，去把手电筒拿来，想寻找父亲，可是，父亲不知去了哪里。她便喊父亲，父亲的声音在几米之外，但怎么也看不见。母亲后来告诉我，在那场黑暗降临之时，很多人一下子吓傻了，平时闭着眼睛都能找到的家那时怎么也找不到了，相反，几乎大部分人都去了相反的方向。有孩子在放学的路上掉进了井里。

那场黑暗后来也漫延到兰州，并一直吹向上海。人们给它命名为"沙尘暴"。它像撒旦一样，从腾格里沙漠和巴丹吉林沙漠里钻出来，站在半天里，然后，携着死神向民勤、武威、兰州、西安、上海一路进发，只是当它肆虐到乌鞘岭时，佛陀便伸出了援助之手，将死神的喉咙牢牢地扼住了。

关于这场风的传说，都是在后来听说的。但除了民勤人之外，似乎没有太多的人在意它的存在。2004 年冬我到日本时，导游告诉我，很多日本人都在给敦煌和民勤那里捐款，敦煌是文化保护，民勤则是生态保护。我还是惊讶了，我说，远在东海的日本，也能感受到沙尘暴？导游说，偶尔也能感受到。这使我想起身在兰州的我们几乎每隔几天就能被沙尘暴挡住去路，却并没有为此做些什么。我不禁感到羞愧。我们中国人的生态意识太弱了。

似乎是，那场黑风后来去了内蒙古的东部，于是，春天的时候，它又去北京城作案了。北京发现了它，并开始发出逮捕令。

2009 年的秋天，又是应许斌邀请，我们去了民勤。我们去看了一眼青土湖。那时的青土湖已经被治理得很成规模了，据说最大湖面能达到十一平方公里。我们都在湖的周围徘徊着，都担心它忽然间不见了。为了这些水面，我的老家凉州也做出了难以想象的努力。据说，在整个的古羊河治理过程中，对农业的治理是一个极大的工程。它要求农民不要再种粮食，而是去种一些耐旱的作物。政府填了很多大地上的水井。但是，我的父亲不大理解这样的政策，因为他只会种粮食，他不会种其他作物。他老了。于是，那一年的土地就被荒掷着。大风一起，整个凉州北方一带大地上的尘土也被带起来肆虐。但我父亲最不能容忍的就是让大地荒废，这是他的农民心在起作用。于是，第二年，他们冒着粮食可能被渴死的危险种上了粮食。我无力解释，也难以解释。因为我看见民勤的农民在那些年丰收了，家家都富了。

从民勤回到兰州后，我的心里便一直荡漾着那一湖的沙漠碧水。这是整个荒漠里的一线希望。

五

难以忘怀，青春时第一次去民勤的公共车上，我看到连绵不断的红柳和沙枣树满身沧桑地站在沙漠的边缘时，莫名其妙地想哭。荒芜总是令我如此。母亲曾经告诉我，小时候我总是在黄昏时分看着夕阳发呆，眼睛里全是伤感。当我能够记事时，便记得在戈壁上放牧的情景。浩大的戈壁仿佛万年前被屠城的王城一样，它的铜墙铁壁被推倒，便成了我眼里神秘的戈壁。神在流浪。夜晚，当我抬头凝望一直向西升高的戈壁时，便看见鬼火缭绕，影影绰绰，繁星下降到地上。戈壁与天空竟然是一个世界。而在白天，我们都忘记了这些。天空升为天空，戈壁降为荒漠。在那里，我们追逐着绿色，但凝重的乌云总是倒挂在天上，使天地总是在顷刻间变得悲壮、凄凉。我的童年和少年便在时而宽广无边时而狭窄压抑的天地间穿越，奔逃。我记得雄鹰被迫在我的头顶上盘旋。如果天晴时，我们在黄昏时分赶着羊群从高高的戈壁上向着低处的大地彼岸移动时，我便看见所有的村庄被夕阳烧得火红，那辉煌的情景不仅没有激起我无比的兴奋，相反，我曾莫名地伤感。大学时候，我的心灵一片荒芜，每当我午休起来看见宿舍里仅剩我一人时，便想放声恸哭，但我努力地克制着自己，仅任泪水在脸上激荡。有人说，我天生就是一个诗人。我却对自己不屑，我并不想如此"软弱"。无奈，我年轻的时候到底成了一位多情的诗人。也因为诗歌的缘故，我坐在了去民勤的汽车上，与那荒芜的沙漠结缘。

世界上很多人都认为，只有绿色才是人们需要的生态，是真正的生态，而戈壁、沙漠不是生态，是荒漠。世界上的生态有江河海洋，有高山平原，也有沙漠戈壁。江河海洋以及平原从来都没有什么异议，因为它们带给人们富足，但事实上，黄河曾经如沙漠一样成为中国人的大害，这才有大禹及其父亲鲧治理黄河的故事。高山之巅因为是雪域，它化为雪水哺育人，对人有益，但荒山仍然存在，却没有多少人说它不是生态。戈壁、沙漠可能对人类的生存构成威胁，但它仍然是大自然的一种存在。在更高更广的地理和天文概念中，戈壁、沙漠的存在仍然是非常有意义的。我知道，人们一定会质问我，它有什么意义？在大沙漠中，能存活的生物极少。但我说的不是对生命的实在的意义，我说的是对生命存在的另一重意义：虚无的意义。

虚无在这里只是一种不得已的借用。老子在认证虚实存在的意义时说：实为利，空为用。车轮的车轴是实的部分，其中虚的地方才是真正有用的部分。一个人白天在忙碌，是实，晚上需要休息，是虚。一个人挣钱是实，花钱为自己的亲人和所爱的人则是虚。一个人感官能摸得着的物质世界是实，用心能感知到的情感世界则是虚。如果只有实的存在，而没有虚的部分，可以想象，这个世界和人都将不复存在。实与虚是相互依存的。大地是实，天空则是虚。只有大地，没有天空，我们会怎样？绿色的生态是实，荒芜的生态就是虚。

我的一位老师调到西安工作后的第一年，因为没有朋友，工作又忙，他每周必须做的一件事就是开着车，出了西安城，到白鹿原上站着，望着虚空，抽两支烟，然后回家。我每年回家的第一件事不是去看望我病中的舅舅，而是迫不及待地去一趟童年时奔跑的戈壁，在那里看一看，发一阵呆，回忆一会儿，然后再回家，看亲戚。有时候，我甚至先去看望戈壁，穿过戈壁再回家。刚开始没意识这是为什么，后来便意识到这不仅仅是童年的意识在起作用，还是那"虚空"对生命的召唤。

生命中必须有一块地是荒芜的，它不是供我们来用的，而是供我们实在的心休息的，供我们功利的心超越的，供我们迷茫的心来这里问道的。整个世界也一样。世界不过是我们的放大体而已。

也许，我常常以为，我们那颗现代之心就深藏在荒芜之中，它需要我们去发现，去呵护。

高　人

那一日到凉州，本是车马劳顿，再加上大雨倾盆，众人吃过了传说中的三套车，都只愿看看附近的白塔寺，然后休息。更何况，热情的朋友说，寺里的住持在那里等待多日了。可说这话的时候迟了。

在此之前，一个电话打进来，是金昌的一位朋友打来的，说了一大堆热情的邀请，我们就是不愿再动弹，然而他突然说，永昌县圣容寺的住持在那里等我们呢。我对众人说，这个住持可是位奇人。众人便问我，怎么个奇法？

我说，听说他原来是一位京城的官儿，上世纪八十年代不愿再做官，从京城向西而来，犹如老子避世。他云游至此，看到祥云缭绕于古丝绸之路上的一个被废弃的驿站上空，煞是好看，再定睛细看，原来是一座寺庙。他问附近的村民，有知道的，说是唐代修建的，还是皇家寺庙，再一问村里的老秀才，便寻得一段古史。然后，他就留在了这里，至今已有二十五年。

我还要往下说时，师母已然决定，那就去拜访一下这位住持吧。

我朋友不悦，这才说，白塔寺的住持已经等了好几天了。他显然很不满。但我们已然起身，因为师母对这个住持充满了好奇。我告诉朋友，师母皈依了佛家。朋友还是不理解，但已然无法解释。

原来说路上十分泥泞，大概要走几小时，谁料一路顺利，且雨住云散。这个圣容寺，我已去过三次。每一次，都是祥云迎接，所以，每一次，回来后收获无数蓝天祥云的照片。一路上，长城的残垣站立两旁，使这里的时间突然间变得古老而缓慢。说时迟，那时快，已然到了圣容寺下面。

有朋友问我，此山叫什么山。我抬头一看，这一次没有祥云。我说，名曰龙首山，此峡名曰御山峡。又问，为何如此命名？

我说，这里有一段因果。北魏时期，有个叫刘萨诃的和尚云游至此，大概也是看到了祥云。那时，这里是丝绸之路上的一个驿站，你们看，前面有河流过，山下面可以建房子，而这条路是人们通往敦煌的必经之路。人们要在这里休息，补给，然后上路。刘萨诃也到了这里，他看了看这里的山势和风水后说："此山有奇灵祥光，将来会有宝像出现。宝像出现时，如残缺，预示着天下离乱，黎民饥馑；如宝像肢首俱全，预示着天下太平，民生安乐。"说完后，和尚带着徒弟们向敦煌而去。

八十六年后，当数代人都逝去，和尚的预言也隐约在人间消散之时，山谷里忽然狂风大作，然后山崩地裂，北边悬崖上现出一尊石佛瑞像。那已是北魏孝明帝正光元年间，有老人忽然想起先人们的传说。他们跌跌撞撞爬去一看，吓了一跳。

瑞像上没有头。

灾难接着发生。预言使灾难更为恐怖。这场灾难据说持续了四十年。四十年间，方圆之地天灾人祸，连绵不断。河西人总是说，三十年河东，三十年河西。确是三十年，不，是四十年后的一天夜里，在距此两百里外的武威城东七里涧，突然祥光四照，人们都去观看，原来是一尊石佛头像。

这一次，人们记得清清楚楚。那已经到了北周年间。于是，人们赶紧把它迎送到御山，举行了祈祷仪式。传说，当众僧侣敬捧佛首放于原来的古佛肩头的时候，佛首"相去数尺，飞而暗合，无复差殊"。于是官民"悲欣千里"，礼佛庆贺，瑞像寺因此而建。今天的我们，说什么也无法想象那样的圣迹，但它记载于敦煌的壁画上。

然而，这只是开始。还有另外的故事。

建德初年的一个夜晚，瑞像佛首忽然自行落地，僧侣官府一片惊恐。这可是天的预言？官府马上报告了皇帝，皇帝最为惊恐，专派大臣举行仪式，但令人震惊的是，白天安好，夜晚即脱落，反复十余次，已然不能安好。果然不久，便遭武帝焚寺灭法，天下的寺院都遭了祸，瑞像寺岂能独存？

天地间的因果继续轮回。话说已到了隋朝。佛法再兴，瑞像寺重建，瑞像身首再度合一。为了使这预言从此停止，不再轮回，炀帝西巡河西之时，亲往拜谒瑞像，并将瑞像寺改名感通寺。

突然有人问，是否之前龙首山不叫龙首山，御山峡也不叫御山峡？

我蓦然跌入黏稠的历史时空中。也许，应当是这样。是这样一个历史中的昏君、暴君点亮了这里。他依然需要国泰民安，依然为此千辛万苦。他修改了这里。不久，他就永远地成了历史的罪人。唐朝的史家、后世的史家将他打入地狱。也许是对的。但这不能修改寺庙的伟大。

于是，便来到了伟大的唐朝，光灿灿的唐朝。唐朝的帝王们其实和其他的帝王们一样做着永恒的梦，但感觉上，他们的梦更为光辉，更为真实。后世帝王们的梦象是假的。这是唐朝在历史上的幻象。说它是幻象，是因为它仍然不能改变历史的劫难。

这片山河被吐蕃征服，正是在那个时候，它被命名为圣容寺。

我们转过身来，被引向那个传说中的住持房间。一路上，我在想，这个我们要见的人是否也是先被山上的祥云拉住，最后是被那预言感召而永留于此。他来的时候，佛首如何？是已经安放于其上，还是随便扔在哪里？是他拭去那佛首的污垢，并跪于那伟大的信仰前泪若滂沱？还是他一如我们怀着茫茫疑问，虚无地安顿着自己的灵魂，然后在日复一日的诵经中领悟宇宙的真理？按照佛教的思想，或许他在一千六百多年前就已经与刘萨诃有某种约定，才在今生奔赴此处？

或者，他就是来守住那随时可能掉下来的佛首的护卫？谁能说得清呢？

我们中没有人问他。似乎也不必问，不应问。应当想象。

想象中他是那样一个人。虽然形容不上，但一走进他那昏暗的禅房时，就知道他与我们的想象不符。他个子很矮，不是历史上那些高僧大德的大个子形象。他算起来已经六十多岁，但看上去也就五十开外，没有一点胡须，与金庸笔下的少林高僧大相径庭。他的声音也是那种阴性的，木质的，没有内功和上乘的武功。他不像那种宽容一切的世外高人，更像是一个怀着古老情怀而以愤青面目出现的教师。但是，他的另外一些言谈使我们大开眼界。

今天全是一群北大、复旦来的名满天下的知识分子。他们自认为头顶中国文化的命运。在他们谦虚的外表下，深藏着一颗颗狂傲不羁的灵魂。他们进去的时候我去寻找厕所了，而当我十分钟后进去的时候，他们已经对谈了。我不知他们最初是如何开始的，我只看见，他全然不把他们放在眼里。不知为什么，忽然间，大家都是以问道的方式向其讨教。也许是庄严的寺庙迫使这些名教们低下他们骄傲的头来。自然，那个穿着灰色僧衣的小个子住持的身后是辽阔的佛教历史、牺牲奉献的大德精神、精深的超越时空的真理，是那些早已深深植入我们生命中的敬畏之情，以及佛陀的经典。

记得我进去的时候还有些轻佻，带着世外的喧哗，可当我迈进去两三步后，就感到了自己的唐突、轻狂。没有人注意我的微笑，甚至此刻，他们似乎厌恶我的微笑。空气中有一种力量抑制住了我的一切。我只好收起那浅薄的微笑，悄悄坐在一个空着的木沙发上。

我听见他对众教授说："为什么要说人的价值？"

一位教授说，现在价值混乱，人们缺乏精神信仰。

他说："价值是一个经济学的术语，为什么要用在人的身上？这个时代最大的问题就是把人经济化了、商品化了。"

我们一时愕然。他看着我们，仿佛在一一压住我们惊讶的大脸。他继续说，这是一套西方的术语，不适用于我们。我们解释世界时有我们自己的理解，但我们忘记了。

他讲了一大堆中国的文化。此时，又有一位教授振作精神，谈起了当下生活中的种种不快，大抵的意思是我们不快乐了。他突然说：

"快乐，不就是很快就失去的乐子吗？短暂的乐子有什么意义吗？今天我们谈论这些有什么意义吗？"

他又一次用目光一一抚摸着我们或惊讶或会意的笑容。然后，便有一位文学教授问他，那么，当下我们怎样去西方化、殖民化呢？

他说，从语言文字开始。每一个文字中，都包含着无穷的深义，我们需要重新去解释那些汉语。只有那样，我们才能抵挡外语的侵入，才能拥有我们自己的信心。

何尝不是呢？有人接着他的话语说，台湾用的就是繁体字。话语未落，他立刻说，不能说是繁体字，应当说是正体字。那里面一笔一画代表着我们刻画世界与真理的道路。每一笔都是道路。现在我们用电脑来输入，尤其是用拼音来输入，就是对汉语的放弃。我们已经离世界的本源太远了。我们还能得到什么真理吗？

有人好奇地问他，您也用电脑吗？

他有些好笑地说，当然用了，我每天都要看网上的消息。

我们中有人感叹道，上网上得多了就迷茫了。

他说，当然了，你失去自己了。你要守住自己才行。

这个时候，师母才缓缓说道，大师，我有一个疑问，我们一起修行的人中，拿着各种各样的经书，当然，好多是浅显的能入门的，到底是我们要看原典呢还是可以看这些入门书？

我们都屏住呼吸。这已经不是我们这些教授们的精神生活了，但我们也想知道。当下整个人类的精神生活不也如此吗？

他说，当然要读原典了。

师母又问，我们修行，是否要把一些名山名寺都拜一下？

这似乎也是我们的疑问。多少人都潮水般涌进山寺，而山寺已然不是我们想像中的圣地。

他笑道，那不就成了宗教旅游了？

众人愕然。

他们又谈了很多修行的问题。我们一一在心中默记。忽然，我还是开了口，我问，大师，您对台湾南怀瑾的书怎么看？我在台湾的时候，很多人都很崇尚南怀瑾，大陆也有很多人崇尚。

他边思考边说，他的书只能算是通俗读物，他对佛教的认识也很浅。

我又问，那么您对星云大师的人间佛教怎么看？

他说，这是佛教的退步。如果什么都依了世俗，没了戒律，那还是真正的佛教吗？这个时代就是没有了戒律。

我笑道，大师言之有理。

似乎再也难以探讨下去了，因为每个问题他似乎都思考了很久，在这边塞之地已经澄清了。我们再问下去，也只能是让他嘲笑。我们都在想着怎样收拾我们的自尊。他似乎也感到了谈话的无趣，所以对我们说，那就这样吧。

他似乎是在送客，实则我们已无话可谈。我们精神的海拔太低了，而他则在高山之巅。我们相距太远了。

出得门来，与他告别。突然有人提议与他合影。他自谑道，合什么影啊，我们人都很快就消失了，照片有什么用？

我们笑道，对我们而言，有意义。

告别那个预言和住持，我们上了车。一时间，大家都沉浸在自己的思考中，在无穷的时间里挣扎，相互没有什么话语。很久之后，突然有人叹道：高人在民间。

我问师母，您觉得如何？

她说，的确是高人，这种修行很难，是知识分子的修行。他的门难进。知识分子的修行有时只是为了其个人的圆满，但比如地藏菩萨的修行便是利于大众的，是牺牲个人成就他人的。

前者像是道家，后者像是儒家。原来佛教就是这样走进中国人的心灵的。

当我们回到凉州时，已是傍晚，又是微雨蒙蒙。路过北街时，我看见新修的罗什寺内空空如也。新起的大殿超过了罗什塔。在我童年的记忆里，孤独的罗什塔高耸入云。何时它变矮了呢？

我想起塔底下鸠摩罗什的舍利：三寸不烂之舌。那可是吐出真理的舌头。它原来也长在一位高僧的嘴里，从遥远的佛国圣地来到凉州，藏于凉州十八年，然后到长安吐出《金刚经》。历史上记载着他被权贵们凌辱的细节，却未曾记述那时的知识分子们是如何向他问道的。

也许有，我们未曾看到过。在时间的风里，我们都是空空的过客。

点燃中华文明的香火

人类文明的轮回

人类的文明史还告诉我们一个事实，任何文明都有僵化的一天。中华文明从明清开始就已经走向僵化。所谓"存天理，灭人欲"，灭掉的恰恰是人性中富有创造力的那部分，所以，国人的体魄不再强健，国人的意志变得软弱，国家也就很容易被人欺负。

用《全球通史》的作者、美国历史学家斯塔夫里阿诺斯的观点来说，五百年之前，世界一直是欧亚大陆在起作用，而在近五百年来，也就是海洋大发现之后，世界便开始被海洋所左右。所以，这也就告诉我们一个关于文明的事实，在海洋未被发现之前，整个世界是被侵略性极强的游牧文明所侵略、毁灭和再造。在海洋大发现之后，世界则是被同样富于侵略特征的海洋文明所侵扰、毁灭与再造。

老子说，天地不仁，以万物为刍狗，圣人不仁，以百姓为刍狗。我们都是天地万物的一种。文明的运化是天地运化的一部分。文明不可能一成不变。不变的文明必然会灭亡。这是人类的苦难，由不得自己。这也是中国古老哲学经典《易经》的思想。中华文明之所以是所有古老文明独留下来的伟大文明，就是因为它从来都是在求变或被迫改变的过程中绵延不绝的。周穆王西巡、汉武帝西征、汉明帝迎请佛教、唐太宗再请玄奘西天取经、清末民初知识分子西洋求法都是主动求变，同样，中国受外来侵略，从而也被动改变。

今天，曾经主导世界的西方文明也面临诸多困扰，比如，在文化方面，面临形而上的哲学困境，面临知识的困顿与信仰的危机，学术开始走向自娱自乐，宛如中国明清时期的那种僵化模式，用福柯的话说，就是知识终结了人本身，开始异化人；在社会发展方面，也面临着资本统治世界时难以克服的诸多困难，技术主义、城市中心主义、物质主义已经成为不可克服的难题；从人的发展来看，个体的人面临被过分商业化和物化的倾向，人性的分裂日益扩大，人本中心主义需要克服；等等。

正如中国文化的诸多问题无法完成自我克服，需要向西方文化学习一样，西方文化所面临的诸多问题，也不是其自身能够克服的，它恰恰需要中国乃至东方的思想和文化去交流。

中国有句古话，说五百年出一个圣人，意思是五百年乃一种文化演变的周期和轮回。孔子五百年后，司马迁意识到了这个问题，汇百家而成《史记》。司马迁是董仲舒的学生，他与董仲舒的思想一脉相承。在《史记》中，他讲得很明白，百家都有长短，故而取长补短，形成新的学说，正是他和董仲舒共同的心愿。在这个时候，汉武帝起了决定性的作用，尊儒而抑百家。也就是说，儒家是中心，其他百家是四维。但后世所理解的"罢黜百家，独尊儒术"与司马迁的记述相差十万八千里。

司马迁和董仲舒之后五百年是佛教融入中国的时期，鸠摩罗什和玄奘将大乘佛教引入中国，从而使佛教成为中国文化的一部分。再五百年后，朱子创造理学。又是五百年，王阳明合儒释道为一体创立心学。如今，五百年已经到了，恰好又是中国再一次开始将传统文化尤其是将儒学发扬光大的时候。这是历史运化的结果，也是吾辈人承担复兴中华文化大任的时候。

如果按中国人的这个逻辑来看，西方文化兴盛也已五百年，也已经到了僵化的时刻。虽然西方文化在马克思主义等学派的影响下不断地在修正自己的文化，但是，其天性中的内中不足导致的侵略性，使其商品文化无法克服垄断的品性。虚拟经济是在商品经济的基础上诞生的一种新的经济，更是以残酷的方式将经济推向不可知的深渊。百年来很多经济危机都是虚拟经济引发的。文化也一样。这可以从他们的学术体制中看出一端。

东方是对西方的克服

前不久，国际知名传播学者、加拿大西门菲莎大学国家特聘教授赵月枝女士来我所在的学院讲生态社会主义思想。她是政治经济传播学者，所以，她自然地站在马克思主义的立场上，历数了西方学术的种种问题，批判了资本主义社会目前存在的各种弊端，提出解决目前人类问题的主义是生态社会主义。那么，什么是生态社会主义呢？我听了后得出一个结论，即把中国道家的思想与西方社会主义思想结合到一起而得出的一种新观点。她还说，她已在她从小长大的浙江的一个村子进行这方面的调研与实践。

我暂且不去评论她的出发点、观点以及实践，我要说的是，作为一个在西方从事学术研究的中国籍学者，无论她在西方世界获得了多少真知灼见，但她的本根仍然在中国文化中。她之所以与道家结合，就是因为她的村子据说是黄帝炼丹的地方，童年的生活使她心心念念还是要回到中国。中国文化给予她智慧，给予她新的信仰。

她的心里始终燃着一炷中华文明的香火。

那一天中午吃饭的时候，我们讨论了很多中国传统文化复兴的问题。她反对唯中国传统文化是举的观念，我说，我也反对。现在，在中国有一种奇怪的现象，一旦你提倡发扬中国传统文化，就好像是要与世界作对，就好像是要提倡专制、封建、三纲五常。我不断地强调，提倡中国传统文化，是要以中国本根的文化为中心，而不再是以西方文化为中心，但又要以西方文化的平等、民主、自由等价值来补充、改造中国传统文化，使中国文化成为世界上最为优秀的文化。人们总是问我，中国文化能给予世界什么？我说，中国文化不是发展的文化，而是关于自由、和谐、永恒的文化。当商品经济和世界一体化时，人们需要的是什么？人们一定不会再需要带有侵略性的文化，相反，人们需要的是包容、多元共存、和谐、自由、天人合一的文化，这正是中华文化的特点。

认识到这一点，全球化在这个时候才可能达到真正的中西共赢，而不是西方对东方的殖民。认识到这一点，东方和西方才有可能以平等的姿态开始交流对话，而不是一味地跟着西方走，丧失文化自信。基于这种认识，那么，我们便可发现，先前说的西方文化那一系列问题恰恰是东方文化可以克服的。

比如，儒家是科学主义、技术主义最好的中和者，将为它们安装一颗人道主义的心脏。

比如，道家的天人合一正是克服人本中心主义、建立生态社会的不二法宝。人本中心主义是强调人乃自然界最高主宰者，自由便确立了以人为中心的生态观。近代以来人类社会对大自然的过分掠夺就是这种思想的极端实践。道家认为，人是万物之一种，人应当遵循"人法地，地法天，天法道，道法自然"的宗旨，人与天地便和谐相处了。

比如，佛教打破了西方知识与逻辑等理性主义障碍。

而这一切的传播汇聚地，正在古老的丝绸之路上。季羡林曾在一篇文章中说，在当今世界上，人类所有伟大的文明共生的一个地方，就是以敦煌为中心的西域。作为一位汉语写作者，一位中国传统文化的传播者，我有理由和责任回应来自世界的种种疑问，我也必须以这样的方式打破西方中心主义的话语霸权，把话题引到中国，再引向丝绸之路这个古代欧亚交流的广阔场域中，来重新探讨中国与世界的命运。

当然，我也反对那种将中西文化对立起来的言论，反对那种唯中国文化是举的褊狭观念。中国文化的复兴一定是以西方文化的融入为前提，否则就是复古主义。同样，我也深信，西方文化要走出今天的种种困境，仍然需要向中国文化学习。

这需要时间来证明。现在，且让我们在心中为中国古老的文化燃起那炷清香。

图书在版编目(CIP)数据

问道知源/徐兆寿著.—上海:上海人民出版社，
2018
ISBN 978 - 7 - 208 - 15228 - 1

Ⅰ.①问… Ⅱ.①徐… Ⅲ.①随笔-作品集-中国-
当代 Ⅳ.①I267.1

中国版本图书馆 CIP 数据核字(2018)第 114273 号

责任编辑 舒光浩 屠毅力
装帧设计 胡 斌 刘健敏

问道知源
徐兆寿 著

出 版 上海人 A 出版社
 (200001 上海福建中路 193 号)
发 行 上海人民出版社发行中心
印 刷 常熟市新骅印刷有限公司
开 本 720×1000 1/16
印 张 18.5
插 页 2
字 数 209,000
版 次 2018 年 10 月第 1 版
印 次 2018 年 10 月第 1 次印刷
ISBN 978 - 7 - 208 - 15228 - 1/I · 1731
定 价 65.00 元